有爱的青春陪伴者

仙君难当

韦恩 著

江苏凤凰文艺出版社
JIANGSU PHOENIX LITERATURE AND ART PUBLISHING

图书在版编目（CIP）数据

仙君难哄 / 韦恩著. -- 南京：江苏凤凰文艺出版社, 2023.12
　ISBN 978-7-5594-7954-9

Ⅰ.①仙… Ⅱ.①韦… Ⅲ.①长篇小说-中国-当代 Ⅳ.①I247.5

中国国家版本馆CIP数据核字(2023)第158573号

仙君难哄

韦恩 著

责任编辑	王昕宁
特约编辑	张　磊
责任校对	言　一
出版发行	江苏凤凰文艺出版社
	南京市中央路165号，邮编：210009
网　　址	http://www.jswenyi.com
印　　刷	长沙鸿发印务实业有限公司
开　　本	880mm×1230mm　1/32
印　　张	8.5
字　　数	194千字
版　　次	2023年12月第1版
印　　次	2023年12月第1次印刷
书　　号	ISBN 978-7-5594-7954-9
定　　价	39.80元

江苏凤凰文艺版图书凡印刷、装订错误，可向出版社调换，联系电话025-83280257

目 录
CONTENTS

—— 001 ——
第一章 · 仙女翻车贬凡尘

—— 022 ——
第二章 · 劫错对象了

—— 042 ——
第三章 · 一闪一闪是仙女

—— 068 ——
第四章 · 竟敢轻薄本大仙

—— 090 ——
第五章 · 用恐惧织一场美梦

—— 111 ——
第六章 · 月夜坦白局

目 录
CONTENTS

—— 133 ——
第七章 · 放狗咬也得娶回家

—— 152 ——
第八章 · 好在你不需我哄

—— 171 ——
第九章 · 仙子可要保护好我

—— 194 ——
第十章 · 是他的福运真人

—— 214 ——
第十一章 · 很开心你来我身边

—— 240 ——
第十二章 · 我还是喜欢你呀

—— 260 ——
番外 · 小甜梨

第一章

仙女翻车贬凡尘

杜芃芃是个神仙。

可花蛤村没有一个人相信她是神仙。

虽说天界的仙有三六九等之分，她只不过是个等级最低的地仙，还是每家每户各自供奉的一个小小灶王仙。

可这有什么关系，她总归还是个神仙呀！

她的吃穿用度，皆是凡人供奉所得，如何还能过上叫凡人欺负的日子了？

说来惭愧……

这得从三年前某个春光灿烂的日子说起。

那时，杜芃芃吃的是一户富贵人家的供奉，日子过得很是潇洒惬意，于是乎，一不小心就养成小酌的习惯。

那日，她多贪了几杯，又正逢凡间小年夜，她得回天界禀报事务。这酒意作祟，她迷迷糊糊地便身骑白马冲撞了天帝的宝座。

她甚至还在金殿上大放厥词："有钱……有钱有何用啊？日子快活才是正道，瞧这尊座上的帝王，头……头都薅秃了，他可有我快活？"

杜芃芃勒住白马，马蹄堪堪落在宝座金角边，再往前半分，就得踏在那张镶金嵌玉的宝座上了。

她坐在马背上晃晃悠悠地重复了数遍："他可有我快活……可有我快活啊？"

大殿中的仙家无一不嘘声惊叹："见过胆肥的，没见过胆肥成这般模样的。"

杜芃芃当场便被五花大绑丢入司命鉴，成了被贬下凡的一缕魂体。

作为惩罚，司命星君还将她剩余的魂魄轮回重生到一户贫农家里。

杜芃芃流下了悔恨的泪水，不只是悔自己冲撞了大殿宝座，还悔七百年前因为八两南海小鱼干同司命结下梁子，如今落到人家的手里。真的，人家想怎么玩就怎么玩。

她的魂魄重生为凡人后，因为缺了一缕"爽魂"，从生下来那刻起就看着不太机灵。这长着长着，街坊四邻也看出来了——这是个痴傻的。

而杜芃芃作为神仙仅剩的那一缕魂体也和这个孩子深深地捆绑在了一起，只有等那傻孩子睡着了，她才能得片刻自由，继续做潇洒灶王仙。

只是自从闯下祸事后，她便成了无人供奉的灶仙。司命公报私仇，将她的神像扔在一处臭水沟里，只要没人捡回家供奉，她就会长长久久地穷下去。

这厮真的太狠了，为了八两小鱼干，他竟恨了七百年！

在花蛤村，还有另外一个谜一般的存在。

这里且先说一说那个和杜芃芃捆绑在一起的孩子。

她叫小豆花，因是个三魂不全的人，所以那户贫农连正经名字都懒得给她取。

在小豆花长到三岁时，村里来了一个俊生生的小儿郎，莫约七岁的模样，他独自一人牵着匹小红鬃马，踏着斜阳慢吞吞地走进了村子。

从此，那位小儿郎过上了捡破烂的日子，还在村头一间废弃的马棚里安了家。

也就是从那日起，他成了村里唯一一个比小豆花家还穷的人。

小豆花时常被同龄的孩子欺负，她会生气地捏起拳头，大喝："我是神仙，欺负我，天上的神明不会放过你们的！"

那副横眉瞪眼的模样,一点也不凶,反而透着股憨傻劲。

可没办法,这已经是杜芃芃蹲在小豆花身旁,凑着她的耳朵教了无数次,她才憋出来的一句话。

在这世上,小豆花是唯一一个能听见杜芃芃说话的凡人。

我们再观那位小儿郎,人长得极其俊俏,小脸蛋、小鼻子、小嘴的,一双眼睛眨巴眨巴泛着光,仅是对视一眼,都能叫人痴上三分。

虽说穷是穷了些,可照那模样,他长大后也不愁在村里找个好姑娘,做个一身轻松的上门女婿。

偏偏他也是个脑子有毛病的。

小儿郎逢人便说:"实不相瞒,我在京都有万贯家财要继承,只是遭黑心亲支陷害才沦落于此,你若能随我一同进京夺回财产,我便在京都给你买一座宅子,大小样式,随你挑。"

一捡破烂的,全身家当不过一匹小马,脑子还有毛病,这真的……长得再好看,也拯救不了丝毫。

好在自打小豆花三岁起,杜芃芃便不再寂寞了。

她教小豆花说自己是神仙,全村无一人信。

那小儿郎说自己有万贯家财要继承,不光全村没人信,连隔壁蚬子村那日日在村口晃悠的傻大个儿都不信。

小豆花总算是有伴了。

在一个晴朗的午后,杜芃芃的神像被一条野狗从水沟里叼了出来,丢在田间一坨牛粪旁。

盛怒之下,杜芃芃使唤三岁的小豆花磕磕绊绊跑到田里,想让她捡来藏着，虽无法供奉，可总归比同牛粪比肩的好。

不想小豆花竟在田间偶遇捡破烂归来的小儿郎，他正蹲在田埂上，手指悬空，左右点着牛粪和神像，喃喃道："点兵点将，福从天降，点到哪坨，我捡哪坨……"

神像和牛粪，他竟然在犹豫！

小豆花在他身旁蹲下，杜芃芃在小豆花身旁蹲下，一人一魂的眼神齐齐地同那小儿郎对视了一眼。

就在那对视的电光石火之间，杜芃芃灵机一动，决定将小儿郎当作最后的救命稻草，想让他将自己的神像捡回去，再忽悠他供上。

想到平日里小豆花总是不听她的话，还喜欢同她反着干，于是，她凑在小豆花耳旁小声道："指着那坨牛粪，让他捡。"

小豆花伸出小手，嘴里脆生生道："你，捡它。"

一切本该顺利进行，可当杜芃芃一挪眼，却发现那只小手竟真指在了牛粪上，她一巴掌拍在自己脑仁心上，险些没原地晕死过去。

那小儿郎看看牛粪，再看看圆滚滚的小豆花，弯眼一笑，应道："你想骗我捡屎？"

一旁的杜芃芃狠狠闭了闭眼，心中顿觉自己应该再教小豆花说点什么，好掩盖这一番痴蠢的行为。

可还不等她开口，那只指向牛粪的小手便往前戳了戳，同时，手的主人点点头道："对，捡它。"

三年了，直到今日，杜芃芃才认清现实，原来小豆花并不是喜欢同她反着干，而是深深地和她的灵魂杠上了。

那日，小儿郎带着小豆花找了一条水沟，将她戳了牛粪的小手放在水中反复清洗干净。

他从自己随身的麻袋里抽出一把铁锹，铲了一团干土将那坨牛粪盖上，随后捡起杜芃芃的神像，顺手扔进装破烂的麻袋里。

他脚下踩着斜阳，手中拖着麻袋，再顺便牵着小豆花回村了。

路上，小儿郎自我介绍道："我叫刘楚君，暂时家住村头马棚。小妹妹，你叫什么？"

小豆花憨憨回道："豆花。"

"你可有喜欢吃什么？"

"小鱼干。"

闻言，刘楚君停下步子，抽手在衣兜里翻了半天，终于掏出半条小鱼干，拎在小豆花眼前。

傻乎乎的小姑娘被半条小鱼干馋得一边流哈喇子，一边跺脚转圈圈，嘴上还脆声道："是鱼干！好吃好吃……"

这落日黄昏下，一人一仙，踩着黄土蹦蹦跳跳，极其幼稚不说，还蠢。

杜芃芃哭了，一边流着辛酸泪，一边庆幸凡人看不见自己的魂体，否则她能原地放弃仙生，潇洒死一回。

杜芃芃心想，八成是因为那半条小鱼干，小豆花竟对刘楚君很是友好。

自那日两人在田间相遇后，小豆花竟时常跑去马棚找他，还帮着他捯饬些拾捡来的破烂。

刘楚君白捡了个小娃跟在身边使唤，腾不开手的时候便唤道："豆花，过来帮哥哥扶一下这块板子。

"对了，那边地上有根木棍，也帮哥哥带过来。

"还有那边,棚沿下有些纸糊,帮哥哥递一下……"

每每这时,不得不跟着小豆花团团转的杜芃芃心里别提有多气闷了。

杜芃芃边走边口气不善道:"你这种行为,在我们地宫能称之为'舔狗本色',见色忘利,遇着个俊的,就巴巴地往上蹭,任劳任怨地供人使唤,还卖笑脸。

"你可是个小姑娘,你要矜持的呀。"

地宫是天界最底层的神仙居所,从前杜芃芃还是个正经灶王仙时就住在地宫。

那种有钱又有自由的日子,如今想来竟成了奢侈。

小豆花有时听她唠叨,烦了便会蹙着眉头,气鼓鼓道:"神仙姐姐,你话真多。"

"嗯?"刘楚君听了,不解道,"哪里有神仙?"

小豆花指着身侧,回道:"这里。"

闻言,杜芃芃颇为不屑地朝刘楚君吐了吐舌头,后者却只是朝她所在的方向轻飘飘看了一眼,随后目光落在杜芃芃正脚踩着的一团丝线上。

"对了,"刘楚君招呼小豆花道,"将那团线拿过来,哥哥给你做个纸鸢,飞到天上玩。"

诸如此类的,还有可以套在指尖上迎风旋转的竹蜻蜓,用一根木柴打磨而成的小剑,山里竹藤制成的手环等等物件,小豆花都喜欢得不得了。

供人使唤还不算什么,家里人不怎么管小豆花,小豆花也是个大胆的,小小年纪便敢跟着刘楚君走上半日路程,去隔壁村的集市上倒卖那些变废为宝的小玩意。

赶集结束之后,小豆花能从刘楚君那里得到一大捧小鱼干奖励。

对此,杜芃芃颇有些无奈,毕竟自己从前在天界,也是个实打实的吃货,她没有资格去吐槽另一个爱吃的人。

思前想后,杜芃芃决定棒打鸳……呸,是棒打"刘豆之交"。

杜芃芃趁小豆花蹲在村口的大石头上发痴时,随意同她聊道:"你喜欢楚君哥哥吗?"

小豆花眨了眨圆溜溜的眼睛,回:"喜欢。"

"你……"杜芃芃气顿了片刻,"你才三岁多啊,妹妹,知道什么是喜欢吗?"

"我、我自然……自然知道!"

小豆花一着急,说话便会结巴,脸颊还会涨红。

瞧这模样,杜芃芃有些好笑。

杜芃芃动了动蹲到酸麻的两条腿,安抚道:"行行行,知道就知道呗,你急什么?"

换个姿势蹲稳妥后,杜芃芃又道:"那你跟姐姐说说,何为喜欢?"

小豆花笨拙地撩撩裙摆,小小的身子稳稳地落座在巨石上。她遥望一眼不远处正面朝黄土、辛勤耕耘的背影道:"喜欢……喜欢便是我想要的,楚君哥哥都能给我,他比我自家哥哥姐姐对我都要好上许多许多。"

"那是你傻。"杜芃芃极快反驳,"最贵也就要过二两鱼干,你若问他要一锭银子,看他给或不给。"

"我为何要银子呢?"

"银子好啊。"

"银子哪里好了?"

"银子可以买很多小鱼干。"

"可是……很多小鱼干,楚君哥哥会给我的呀。"

这逻辑听着竟还有那么些道理,杜芃芃一时无言以对。

刘楚君进村后没两个月,便在村口小河边开垦出两亩荒地。

那副小身板,长得白白净净的,竟也能吃这般劳苦,倒是让杜芃芃对他另眼相看了三分。

小豆花眼睛一动不动地盯着刘楚君在农地里劳作的模样,杵着下巴傻呵呵道:"家里的哥哥姐姐都不喜欢我,不带我玩,还会抢我的粥食,但楚君哥哥不同,我喜欢他。"

这话怎么这么不像是一个三岁傻孩子会说的话呢?

杜芃芃掏了掏耳朵,索性耍起赖皮,悠悠道:"喜欢也没用,你娘不让你跟他玩。"

小豆花眉头一蹙,颇有几分生气:"我娘没说。"

"她说了,今日晨时说的,"杜芃芃继续瞎扯,"你睡得迷糊,怕是没听着。"

"我娘没说,你……你骗人!"

杜芃芃眉头一扬,颇有气势道:"我骗你作甚?你娘说他太穷了,一捡破烂的,不配跟你玩。"

这话她家里人的确是说过,只不过是她爹说的。

你说这全村第二穷的人家,竟也好意思取笑那第一穷的,杜芃芃偶尔也会给小豆花的爹竖个大拇指,感叹一声"奇人也"。

那日,小豆花说不过杜芃芃,索性噘起小嘴不搭理她了。

眼瞧着这"刘豆之交"棒打失败,杜芃芃将小豆花骗回家,在晌午时分哼上一首无比平和的小调将她哄睡着之后,掐了个诀,一溜烟跑去地宫潇洒了。

杜芃芃在天界有个关系特铁的仙友,名叫楚楚仙子,是一位地位颇高的老仙君的内门大弟子。

这位仙子在天上没什么大的功绩,但名字却传遍仙界,这要说起来,杜芃芃还颇有点心绞痛。

遥想七百多年前,杜芃芃刚刚修成一名小小的地仙,正好赶上那位老仙师放话要收徒。

这几千年难得一见的大好机遇,难免地宫的一众小仙挤破头也要往前凑,一个两个皆揣着自己的毕生绝学前去拜师。

什么刀枪剑戟、杂耍特技都派上了场。

杜芃芃当时仔细想了想自己最擅长的东西,思来想去后,觉得自己做起来最舒坦自在的,竟只有一件事,她执笔在报名处写下了一个字。

待不日去参加比赛,她竟瞧见众多仙家里有一位同自己写了一模一样的字,那位便是楚楚仙子了。

她们两人皆在报名处写下一个"寂"字,于是自然而然地被分到了一组。

说到这里,该有人不明白那个"寂"字到底是为何意了。

其实说得通俗易懂点,就是一项"谁比谁更懒"的比赛。

自那日开赛之后,杜芃芃同那位楚楚仙子就被送到了老仙君的岛上,在一棵挂满鸟窝的大树下开始了比拼。

两人肩并肩闭眼打坐,一坐就是三百年。

待杜芃芃再睁眼时，茫茫天界哪里还有什么老仙君的消息，当初参加比赛的一众小仙也早已经各奔东西了。

顿觉被耍的杜芃芃还来不及生气，一扭头便瞧见身旁一朵巨大的蘑菇柱体。

她想再瞧仔细些，于是上前扒拉了两下，那一层层蘑菇下竟是个仙人。

杜芃芃疑惑了，她再往上扒拉，片刻后惊呼道："这这这……这不是楚楚仙子？"

四周本来挺安静的，杜芃芃突然拉上一嗓门，吓得周围的蛇虫鼠蚁都绕路了。

那位周身长满蘑菇的仙子半晌之后才慢吞吞抬起眼皮，睨了杜芃芃一眼，道："怎的，仙生没见过蘑菇？"

"倒也不是没见过蘑菇，就……就是没见过……"

"实不相瞒，"仙子打断道，"小仙真身乃凡尘灵土上的一棵朽木桩头，长久不动弹，又吸了天地间灵气，自然得长菌菇，仙子莫要见怪，这场比拼你输了，慢走不送。"

说完话，那仙子又闭了眼。

提到比拼，杜芃芃鼻孔一撑，道："还比什么啊，方才我拿灵识问了从前一起报名的仙友，说那位祈岭仙君发布收徒信息之后就消失了，什么仙生福利，真真是比浮生一梦还虚得紧。"

杜芃芃一通抱怨，那位仙子却极其镇定，闭上眼继续打坐，仿佛仙君收不收徒与她打不打坐并无半点关系。

唉，既如此，那输了便输了吧。

杜芃芃起身，扭扭腰又抖抖腿，在走的时候觉得自己白搭了三百年光阴，于是心中极其不平衡，走之前理直气壮地顺走了那位仙子身上的一捧小蘑菇。

当晚，杜芃芃便将那捧小蘑菇熬了汤，只是还不等她揭锅，地宫的仙家圈里反倒先炸了锅。

大家都在说消失三百年的祈岭仙君回家时，一不小心将一堆蘑菇踩得稀碎，最后发现竟是被他遗忘到九霄云外的那场比赛中坚持到最后的参赛者。

于是，他心中感怀，此仙之恒心可撼天地，大手一挥，收为了座下第一大弟子。

你看，有的人运气就是有这么不好。

杜芃芃后来也想过，若是自己不急着先走那一步，会不会她如今也是老仙君座下的二弟子了？

唉，很多很多年之后，杜芃芃对这件事记忆最深的一幕，便是当晚她蹲在自家大灶旁，含泪吃了两大碗蘑菇汤，伤心的眼泪从嘴里止不住地流。

痛哭之余，她连连称赞："我的天啊，这蘑菇绝了，太香了。"

这位楚楚仙子便是如此用"懒"打败了地宫一众小仙，名头在上天庭也极其响亮。

而她与杜芃芃的交情也是从蘑菇汤开始的。

一个拥有最新鲜的食材，一个拥有最精湛的厨艺。

两人在地宫搭伙过日子，一过就是四百年，直到杜芃芃犯错被贬下凡。

那日，杜芃芃刚踏入地宫的街市，楚楚仙子便拖着她往回走，语气颇有几分不自然道："无趣无趣，这地宫的街市几百年了也没点新鲜事物，走，今日我们去凡间小市里逛逛。"

"怎的？"杜芃芃疑惑道，"你平日不是最喜地宫街市，觉得此处比上天庭还热闹好玩些，今日为何突然对凡间有兴趣了？"

"哎呀，就……就突然想去逛逛嘛。"

楚楚仙子吞吞吐吐的，让杜芃芃觉得不太对劲，她蹙眉道："有事瞒我？"

"没有。"某仙快速否认。

"你有。"杜芃芃目露精光，"莫不是你又招惹了哪家仙门小儿郎，怕人家找上门来非要缠着你同修，这才着急要躲？"

楚楚仙子将两手从杜芃芃身上撒开，随后捂紧自己身上的斗篷，神色颇有几分凝重道："你莫要胡说，不是我的事。"

"那是谁的事，难不成还能是我的？"杜芃芃追问。

"我……"楚楚仙子迟疑应道，"我说了你可别哭啊。"

杜芃芃两条眉头一皱，神气道："哭？笑话，我杜大仙什么没经历过，这世上能让我哭的事情就没两件。"

也不知道是谁，玩游戏输了三两鱼干都要哭，被罚下凡时也哭，觉得丢脸了还哭。

楚楚仙子懒得同她掰扯，悄悄翻个白眼后认真道："江舟公子干涉凡人命数一事，上天庭的神判今日敲板了，公子被罚至涂灵险境，不出意外，该是永远都回不来了。"

这头话音刚落下，那头杜芃芃大嘴一张，哭声响彻四方。

杜芃芃甩着手臂往路边的土墩子上一坐,边哭边气恼道:"村里有孩子扎堆打架,小豆花都知道绕路躲开,他竟还不如一个傻孩子!"

整个天界最知道这位江舟公子在杜芃芃心中分量的,恐怕只有楚楚仙子了。

楚楚仙子捂着斗篷在好友身旁坐下,惋言道:"可惜了,像江舟公子这般品性纯良,心中仿佛能包罗万物的仙家,竟落得这般下场。

"唉,大仙,你别太伤心了,涂灵险境又不是罗刹地狱,他总归是活着的,只要不死,就还有希望。"

楚楚仙子将手从斗篷里探出来,拍拍她的背,又道:"不哭了,不哭了,我这还有个好消息没告诉你呢。"

闻言,杜芃芃收嘴,抽噎道:"你能有啥好消息?"

前段时间,杜芃芃托楚楚仙子帮她找一个凡人,如今有下落了。

江舟公子是地宫的前任宫主,同时亦是地宫最有钱的灶王仙,杜芃芃很小的时候便跟在他身边修习。

于杜芃芃来说,他的身份亦师亦友,亦是她很仰慕的仙者。

关于江舟公子此次所犯的罪,杜芃芃一个小小的地仙,且不说她如今还成了一缕幽魂,就算是从前,她也没什么能耐干涉。

于是当知道自己还能帮到他一星半点时,她不曾思虑分毫便打定主意要帮他了。

待杜芃芃将脸上的泪痕擦干净,楚楚仙子单手捏诀,带着她便下凡尘去了。

不过须臾之间,两人落定在一处破旧的马棚前。

那马棚里有一匹小马,旁边是用干草遮挡起来的一间小屋子,那屋子前用竹片围起来一个小院子,院子里堆放着许多杂物,瞧起来像是些被丢弃的破……

破烂?

杜芃芃脑瓜子一转,对眼前这地方的那三分熟悉感瞬间变成了十分。

这不正是刘楚君的马棚嘛!

"你走错路了吧。"杜芃芃平静道,"这不是花蛤村吗?"

楚楚仙子点头应道:"没错啊,就是这儿。"

她上前两步,眼神四处搜寻后,落在农地里弯腰耕耘的那抹身影上,她从斗篷里探出一根指头,指向刘楚君。

"你瞧,那便是你要找的人,江舟公子拼上仙途也要救下的凡人,他可让我一顿好找,我从京都一路寻来,四周的城池皆摸排了个遍,哪想他小小年纪,竟能从那繁华蜜笼徒步走来如此贫瘠之地……"

不等她话说完,杜芃芃已经气冲冲地撩起衣袖,抡着拳头便大步跑过去。

眼看着拳头便要落在那小小少年身上,不想后者突然间侧身,转了一个方向弯腰,去拨弄脚下的小树苗。

杜芃芃的拳头从小少年肩侧擦过,砸空了。

这简直是有辱仙生颜面!

作为一个神仙,暗中要揍一个凡人,竟然都能失手?

杜芃芃咬牙切齿地重新抡起拳头。

可神奇的是,她往右边捶,刘楚君便往左边侧身,她再往左边捶,他又往右边侧身。

每次他不是去扒拉那几棵树苗，便是弯腰去捡地上不知何人掉落的小豆子。

反正最终是一下也没捶在他身上。

杜芃芃气急了，转身就要去捡地上的干牛粪。

见状，楚楚仙子连忙上前拦下，阻止道："咱们做仙女的，怎么能做出手抓牛粪这等有失颜面的事情呢？"

"我……"杜芃芃竟气出了哭腔，"他害公子受了天界重罚，我怎的就不能拿牛粪砸他了？"

"来来来，消消气，咱们喝口水缓缓啊。"

楚楚仙子揽过好友，玉手一挥，原本空旷的农地里便多出一套白玉桌椅："这位小儿郎可是江舟公子特意提过，要你多加照看的，你都应下了，就别再为难人家了。"

杜芃芃被连拖带拉地按在石椅上，缓了好半天，才稍显平静道："要早知道是他，打死我也不答应。"

"他怎么你了？"楚楚仙子略有些疑惑。

"他招惹我那痴傻的凡身了，"杜芃芃愁啊，"那孩子如今眼里就只装着他，已经完全被这张脸迷得七荤八素了。

"你说我怎么着也是个神仙，虽说小豆花是凡胎，有独立思索的能力，可再怎么说，她也算是我仙生的一部分啊。

"对着一个凡人如此作为，待我以后重回仙班，颜面何存……"

杜芃芃说着就愁眉苦脸地趴在了玉桌上。

见状，楚楚仙子拍拍她的小脑袋，献宝似的从衣袖里掏出一个小绿瓶子，贼兮兮道："来两口？"

杜芃芃一怔："有了？"

"有了。"

有什么了？

当然是楚楚仙子有蘑菇了。

她这棵千年老朽木，近来却不怎么长蘑菇了。

大概是受气候影响，地宫近些年干燥得很，于是突然长出的蘑菇就变得极其珍贵。

为了吃上第一口新鲜食材，两人动作十分迅速地在玉桌上摆好小火炉，再架上一口纯铜的小锅，烧水下料，一副要大干一场的架势。

杜芃芃手上动作不停，两眼四处打探，决定就地取材。

花蛤村是沿河而建的村庄，刚巧，刘楚君的马棚就在村口那条小河边。

虽说气候干燥得紧，河中水量极少，但总还算是有点水的，什么小鸭子之类的小动物非常喜欢下去泡澡。

杜芃芃双眼一亮，提议道："我们今日就吃小鸭炖蘑菇吧。"

闻言，楚楚仙子扭头看了一眼，以她如今的仙术，信手拈两只鸭来，也不算什么难事。

可还不等她出手，两人身后突然传来一句叹息："唉，少生优生，幸福一生，这鸭妈妈怎么就是不懂此番道理呢。"

说着，刘楚君便将袍子边角扎在粗布腰带上，起身走到小河边，捡起两块碎石扔进河里，将那群欢乐畅游的小鸭子给赶走了。

他随之回身，边走边喃喃道："上个月才叫那黄鼠狼叼走一窝孩子，如今竟又孵了一窝，天可怜见，可别让那鸭妈妈再受一回丧子之痛了。"

此时，小河对岸发出异响，杜芃芃顺声看去，是一只巨大的黄鼠狼掉头跑回山间的背影。

楚楚仙子也瞧见了，啧啧夸赞道："你瞧，这孩子是个良善之辈。"

"良不良善的暂且不论，"杜芃芃扭身利索地从好友后颈上摘下一捧蘑菇，"反正我是明白了，他和小豆花一样，擅长让我不好过就对了。"

眼瞅着到嘴的鸭子飞了，两人只能就蘑菇下酒，吃个素食锅了。

不多时，三盏小酒下肚，杜芃芃晕乎乎的，模糊听见农地里的刘楚君说要吃了小豆花，于是心里那个火啊，一蹿而上。

她起身摇摇晃晃地咒骂道："你听听，你听听，这个浪荡子，牲畜，他……他竟然要吃小豆花，她才三岁，她还是个孩子啊……"

楚楚仙子一盏酒只下了半盏，尚且清醒。

她连忙搀住杜芃芃，解释道："听错了，听错了，人家说的是要用捡来的那些豆子去煮点豆花吃，你急什么……"

"浪啊……浪荡……"

最后一个"子"还未出口，杜芃芃便"咻"的一声，原地消失了。

想来，该是睡午觉的小豆花醒了。

杜芃芃再清醒过来时，发现自己一身焦黑地躺在小豆花的床榻之下。

她睁着眼愣怔了片刻，两行热泪滚滚而下，砸在耳后冰凉的土地上，一瞬间，透心凉。

欺仙太甚！杜芃芃猛地一咬牙，起身坐起，瞧着自己那一身焦黑的衣服和手脚，还有参毛一般的发髻，暗暗在心里做了一个决定。

司命当初将杜芃芃打下凡尘时，不光抽了她一魂，还在她如今这缕仙魂和小豆花的凡身之间施了法。

只要小豆花醒着，杜芃芃就不能离开小豆花周身半尺远的距离。

这相当于将杜芃芃禁锢在一个圈内，就算是伸出半根指头，也会被雷轰到全身焦黑。

而此时此刻，小豆花正背着小箩筐，跟着刘楚君上山摘野菜。

小豆花午间醒来时，见神仙姐姐脸颊红扑扑的，睡得正香，便蹑手蹑脚独自出门了。

哪知她前脚刚走，后脚便有一道雷穿梁而过，劈在了杜芃芃身上。

杜芃芃咬牙切齿做下的那个决定，当然是……不可能回天界找司命大战一场了，她决定卖掉自己的仙岛，保命要紧。

稍有地位的仙家，除了在天界拥有自己的宫观，还会在凡间寻一处无人涉足且灵气充盈的小岛做居所。

那为何杜芃芃这样的下阶仙家也会有仙岛呢？

这要细说起来就太久远了。

一句话概括，便是勒紧裤腰带攒钱，攒它个三四百年，在那种地段、灵气、环境皆一般的地方买座小岛还是足够的。

这种地方别的不说，就是安静，没啥邻居。

得知杜芃芃想卖岛保命，楚楚仙子阔手一挥，将自己的半年俸禄划到她账上，道："拿去花，拿去花，你那仙岛，我暂且先帮你打理着，待你有了供奉，再找我赎岛。"

瞧，每当这种时候，杜芃芃心中就忍不住泛酸。

毕竟那种整日闲逛，心情好便寻个地盘凝心修炼，心情不好便四处逛吃逛喝，啥事没有，每月还能准时准点地领高薪俸禄的美好仙生也曾与她擦肩而行过。

杜芃芃心酸之余，扭头就去地宫的仙货铺子里将钱花了个精光。

她揣着一条云湖仙索下凡，一头绑在了小豆花的腰上，另一头则绑在自己的腰上，以此来防止她在小豆花清醒时不小心踏出那个圈，再次被雷劈。

做完这一切，杜芃芃在夜深人静时盘点起自己的私产，真是干净得不像话，一个子儿都没剩。

思来想去，她一个地遁，遁到了刘楚君的马棚。

马棚四周被油灯照耀得亮如白昼，它的主人正在屋里屋外忙着捯饬那些破烂，属于她杜大仙的那尊神像却安安静静地躺在漆黑角落里，被遗忘得彻底。

杜芃芃颓了，一颓就颓了十年。

期间，她也不是没想过办法，奈何刘楚君油盐不进，不管如何点他，他都未曾想到那是尊灶神像。

无奈之下，杜芃芃威逼利诱小豆花，要她向刘楚君直言这尊神像要供在灶台。不料，刘楚君轻飘飘应道："哦，原来是神像啊。"

那副"我知道这是神像但我就是不供"的模样，气得杜芃芃想飞起一脚踢爆他的头。

幸得小豆花死死拽住那条缠在两人腰间的仙索，这才避免了一场血腥大战。

杜芃芃最终认命了，反正穷也穷不死，再怎么穷，也不过是走完小豆花这一生，她杜大仙百年后重归天界，还是一条好汉。

于是穷着穷着，十年过去了，小豆花也长大了。

小豆花从圆滚滚的小女娃长成了个标致的小姑娘,从前能淹过她头顶的那条小河,如今她挽着裤腿下河摸鱼,水面仅仅过膝。

这边摸鱼时,那边刘楚君在河边给马儿刷洗马鬃。

当初那匹随他一起进村的小马如今长得又高又壮,架个马车在它身上,依旧能跑得飞快。

"你们快看,那不是咱村里那谁……"

从远处走来三个姑娘,她们背着小筐咯咯笑道:"就她那傻劲儿,还想摸鱼呢。"

那三两声窃笑飘进刘楚君耳朵里,他拎着湿淋淋的刷子,突然抬头,粲然笑道:"三位妹妹可是要去邻村赶集?"

这一笑,让那些个姑娘怔住片刻,随后其中一位眉眼含羞道:"嗯,端阳将近,去集上替母亲采办些小货。"

刘楚君应道:"妹妹们好生贤惠,我今日也要去集上卖货,你们若是不急,待我套好马车,一起同乘吧。"

听到这儿,小豆花一个挺腰,眼神直勾勾地看过去。

杜芃芃盘腿飘在河面上,睨了她一眼,声调懒散道:"怎的,急了?"

小豆花不应她,反而悄悄揪着仙索,将她往自己身边拉近了些,低声问道:"那几个姐姐的脸,为何红得如熟苹果一般呀?"

杜芃芃瞥眼看了看,从鼻腔中十分不屑地哼了一声。

仙君难当

第二章 劫错对象了

说起刘楚君，那副眉眼是越长越勾人，英挺的鼻梁下唇峰起落，身形也挺拔得紧。

若说小时候不懂什么叫春心荡漾，只是觉得这人又穷又有病，便不同他多言语。

那如今十五六七的年纪，村里那群姑娘光是看他在梨花树下粲然一笑，便能被迷得七荤八素。

更别提他此时又是笑，又是主动搭讪，那简直就是春心掀巨浪了。

杜芄芄沉默三秒，随之灵机一动，颇有兴致道："走，上岸，姐姐我教你如何一招制败敌军。"

小豆花将脸撇开，假装没听见："咦，有大鱼！"

"鱼你个头啊，听我的，一两小鱼干成交。"

"好。"

相处了十余年，杜芄芄算是弄明白了，这个喜欢同自己对着干的傻姑娘，只要用小鱼干就能骗得她乖乖就范。

最主要的是，她傻就傻在杜芄芄的鱼干总是欠着，时间一久，她就会忘了。

临上岸前，小豆花脚下一滑，半个身子都摔进了水里，连带着杜芄芄都被拽到水面上沾湿了裙角。

杜芄芄却也不恼，反倒眯眼笑道："对，就这样，将衣裙都浸得湿淋淋的，上去多踩几脚黄土。"

不等一旁的刘楚君奔过来搀扶，小豆花已经麻溜地起身，两步跨上了岸。

杜芄芄依旧盘着腿，像个纸鸢一般悬浮在她身侧，指挥道："跑过去，使劲甩腿,甩她们一身泥水。"

老实说,小豆花在装疯卖傻这方面,从未让杜芃芃失望过。

只见小豆花拎着湿透的衣裙,光着脚丫子风风火火冲过去,吓得前一刻还尽显娇羞的那些个姑娘瞬时黑下脸来。

姑娘们急道:"你你你……你要干吗?"

"嘿嘿嘿!"小豆花一边甩腿一边傻笑道,"乘马车、乘马车,一起乘马车……"

三个姑娘连忙往后退,其中一个姑娘黑着脸没忍住怒道:"走开啊,我们才不同你这个憨憨一起乘马车呢!"

杜芃芃一听就来火了,她气道:"小豆花,捡石头!"

小豆花十分听话,立马收住笑声,弯腰去捡地上的小石子,吓得那三个姑娘勒紧背上的小筐,扭头就跑。

"打她。"杜芃芃两脚一撑,落在地上站定,"就那个骂你的,往她屁股上砸,给她屁股砸开花。"

闻言,小豆花手一扬,扔出三颗桃儿一般大的石子,破空而飞,一人屁股上一颗,分配均匀,准确无误。

姑娘们捂着脸,又羞又恼地跑远了。

老话都说,别和缺智之人较劲,因为你永远不可能比他们更能拉得下脸面来。

有杜芃芃在身边的这些年,小豆花越长越彪悍,村里人见着她还得绕路走。

杜芃芃叉着腰,满意道:"既然她们如此说你,那咱就得不怕丢面儿,下回再碰见有人骂你,千万别手软,知道了没?"

小豆花拎着湿透的麻布衣裙,傻呵呵地笑着没回应。

河里站着的人,身穿墨青色的粗布袍子,裤腿挽至膝间,露出的半截小腿白皙得紧,没有半分农人的糙态。

他将小豆花的一番行为看在眼里,展颜笑道:"我们家豆花真厉害,若是个男儿,就该送去军中,学骑马射箭,定会是个挽弓的人才。"

受到夸赞,小豆花干劲满满,跑回河里恨不能捞上十条鱼来展示自己的彪悍,急得杜芇芇跟在一旁连声道:"妹妹,你收着点,别让人夸两句,你就上天了啊……"

半个时辰后,一匹红鬃马拉着一辆小马车,马车上坐着两个人,晃晃悠悠地出了村口。

刘楚君坐在车头赶马,后面的板车上就小豆花一人,还有两个木箱子装着些小玩意。

杜芇芇和她并排坐在车尾,四条腿荡在马车外,极为优哉惬意。

这腿晃着晃着,小豆花困意来袭,靠着身后的木箱便睡熟了。

不一会儿,马车"咯吱"两声,缓缓停在路边。

杜芇芇正疑惑,瞥眼便瞧见车头上的人跳下车来,手里拿着个软垫绕到车尾,将它枕在了小豆花颈后。

杜芇芇定定地瞧了他许久,心中忽而有些乱了起来。

她转眼看看熟睡的小豆花,心想凡尘这一生,终究是要嫁与他人做妇的,若那个人是他的话,似乎也还凑合。

只是以杜芇芇七百年仙生的阅历来看,这世间的男人都爱柔弱美娇娘。

十余年来,刘楚君夸过小豆花勤快、厉害,夸过她心纯无忧,却从未说过她好看，言语间不曾透露出半分男子对女子应有的情意。

唉，杜芇芇双手枕在颈后往板车上一躺，心道小豆花一番少女情深，恐怕是要错付了。

蚬子村的市集设在每月十五，附近村子的村民们会在这天上集采买平日所需，所以这日也是商贩最多、小物件最齐全的一天。

刘楚君摆卖的皆是些小玩物，多数都是小豆花玩腻了的。见有小孩停在摊前，她会挑拣两样推出去，乐呵道："这个好玩，还有这个……"

摆不到两炷香时间，杜芇芇就会软趴趴地靠在小豆花背上神游太虚，唯有小豆花好似不会累一般，时时都气力充沛。

"咦，好是新奇！"一个年轻男子停在摊前问道，"这是何物？"

小豆花接过他手中的物件，套在自己指尖上，示范道："这是指尖蜻蜓。"

说着，她轻轻吹出一口气，指尖上那枚小小的竹蜻蜓便迎风旋转起来。

这本是再寻常不过的小玩意，但刘楚君给它做了一个指套，模样也缩小了，瞧着便机巧可爱了许多。

那男子面露欣喜，朝身旁小厮道："阿祈，带这个去见我阿娘，她定会喜欢。"

"你瞧这个。"小豆花又递了一个过去，"小鸟盒子，按这里，鸟儿会飞出来。"

"有趣，有趣，这个也要了……"

这名男子挑挑拣拣，竟将摊上大半的小东西都买下了。

巧在刘楚君去村口的铺子买米糕，此时摊上就剩小豆花一人，杜芇芃又睡得迷糊。

那男子将瞧上的玩物尽数挑在一旁,问道:"这些一齐要几两银子?"

小豆花原地顿了片刻,眼神颇有些不安地看了他两眼,随后小心翼翼伸出两只手掌,捧在身前道:"应……应该是这么多。"

说来也奇怪,小豆花只是缺了杜芃芃这么一缕爽魂,要说傻也算不上,只不过是脑子转得比寻常人慢了些。

但对于钱财,十余年了,她始终分不清铜板和银子有何区别。

她见平日里一个指尖蜻蜓,刘楚君会收两个铜板,于是她思索片刻,那一堆东西,该有一大捧那么多就对了。

那男子虽也是一身粗布衣衫,但领口露出的袍襟却是绸制,是个不缺钱的主。

他一抬眼,目光撞进一汪清泉中,纯净透亮,是他再熟悉不过的眼神。

"钱袋给我,"他朝小厮伸手道,"将东西一件不落,都收起来。"

男子一副心满意足的模样,他笑着打开钱袋子,将袋中的碎银子尽数倒入小豆花手中,问道:"姑娘,这些可够了?"

"应该……够了。"

小豆花捧着银子,亦回了对方一笑。

待那男子和小厮的身影消失在人流中时,杜芃芃才悠悠转醒,一睁眼便看见小豆花满手的银子。她双眼一亮,挺身道:"呀,睡了一觉,你这是上哪儿发财了啊?"

"方才有个人,拿走好多东西,他便给了我这些。"小豆花说着就要将银子尽数放进刘楚君平日用来装铜板的小桶。

见状,杜芃芃出手拦住她,贼兮兮道:"我跟你说,你将这些银子揣好,咱俩趁刘楚君不在,赶着他的马车回村,这些银子够你吃一年的小鱼干了,你我一不做二不休……"

都说做亏心事时,人的眼神容易飘忽不定,杜芃芃四下乱瞟:"将刘楚君扔在此地,待他徒步走回家,你手里的银子早已经瓜熟蒂落,认了主……"

忽地,杜芃芃眼角瞥到一抹墨色,虽深知凡人无法听见自己说话,可她还是喉间一噎,声量渐渐小了下来,直至无声。

她缓缓扭头看去,身后悄无声息地站立着一人,她背脊一凉,悄悄闭上嘴,低头抠手指去了。

刘楚君捧着两块热腾腾的米糕,目光穿过杜芃芃,落在小豆花身上,轻声问道:"何处来的这些银子?"

小豆花显然没将杜芃芃的话听进耳里,她将银子往前一送,欢喜道:"有个人,他拿走了你的东西,便给了我这些。"

"他何时走的?"刘楚君放下米糕,接过银子道,"我们摊上全部东西都不值这些银子的一半,他若未走远,便将多出来的给人还回去。"

小豆花不解道:"银子多不好吗?"

"我们小豆花真聪明,银子多是很好,"刘楚君拍拍她的头,"可进门之财,该合理有据,咱们摊上的东西,银子不能少卖,自然也不能多要他人钱财。"

言毕,刘楚君收好银子,朝小豆花指的方向去追那两位男子。

他前脚刚走,杜芃芃后脚就在小豆花耳边嚼舌根:"我赌二两鱼干,他不会真的去找人归还银子。"

小豆花拿起热乎的米糕咬了一大口,含糊应道:"我赌……赌八两,楚君哥哥不会骗我的。"

杜芃芃惊道："八两？你就这么相信他？"

"他是楚君哥哥呀，我相信他。"

闻言，杜芃芃狠狠翻了个白眼，要撑她的话还未出口，余光便瞥见刘楚君揣着银子返回来了。

她眉头一挑，得意道："瞧，你输了，八两鱼干抵旧债了啊。"

小豆花不搭理她，吃着米糕冲刘楚君问道："是不是他们走远了，追不上了？"

"嗯。"刘楚君从容回道，"下回吧，待下回赶集遇上，再归还于他。"

此时此刻某人脸上那过分波澜不惊的神色，更加让杜芃芃觉得他心里恐怕乐开了花，她嘀咕道："你就装吧，就这两三句话的时间能追上才怪。"

"倒不是我不去追，"刘楚君解释道，"只是突然想起你才识得那人容貌，我追了也无用。"

杜芃芃心中一惊，险些以为他是在同自己说话，愣怔片刻，才小哼了一声，扭头不理会那二人了。

花蛤村到蚬子村的路程，从前刘楚君还没有马车时，靠脚程要走上半日，如今有了马车，往返也不过三个时辰。

当天散集后，刘楚君同往常一样卖光了货物，又收了满满一车破烂。小豆花挤在其中，怀里揣着某人给的一布袋小鱼干笑得无比满足。

杜芃芃实在瞧不下去，干脆在那堆破烂中寻了块还算干净的板子闭眼打坐。

日头西落，天色渐渐昏暗下来。

马车在行至一段草木茂盛的山道时，忽然凌空飞来一支羽箭，歪歪斜斜地射在了马蹄上，随后前方道路倏地腾空而起一张巨网。

刘楚君死死地抓住缰绳，才在距离那张巨网半尺远时将受惊的马匹勒停。

与此同时，两旁山坡上突然冲出八个遮面的壮汉，将马车团团围住。

其中一人挥刀喝道："下车，下车，留财保命，无财留命！"

杜芃芃惊了，若不是那条仙索紧紧拽住她，她八成得被甩飞三尺。

小豆花夹在一堆破烂中间，身子无碍，头却被磕得不轻。

"各位好汉，"刘楚君松开缰绳轻盈一跃，落地道，"我们不过是寻些破烂为生的农人，若各位觉得这一车破烂物尚且值些钱财，那便都拖去，何必要伤了马匹呢？"

他说着便从怀中掏出帕子，安抚马儿片刻后，跪地去帮它包扎中箭的马蹄。

"破烂？"那名壮汉扛着大刀上前，眼神扫过马车上一堆杂乱货物时，忽地撞上一双懵懂的清亮大眼，"哟，这还藏着个大姑娘！"

杜芃芃手快，对着小豆花后脑勺就是一巴掌："撞傻了你，还瞪着那双大眼睛，小心这些坏人瞧你可爱，将你绑去做压寨夫人！"

小豆花吃痛地挠了挠后颈，随后傻乎乎朝那大汉问了一句："你是谁呀？"

"豆花，坐好，"刘楚君捏帕子的手一紧，轻声道，"别乱说话。"

那大汉一愣，随后粗犷笑道："哈哈哈，这大姑娘好玩，叫豆花，巧了，老子最爱吃豆花……"

突然,"咚"的一声,大汉头上被手臂般大小的狼牙棒给猛敲了一下,将他的话头打断。

只见另一名壮汉收了大棒,露着一双微怒的眼睛,道:"蠢蛋,头儿可说过,咱们下山劫富济贫,一不欺老幼,二不辱妇女,你莫不是皮痒想挨揍了?"

被敲的那大汉眉眼一耷拉,颇有几分委屈道:"没、没……没往那方面想,就看姑娘可爱……"

他支支吾吾说着,脚下搓着碎步慢慢挪开了。

扛狼牙棒的壮汉上前来,瞅着小豆花催促道:"麻溜地下车,别挡着哥几个干活。"

刘楚君用帕子将马蹄止住血,起身去扶小豆花下马车时,语气迟疑道:"或许……各位好汉劫错对象了,这车上真是一堆破烂。"

那些大汉四处摸索半响,却无人应他。

刘楚君拉着小豆花退开两步,又轻声道:"各位属实误会了,我们并非富户人家,或许你们可以考虑考虑给我济个贫之类,我家住花蛤村村头马棚,捡破烂为生已有十年……"

一众劫匪权当听不见,两个扛刀的上前对着马车上的杂货就是一阵捅,翻拣片刻后,抬头道:"老大,还真就是一堆废物,啥都有,却啥也用不了啊,都是坏的,"

刘楚君:"瞧,我没骗……"

"话真多。"扛狼牙棒的头儿不耐烦了,"把这两人给我绑了,再把嘴堵上,今儿不能白跑一趟,没钱?没钱就取命!"

要被取命的那两人似乎还愣着,反倒是杜芃芃吓得手一哆嗦,心道难不成自己这罪罚就要在今日结束了?

小豆花的生命即将停在这如花般的年纪了?

公子所托之事她最终无能为力了?

一时间心里五味杂陈,她如今被封住灵力,连偶尔回地宫一趟的灵力都得花重金去买,省着用都捉襟见肘,就更别提插手凡人的事情了。

杜芄芄心思正七上八下时,那头两个大汉已经扛着麻绳准备动手绑人了。

小豆花抓住仙索拽了拽她,可怜兮兮道:"神仙姐姐,快救我们。"

刘楚君牵着小豆花的手,安抚道:"别怕。"

话音方落,两人周身便被绑上了一圈麻绳。

见状,杜芄芄心一软,应道:"不急,先让他们绑,容我想想……"

如今放眼整个天界,她能请得动的仙家只有楚楚仙子一个了。

可神仙不能干涉凡人命数,这是天界条例的硬规,想想江舟公子的下场,就该知道地府那帮老头子天生脾气暴不好惹,这可怎么办。

杜芄芄这边正凝神思索,山道拐弯处突然扬起马蹄声,两名男子身骑骏马扬尘而来。

其中一人手挥马鞭,高喊道:"大胆劫匪,太平年间,律例严酷,竟还敢拦路抢劫!"

这波气势稳了,不出意外,他们该是得救了。

小半炷香后,四人整整齐齐地被绑在山坡上一棵歪脖子树下,大眼瞪小眼,静寂无声,场面一度很尴尬。

杜芄芄立在一旁捂脸,叹道:"服了,武力这么弱就该先去报官,送什么人头啊。"

来人正是白日里买走刘楚君那些小玩物的两位男子,他们刚一下马便被壮汉们团团围住,可以说是不费吹灰之力便让人给一齐绑了。

许是察觉到尴尬,男子率先开腔:"姑娘晚好啊,又见面了。"

不等小豆花搭腔,刘楚君插话问道:"这两位公子是?"

"是今日给我银子的人。"小豆花凝眉道,"你们可还有余钱?若没有,那些坏人就要杀人了。"

男子闻言,扭头问小厮:"阿祈,咱们还有钱吗?"

"没了,少爷,"阿祈应道,"今日带出来的银子你都尽数给这姑娘了。"

听到对话内容,杜芃芃颇有些不解。她蹲在小豆花身旁问道:"这两人不是给了你挺多银子吗?白日里刘楚君还追着人家要还钱,怎的,这么好的还钱机会,你俩不还啊?"

"嘘……"小豆花凑近杜芃芃,悄声道,"那钱要留着,若他们真要杀人,得拿那钱救楚君哥哥。"

"你自己不救了?"

"银子若不够,我……我便只好去做一做压寨夫人了。"

"你想得还挺美。"杜芃芃一屁股坐下,心里寻思着给楚楚仙子传个话,让她帮自己想想法子。

这头悄声密语,那边两人也聊开了。

刘楚君得知那男子身份后,客套道:"承蒙公子赏识,只不过是些小东西,能得公子高价买下,刘某受之有愧。"

"你不必谦逊。"男子豪爽道,"那些小玩意,我阿娘尤其喜欢,只要她心喜,你便是再要十两银子,我也愿意给。"

刘楚君一愣,霎时找不出话来接。

似是瞧出他眼中的疑惑,那男子继续道:"我见你带在身边的姑娘并不似常人思绪,便也不相瞒了。

"我阿娘近些年来头脑越发不清醒,喜好变得如同孩童一般,时常要人哄着,她在这山上道观静养,我今日便是上山去看望她,不想下山来竟撞上这帮匪徒。"

"原来如此。"

刘楚君了然,目光转到小豆花所在的方向片刻,随后转回来安抚道:"公子放心,今日你我四人定会平安的,往后若你还有需要,尽管来寻我。我姓刘名楚君,独身住于花蛤村,别的不会什么,捯饬些小东西的手艺还尚能拿得出手。"

那男子面上一喜,开心道:"如此便先谢过刘兄了。我叫梁年年,家就住在蚬子村,往后定会多光顾你摊上……"

杜芃芃不知何时出现,她蹲在两人中间忍不住吐槽道:"我真是服了,能不能活过今晚都还尚是未知,你们俩还聊上了,是不是心大?"

说完,她又扭头朝刘楚君道:"还有你,谁给你的自信,你今晚能平安啊?"

夜间的山道静谧非常,月光透过稀疏的枝叶洒在那张英挺的面容上,刘楚君忽地抬眼,应道:"报之所望,才能得有好果,希望嘛,还是要有的。"

叫阿祈的小厮哆哆嗦嗦地问:"咱们今晚还能活着下山吗?"

杜芃芃蹙着眉头,一时竟还有些分不清刘楚君那句话到底是在应谁。

那些个壮汉聚在一起燃了火堆，丝毫不担心这被绑的四人会不会逃跑，大概是觉得对方太弱了吧。

杜芃芃紧了紧腰间的仙索，刚起身蹲回小豆花身边，楚楚仙子便回话了，语气不紧不慢道："劫匪？挺好的啊，待傻豆花一死，你就能重新位列仙班，咱们也能继续搭伙过日子了呀。"

"道理是这么个道理没错，"杜芃芃回话道，"可惨死在匪徒手里，也实在是太惨了些，关键是还就在我眼前，你说我如何能做到心安理得不插手啊？"

杜芃芃这边才回过去话，下一刻，楚楚仙子便地遁过来了。

夜晚是菌菇吸食天地灵气最迅猛的时候，所以若是夜间出行，楚楚仙子往往会将自己裹得更加严实，不光是标配斗篷，什么蒙面丝巾、北岭蚕丝手袖皆用上了，周身上下只露着一双眼睛。

她遁到杜芃芃身后，问："那不然我出手，将这些匪徒一个不留，全解决了？"

闻声，杜芃芃起身扶额道："我头疼，你别忘了公子还在涂灵险境，你解决凡人简单，天庭条例不管了吗？"

"逗你呢，我就随口说说，哪还能真不把仙途当回事呀。"

楚楚仙子说着便扭头看见小豆花额头被撞伤了一块，她上前观察道："这孩子额头怎么回事？"

杜芃芃回道："撞的。"

"啧，本就天生脑袋不好使，这再撞撞，还能活吗？"

好在小豆花只能看见杜芃芃一个神仙，楚楚仙子说话再损她也听不见，杜芃芃便懒得掰扯，催促道："快想想法子，一会儿那些个大汉烤暖和了，就该动手了。"

楚楚仙子捂着斗篷左转三圈，右转三圈后，突然灵光一现，欣喜道："有法子了。"

她提议道："不如我在这附近找找，绑几个鬼界的小家伙来用用，让他们现身将匪徒吓跑？"

"让鬼界帮忙？这法子稳妥吗？"

"那是相当稳妥啊，这样咱俩没动手，小家伙们也没动手，有什么事谁也赖不上。"

杜芇芇一盘算，合掌一拍，喜道："也是，此法可行！"

每当杜芇芇自言自语的时候，小豆花都会缩着脑袋扭过身体装作听不见，这回还提了一嘴不干净的，她更是缩成了一团，嘴里碎碎念叨：

"……我兜里有小鱼干，小鱼干得从清水河里抓小鱼，半个指头大小的小鱼捞上岸，用料腌制，香柳枝熏烤三日，晾晒月余，上街售卖，十个铜板能买二两。

"楚君哥哥每次……每次给老板二十个铜板才能装满我的布兜，带回家要藏进柜子，不能被抢不能被抢……"

"这傻孩子嘀咕些什么呢？"楚楚仙子走前问了一句。

杜芇芇突然护短，急道："她才不傻呢，你再如此说她，小心我跟你急眼啊。"

"你……"楚楚仙子捂脸，做作道，"你竟然为了她……为了她要跟我急眼，你伤了我的心，不好补的我告诉你……"

杜芇芇轻飘飘地推了她一把："快，待我回家，慢慢给你补。"

近几万年来,天界同鬼界处得还算和谐,时不时的还会互相帮衬一番。

楚楚仙子去了不到一盏茶工夫,便拎了一群小家伙回来。

"喏,交给你了。"她道。

杜芃芃定睛一看,无奈自己不能离小豆花太远,只好正色道:"来来来,站过来些。"

那群小家伙你看我、我看你,最后齐刷刷地将目光看向杜芃芃,一个两个的神情说不上是怕还是好奇,但还算听话,很迅速地靠过去了。

"听好了啊,你们一会儿过去现身将那些凡人吓跑,"杜芃芃指了指远处火堆旁的八个大汉,"只准吓唬,不准伤人,明白了吗?"

"明白,明白……"

那些小家伙说着就要一窝蜂地飘过去,杜芃芃连忙喊道:"回来,回来,给我注意队形啊,都排好,你,说的就是你,别瞎跑,把造型都给我拿出来,谁不够丑我就捶谁啊……"

闻言,小家伙们瞬间排列整齐,龇牙咧嘴地就飘过去了。

正巧的是,火堆那边有个大汉回头来确认被绑的四人情况,夜幕中忽地就看见一排飘忽如影子一般的东西,大汉瞬间双眼一瞪,磕磕巴巴道:"老老老……老大,有有……有鬼啊!"

先前扛狼牙棒的壮汉眉峰一蹙,凶道:"叫啥叫,那边不就四个穷鬼吗?瞧给你吓的……"

壮汉说着便回头一看,夜幕中火堆的焰光影影绰绰,一整排小鬼的影子忽隐忽现,别的不说,他跑得还挺快。

老大一跑,剩下的几个见鬼的没见鬼的,全都被吓得拎起大刀一溜烟跑了,谁还有杀人那心思。

那头的动静被四人尽收眼底，等他们仔细观察四周的时候，完成任务的小家伙们早已隐去身形。

阿祁往刘楚君身侧挤了挤，语气夹着几分恐慌道："哪儿有鬼？"

刘楚君淡定道："什么鬼？"

梁年年："他们跑什么？"

"他们看见鬼了。"小豆花抬头接话道，"我们能去烤火吗？我有点冷。"

这一番暗箱操作，在场的也只有小豆花能弄清楚是怎么回事。

这十几年相处下来，小豆花早便明白自己与其他人的不同之处，久而久之，也就习惯了。

更何况在她还很小的时候，杜芃芃就曾凑着她的耳朵，每日一说："我，是神仙，你，也是神仙，人间历经百年苦，入道享尽万载福，现下你想要的，百年后应有尽有，可别为了几条小鱼干就与人争吵，给人当跟班，叫人使唤，掉了身价，明白没？"

虽然这话她听过无数遍，但她从不认为自己也是神仙，因为所有人都说她是个憨傻的，除了楚君哥哥。

是以，从小到大，她都只知道跟在自己身边的是个神仙，得叫姐姐。村里只有她能看见神仙姐姐，每当她同神仙姐姐说话，村里的孩子都会笑她又犯病了。

唉，如此一想，挺悲伤的，还是去烤火吧。

在阿祁的一口铁齿下，四人很快便解开了捆绑在身上的绳索。

刘楚君眼疾手快，一把逮回准备去烤火的小豆花，脱下袍子往她身上一裹，连拉带拖地将人送上了马车。

那头，梁年年被阿祁拖住衣袖也跑去找马。梁年年跟跄着扭头道："刘兄，改日若有机会到花蛤村，我定会去寻你……"

刘楚君牵着缰绳，挥手应道："后会有期。"

因马蹄受了伤，马车在浓稠如墨的月色下缓慢前行。

杜芃芃如今没有实身，整个人轻飘飘地随着小豆花上了马车。楚楚仙子顺手拉住她，同她一起落座在那块还算干净的板子上。

"对了，跟你说件事。"楚楚仙子挽着杜芃芃的胳膊，"地宫那几个吃闲饭的死老头近日贴了一条告示，说要对年度财富榜单做一个小小的改动。"

闻言，杜芃芃并不上心，唠嗑般随意应道："白吃俸禄久了，心中不踏实，总是要找些事情折腾两下的，本大仙表示理解。"

"往年榜单你是知道的，只公布上首榜的百名仙家，但从今年开始，新增了一个榜，叫……叫啥来着，"楚楚仙子顿上片刻，接道，"年度最穷地仙榜！"

杜芃芃吐槽道："什么破榜，穷要有罪的话，请用仙律来惩罚我，侮辱人有意思？那些个老头莫不是有病。"

"听说你们地宫每年要选十位仙家上榜，若来年再次入选最穷榜单，便要被剔除仙籍，重新修炼上百年才能回来，以此来激励众仙家不要失了奋斗的热情，日日闲晃不知上进。"

"他们该多关心那群逍遥上仙才是，何故要来为难我这般底层劳苦小仙呢。"杜芃芃双手撑住下巴，散聊道，"哎，别说地宫这些糟心事了，近来天上有什么新鲜事吗？"

楚楚仙子沉吟片刻，回道："倒没什么大事，只是听说定于三个月后的神机宴取消了，好像是因为联系不上夔族那位神脉大佬。"

"谁？"杜芃芃发问。

"蓝楹父神啊！"楚楚仙子解释道，"按例三千年才办一次的神机宴，便是专门让众仙朝拜那位神脉独苗。

"听说父神真颜至今无人得见，他仅是现身于宴会高台，仙屏层层遮拦后，仍旧有无数底层小仙能吸纳其周身蕴散的灵气，一日便能抵上百年清修。"

"三千年才一次？"杜芃芃蹙眉道，"三千年前我还不知道在哪儿呢。"

"就是因为难得，所以众仙家才觉得甚是可惜……"

散话聊至此处，楚楚仙子突然顿住了，杜芃芃也察觉到异样，两人默契地对视一眼，皆蹙起了眉。

有窸窸窣窣的声响从身后传来，两个仙子回头一看，牵着马走在前头的刘楚君左右两侧缠着两只小家伙，正在龇牙咧嘴地吸食他的凡灵。

杜芃芃一惊，二话不说脱下靴子反手就扔了过去，一边一只，正正砸得两只小家伙化作黑烟，融进月色之中。

见状，楚楚仙子单手捏诀，将正欲逃跑的两只小家伙逮了回来，怒目训道："丑鬼，胆挺肥啊，你姑奶奶还没走呢，就敢做坏事了？"

"仙……仙姑息怒。"丑鬼哆嗦道，"方才我们哥俩正打算离开，转身却嗅到这位公子的生灵异常纯净，便……便想偷食一丢丢……"

杜芃芃鼻孔一撑，上火了，甩着腰间的仙索就朝那两只鬼抽了过去："别人的东西好，你们就要偷啊？这天下还有没有王法了，你们鬼界还循不循规矩了？"

"循、循的,循规距的,我们就是一时没忍住……"

"这世间要你忍的事情成千上万,这点诱惑都忍不了还当什么鬼,你们吸食凡人的灵,且不说会给凡人招去病灾,一不小心,鬼命还难保,怎的,鬼生艰难想寻死啊?"

"仙姑言重了,我哥俩就打算偷吃那么一丢丢,"丑鬼哆嗦着比了个指甲盖大小,"解解馋而已,不会搭上鬼命的。"

"去去去,赶紧走,下回再让我撞见你俩干坏事,可就不是抽鞭子这么简单了!"

杜芇芇话音方落,两只小家伙逃也似的飞奔离开了。

深夜的山道寂静清冷,月色斑驳,一阵风刮过,山林间树叶摇动,簌簌作响。小豆花裹着衣服,挤在马车中间睡得正香。

刘楚君牵着马车缓缓前行,膝下的粗布衣衫迎风翻飞,一不注意,那风沿着襟口钻了进去,撩起耳后一片战栗,他抬手揉了揉鼻尖,小小地打了个喷嚏。

而同一时间,在刚刚四人被绑的那棵歪脖子树下,正跑至此处的两抹虚影突然似被禁锢住一般,无法动弹。

片刻后,那两张本就是青面獠牙的脸更加狰狞可怖,似是有什么要冲出他们的鬼身,不等惊叫出声,他们已然化成黑烟,一瞬间,便被黑紫色的缭绕雾气吸食干净。

本是静谧的树林中,突然惊起无数鸟禽,四下逃离。

第三章 一闪一闪是仙女

那日，刘楚君牵着马车回到花蛤村时，已是后半夜。

他将睡熟的小豆花送回去，小豆花的长姐半合着眼，骂骂咧咧地开了门，怒了句："大半夜的，闹什么闹啊！"

"劳驾了。"刘楚君背着小豆花，谦恭道，"今日赶集，回程路上遭劫匪拦道，耽搁了时……"

"烦人，有这能耐还回来作甚……"

刘楚君原本打算好好解释一番，却在刚出口不到两句话时便被打断。

前来开门的女子面露不悦，惺忪着双眼，嘴里嘀嘀咕咕，扭身回了屋。

好似"劫匪拦道"这样的事就如同地里小白菜被野狗踩了一般，在她眼里微乎其微，不如睡个好觉来得重要。

刘楚君将剩余的话噎了回去，揽了揽背上的小豆花，跟着进了屋。

瞅着从刘楚君背上躺回床榻的小豆花，一路跟来的楚楚仙子忍不住同情道："啧啧啧，真是没人疼没人爱，像那地里一棵小白菜，这么晚回来，家里人不找也就算了，好不容易有命回家，还遭人嫌弃，大仙，要我说，咱们今晚就不该救，让她早日解脱了多好。"

"解脱啥，好死还不如赖活着呢。"

杜芃芃说着便解开了仙索，看着两人安稳回来，她也就放心了。

"快走，小西市那家片鸭还有半个时辰打烊，待天亮就吃不上了！"

仙生如此艰难，现下也就只有美食才能慰藉生活了。

说来也巧，刘楚君第二日便病倒了，染了风寒，在榻上捂了一天。

不知是前夜脱袍子给小豆花被冻的，还是被那两个小鬼给闹的，一时也说不清楚。

之后的两天,村里遭了风沙。

得亏刘楚君十余年来在村口种成的那片梨树林子,减弱了不少风沙席卷而过的力量。

他的马棚只是棚顶被吹得歪斜了些,村民们的房屋也未受到损害。

十月金秋,各地旱情严重,花蛤村受风沙影响,整日都笼罩在一片黄沙之中。

小豆花不能出门溜达,日日吃了睡,睡了吃,杜芃芃有大把的时间四处潇洒。

一天夜里,杜芃芃忽而想起自己那尊神像,于是晃到马棚。

已经四日了,刘楚君风寒不退,仍旧躺在榻上休养。

昨日小豆花顶着风沙送来的浓粥原封不动地放在桌上,他一口未食。

瞅一眼那张因病而显得消瘦苍白了许多的脸,杜芃芃略微疑惑道:"奇怪,也不见这屋里有灾病婆子的踪迹,为何能虚成这样?"

她四处走动,漫不经心地翻找了一会儿,却不见神像。

这间原本是马棚的屋子,刘楚君住了十余年,屋里用具简单,只有一套桌椅和单人床榻,用黄泥砌成的土灶也因年代久远而裂开两条半指宽的缝隙。

说来这么多年了,杜芃芃从未仔细留意过这位"破烂王"的日常生活。

今日遁过来瞧上两眼,她看着那破烂的土灶和灶上摆放了数日的剩菜,只觉得这萧条凄惨的模样倒也极其符合他捡破烂这一身份。

杜芃芃走去床榻旁,四下扫视一圈,最后将目光停在床头的一只木箱子上。

这年头,能费工夫装箱的,必定有料。

杜芃芃捏了捏灵囊中所剩不多的灵力，一咬牙，用了。

在一层浅淡的暖黄色灵力萦绕下，那只木箱子呈现半透明状。

杜芃芃定睛一看，面上顿时大惊失色。

"我的娘嘞……"她忍不住惊叹出声。

满满一箱白花花的银锭子，拳头那么大的！

这年头，难道捡破烂还是一门不为人知的高收入行业了？

杜芃芃双手不受控制地摸过去。

可还不等她碰到，榻上原本熟睡的人却倏地睁开眼，那双曜黑的、深不见底的瞳孔四周泛着诡异紫光，眼神中没有丝毫情感，正直勾勾地看向她。

杜芃芃余光一瞥，心中大惊，身体根本来不及反应。那双眼似是能勾魂一般将她勾了进去，她的魂体一瞬间便原地消失了。

正在芷萝仙人岛上蹭饭的楚楚仙子周身一顿，手中的银筷"啪嗒"掉落在地，她惊呼道："大仙出事了！"

芷萝仙人也放下筷子，温声询问道："可是地宫那位厨艺甚佳的小地仙？"

"对，你会追识术，快帮我找找，她近来一直在凡间，不应该出事才对。"

楚楚仙子这边话音方落，芷萝仙人便掐诀施术了。

寻了片刻，芷萝仙人缓缓睁眼道："凡间寻不到这位小地仙的踪迹。你不妨去找司命问问，他当初在你那位朋友身上施过法，能用窥灵镜追其踪迹，天上人间、神魔鬼道皆可探知。"

"不在凡间？"楚楚仙子沉思道，"这不可能……"

就在方才，她突然感应不到杜芃芃的存在了，活生生一个仙家，不可能凭空消失。

楚楚仙子匆忙行了个礼，不等芷萝仙人反应，便一个地遁，遁到了司命鉴的正堂上。

那张白灿灿的玉桌后，正歪坐着一位仙家。

白衣玉带加身，手持金丝小扇，眯眼瞌睡的同时，嘴里还含着半条小鱼干。

说来楚楚仙子是祈岭仙君座下第一大弟子，真要算起位份来，也不比这些领官职的仙家低。

可她还是很客套地在堂下招呼道："六境天岭弟子楚楚，现下有急事需叨扰司命星君。"

话音落，司命星君却连眼皮都未动弹半分，只是在瞌睡中下意识地动了动嘴，那半条小鱼干便被嚼入口中。

呵，值守期间打瞌睡，还偷吃，天界败类。

楚楚仙子极其轻蔑地"嗤"了一声，后疾步上前，伸出手指叩了叩案桌："醒醒、醒醒，星君若再不睁眼，小心我将你的鱼全数撒去喂三笼林的猫妖。"

司命持扇的手一抖，受到惊吓般睁开眼，视线蒙眬道："哪儿有猫？"

众仙皆知，司命星君仙生最惧怕猫，尤其是黑猫。

楚楚仙子某日在地宫吃酒时听来小道消息，说这位星君幼时不知事，曾在黑猫口下抢鱼干，惨遭猫爪三连杀，由此留下了强烈的心理阴影。

要说惨，还是数他惨。

楚楚仙子那日在酒肆笑到眼角抹泪，还以为是哪位与司命鉴有仇的仙家恶意造谣，今日一瞧，情况属实啊。

"这不是楚楚仙子吗？"司命定睛一看，"大白天的，你怎么唬人呢？"

"星君还知道这会儿是青天白日啊？瞌睡偷吃、玩忽职守，我告诉你，杜芃芃若在凡间有个三长两短，我……"

"仙子要如何？"司命出言打断，手中小扇一收，起身上前，凑近道，"打我骂我，还是……亲亲我？"

楚楚仙子极其嫌弃地往后挪了挪，道："你们爱吃鱼干的，都不知道自己有口臭吗？"

闻言，司命连忙撑开小扇遮在鼻下，笑吟吟道："不好，不好，让仙子知晓了我的秘密，你若说出去，可要对我负责。"

负你个大头鬼。

楚楚仙子拢了拢斗篷，后退三步，正色道："地宫灶王仙杜芃芃半盏茶之前在人间失了踪迹，她若出事，我必去御座前状告你们司命鉴公报私仇，以公泄私愤，残害仙家同僚……"

"哎，打住。"司命放下小扇，挑眉道，"仙子怎的越说越离谱了，可要吓坏心肝肺的，你家杜芃芃好着呢，你急什么？"

楚楚仙子不悦蹙眉，追问："她在哪儿？"

"不知。"

"可有受伤？"

"还活着。"

楚楚仙子忍住想抡铁锤的冲动，扭身便要走。

好巧不巧，她刚一转身，殿门外便吹来一阵强风，将她头上的帽子给吹落了。

许是情绪憋到点了,她头顶"啵"一声,冒出朵蘑菇来。

司命双目一亮,闪身上前,惊道:"呀,这莫不是传说中的木茸菇?听闻千年朽木修成正果,头上长出的蘑菇是菇中之王,新鲜采摘,不需清洗烹饪,直接切片,蘸料食用最为鲜嫩可口。

"不想楚楚仙子竟这般客套,上门还带什么礼物呀,真是……"

司命说着便挽起袖子,双手齐上,一把就将那朵蘑菇给揪了下来,捧在手心里笑得十分灿烂。

楚楚仙子强压下心中怒火,嘴角扯出一抹微笑,平声静气道:"星君喜欢就好,我这儿还有一件礼物,望你别嫌弃。"

说着,一只葱白玉手缓缓摸向袖中铁锤……

杜芃芃起初是觉得白光刺眼,刺得她根本无法睁开眼睛,待她试探着睁开一条眼缝时,四周却又黑漆漆一片。

她伸了伸手,切身体验了一把什么叫伸手不见五指。

她再次捏了捏灵囊,还有余货,便掐诀施术,想弄个火球来照明,却发现灵囊内的灵力被封住了,施法数次都毫无反应。

怕不是见鬼了。

杜芃芃气得一跺脚,脚下却像踩着纸皮一般,一跺便破了,她整个身子"咻"一声,直线坠落。

"救命啊!"一声惊叫响彻四方。

耳旁有风,"呼啦呼啦"地刮得脸疼,杜芃芃闭着眼,整张脸挤成一团。

也不知下坠了多久,待她感觉耳边风速逐渐缓和下来时,她睁眼一看,四周还是漆黑一片。

"欸,小仙菇?"

黑暗中突然冒出一腔男声,吓得杜芃芃浑身一个激灵。

她循声望去,瞧见左下方不远处骤然亮起一团白光,借着照射过来的微弱光芒,她惊奇地发现,自己竟然是飘浮着的。

"谁在那里?"杜芃芃警惕询问。

"是我啊,蓝槛仙君,你不记得了吗?"

这道男声如玉石轻撞,清脆亮耳。

杜芃芃仔细在脑中搜寻了一遍,并未想起什么,倒是这"蓝槛"二字,听起来有那么几分耳熟,似乎是在哪里听过这个名号。

"哦……"瞧着不像是坏人,杜芃芃索性装傻套近乎,"原来是你呀,老兄,我能否冒昧问一句,这是什么地方?"

"我也不知这是哪里。"

"那你在这儿做什么?"

"什么也没做啊。"

"什么都没做你在这儿干吗?"

两人隔空对话,半晌也没对出个所以然来。

见他噎住,杜芃芃略烦躁道:"算了,算了,问了半天白问,那我要怎么下来,你总该知道了吧?"

"这个我知道。"男声愉悦道,"小仙菇,你靠过来些。"

闻言,杜芃芃心生防备,回杠道:"为何不是你过来?"

话音方落,那团白光骤然暗了下去,四周重新陷入黑暗之中。

杜芃芃心下一惊，全身感官皆变得十分敏锐。她屏住呼吸，仔细捕捉着可能会发生的危险。

黑暗中，一只修长秀气的手抬至胸前，伸出的食指骨节明晰，指尖圆润洁净，他轻轻碰了碰身前的屏障，周围白光骤亮。

他抬眼朝上方看去，身着鹅黄色轻纱衣裙的仙子倾斜着身体飘浮在那儿，胸前挂着似长命锁模样的物件，尾部接着又长又密的两串穗子，火红如霞。

"它亮一会儿就自己灭了，得碰碰才会再亮。"他隔着屏障柔声询问，"可有吓到你？"

视线里重新有了微弱光芒，杜芃芃寻着光亮瞧去。在那一团白光里，隐约能看到一个站立的颀长身影，大抵就是那位蓝楹仙君了吧。

整半天虚惊一场。

杜芃芃松开拳头，呼出一口气后，佯装淡定道："你……你这圈儿，挺神秘啊。"

"这不是圈儿，"蓝楹仙君笑应，"这是结界，它困着我，我哪儿也去不了。"

闻言，杜芃芃眉峰一蹙，口中喃喃道："原来如此……"

原来他并不是为了要做什么而在此处，而是被困在了此处。

这么想来，这地方确实很诡异。

杜芃芃思索片刻，决定靠他近一些，先下去探个情况。

她使劲蹬了蹬腿，身体瞬间摇摆得厉害，位置却半分也没挪动。

见状，下方的男声提醒道："我记得小仙菇你水性很好，你试一下在水中的样子，游过来。"

奇怪了，他如何知道我水性好？

难不成真是天界哪位故交，如今遭了难，被困于此处？

不应该啊，要说别的杜芃芃可能还会忘记，可她飞升地仙这七百年来，因为实在太懒，家门外方圆一里就算出远门了，因此根本结交不到什么好友。

放眼整个天界，也就楚楚仙子这么一位能插科打诨的同居仙友。

再者就是，自五百年前小市上有鱼干售卖，她就再也没下水捞过鱼了，连楚楚也不知道她水性好与否吧？

怀着疑虑，杜芃芃稳住身子，假想自己处于一汪清泉之中，双手游摆，用力弓腿一蹬，哪知力度掌控不当，"咻"一声竟猛然窜出去好远。

"我的娘嘞……"

杜芃芃一声尖叫，身子从那团白球旁迅速擦过，又直直坠了下去。

"小心！"那位蓝榀仙君急呼出声。

同一时间，一缕散着盈盈蓝光的灵力从结界中飞射而出，朝杜芃芃下坠的方向急速飞去，转瞬间便将她给捞了上来。

就这么一会儿的工夫，杜芃芃从上到下，又是跌又是坠的，头晕眼花都不足概括她此时的状态。

她晃悠悠地立在那团白球旁，缓了片刻，心里骤然来气，怒目道："你能施法你早说呀，还让我游过来，这四下漆黑的，你是不是瞧我使不上灵力，好欺负啊？"

"小仙菇……"

"仙什么姑，叫什么仙姑？"杜芃芃甩脸打断，"敢情我瞧着年纪大是吗?上天入地,你问问哪个宫的仙家敢开口便叫人仙姑的,这但凡是个女仙家,不称小仙女,也该颇有礼貌地唤一声仙子,你这叫法,我告诉你,忍你半天了……"

隔着一道雾蒙蒙的屏障,那蓝楹仙君久未应声,就在杜芃芃略觉气氛尴尬时,缠住她身子的灵力开始缓缓消散。

杜芃芃脚心悬浮,瞬时又要往上飘,她心下一急,道:"喂,我说的都是气话,你别……"

"许久未与人说话,瞧你生气,我心里竟也喜欢。"屏障内的男声轻言打断,"在此境内,灵力不可久用,你抓住我的衣袖,应当能站稳。"

说着,结界内伸出一截衣袖来,那袖口邃蓝,上头烫着金丝兰纹,瞧着倒不是一般仙家能有的打扮,这莫非是个大佬?

杜芃芃眉头一蹙,顺手揪住的同时,疑惑道:"衣服能出来,你出不来?"

"我也觉得颇为奇怪,早前试过多次,身上的一应物件皆不受制于此结界,唯独我,半个指头都出不去。"

杜芃芃揪着那半截袖口,身子终于稳当了许多。

她腾出一只手,试探性地摸了摸那层白雾晕绕的结界,没什么手感,还蛮糙的,摸着扎手。

"奇了。"杜芃芃收回手,缓缓道,"我瞧着,这结界十有八九是为你量身定制的呀。仙兄,你莫不是从前在仙界,得罪过哪位手段非凡的仙家?"

隔着结界,虽离得近,但眼前雾蒙蒙一片,杜芃芃只能勉强看清那位蓝楹仙君的身形轮廓。她瞧见他好似是撇过头,嘴里小小地"扑哧"

一声,笑了。

见状,杜芃芃正色道:"你别笑,我认真同你说的,你往细里想想,可曾得罪过什么……地位啊,仙术啊,都比自己强不少的。"

想着她如今这副要仙不仙,要鬼不鬼的模样,便是得罪了天界最高掌权者,外加一个掌命理,还有阴险狡诈的司命官的下场。

这位仙兄被困于此,多半也是得罪谁了。

"嗯……"蓝楹仙君收了笑,沉思片刻,应道,"不曾有这样的仙家。"

行吧,想来是她多此一问了。既然这结界弄不出个所以然来,她倒是突然想起了自己的处境。

这地方极其诡异,能封住她的灵囊,还禁了一个仙家在此,必不能久留啊。

杜芃芃略一思索,话头一转,问道:"你可认识刘楚君?"

"刘楚君是谁?"

瞧这应话的速度,不像是在撒谎。

再瞧那话的内容,大概仙生就没听见过这么一个名儿。

杜芃芃心里满是疑云,她先是偷看了刘楚君的那箱银锭子,之后那家伙一睁眼,跟着了魔一般,那眼神诡异至极,仿佛能勾魂夺魄,完了她眼睛一闭一睁,就在这儿了。

如此一想,她身处此境,必然跟刘楚君断不开干系,可面前这位说与她是旧相识的仙家,却根本就不认识这个人。

最最重要的,刘楚君是个凡人呀,他多大能耐啊,能将她杜大仙困在此处,还封了她的灵囊?

"唉……"一时也想不透,杜芃芃叹气道,"算了,问你也问不明白,既然你我是旧相识，你不如同我说说，咱俩是何时何地结下的交情啊？"

末了，她又补充道："这上年岁了，忘性大，仙兄替我回忆回忆，应当不妨事吧？"

"妨倒也不妨事，就是……"

那声音突然顿住了，杜芃芃心急，追问道："就是什么，你倒是接着说啊。"

"就是……有些许难为情。"蓝榅仙君低眉垂眼，温声接道，"你我初次相识，是在百谷灵泉，那时你尚未修出仙身，我午间路过，竟不小心将你带入泉池，那日……"

话至此处，原本揪着他袖口的杜芃芃突然被两股黑紫的雾气高高卷起。

身子瞬间悬飞三尺，杜芃芃浑身一个激灵，嘴里下意识地惊道："好强的魔气！"

缺少灵囊护体，杜芃芃根本无法察觉在她与那位蓝榅仙君相谈正欢时，从更深的黑暗之处袭来的危险，早已环绕在四周蠢蠢欲动。

杜芃芃悬于空中，用不了灵囊，她只能死命挣扎："仙兄，快救我！"

"你莫要怕。"蓝榅仙君出声安抚。

与此同时，两条蓝绫再次飞出朝杜芃芃疾行而去。

只不过那些汹涌浓郁的魔气根本不给它靠近杜芃芃的机会，黑紫色的雾气源源不断地从黑暗深处涌出，片刻工夫便将蓝绫给淹没了。

越来越浓郁的魔气将杜芃芃裹挟在半空，瞧此情形，结界内的身影略有些慌乱地盘腿坐下，双手掐诀施法。

一瞬间，白光骤亮，结界外如风云狂涌，黑白相绞。

杜芃芃只瞧见眼前一道白光倏地破开黑暗朝自己袭来，如此危急时刻，她脑中忽然一阵眩晕，随即两眼一黑，失去了意识。

原本被汹涌魔气裹挟的身影转瞬间便消失了，如同莫名出现一般，来去皆无预兆。

顷刻间，周边白光黯然，在无边的黑暗之中，唯有那处结界散着白光，从浓浓黑紫雾气中破出的蓝绫急速撤回结界内，顺着那道身形的手臂缠绕而上，随后那双掐诀的手略显无力地垂下。

可被唤醒的猛兽从不会轻易放过谁，那些在结界外翻涌的魔气失去了攻击目标，转而全数朝结界内动用了神术的仙体侵袭而去。

本是白光骤亮的结界，不过须臾便被狂涌的黑紫雾气吞没。

那片天地，再一次陷入了无边无际的黑暗。

寂静无声中，数抹指尖般纤细的魔气悄然侵入结界，如游蛇一般灵敏地找寻到养分，从眉间、心口迅速没入蓝樾仙君的体内，那双清灵无比的眸子顷刻间黯然混浊。

他虚弱地俯身在地，手还来不及捂上双唇，便有鲜血喷涌而出。

那对柔中带坚的眉峰紧紧蹙起，眉下眸光浊而有力。

英挺的鼻梁、起落的唇峰、清俊的面廓……

若仔细多看他两眼，便能惊觉那张脸竟和刘楚君一模一样。

人间大旱那年，三笼林却日日瓢泼大雨，整个山林间皆是雨水混着黄泥，如泄洪一般冲入山底的环山湖中。

传说三笼林是猫妖的聚集地，一入夜，数不清的猫眼躲在丛林中散发着幽暗绿光。

上千年来，这座被湖光环绕的山林，从未有人踏足。

那日也是大雨，山腰处那半截朽木上，一朵伞头巨大的蘑菇忽地扭动两下，随即抖了抖被雨滴打得发蔫的菇伞，撑开来，一张小嘴叽叽道："我的娘嘞，这雨终于歇了，再不歇，我头就要被砸傻……"

她一仰菇头，嘴上的话顿时噎住了。

大雨朦胧中，入眼的是位白衣公子，撑着把湛蓝的油伞，细长的眼就那样定定地瞧着她。

原来大雨不曾歇，仅是那油伞遮了她上方片寸天地。

白衣公子与她对视片刻，方才开口缓缓道："你竟是朵仙菇，想来在这地方修了不少年头吧。"

她也记不清多少年头了。

这三笼林气候变幻无常，她只记得自己不是顶着烈日，扛着被烤焦的风险，便是被大雪覆盖，被暴雨冲刷。

自修出五识以来，她从未见过如这般会发声的庞然大物。

瞧她收了伞头，许是害怕，他便这样介绍自己："我名江舟，在天界任职，那里的仙家尊我一声公子，你若将来修出身形，也要去到天界。"

他说："我瞧这片山，灵气已不够育养你继续修身，你可愿意随我走？"

见他轻声温语，并无威胁，她小心翼翼地撑开伞头，问了一句："那里……是什么模样的？"

"天界啊，仙者齐聚，清雅绝尘，有花有草，有流云飞鸟，还有……美丽的仙子。"

仅是听了这三五句，她便觉得那一定是个好地方，她愿意随他走。

后来，她便顶着自己的蘑菇头，随他去了他口中所说的仙境。

不过月余，她便在那灵气充盈的一片小树林里修出了四肢。

和三笼林不同，这里的猫是仙子，修长的四肢、妖娆的猫尾、洁白的绒毛，悄无声息地出现，身姿曼妙无比。

猫仙子会化出人身，摸摸她的伞头，逗笑道："小蘑菇，你可会炖汤？可知人间有道菜，名为小鸡炖蘑菇，入口醇鲜，齿间留香。"

那声音如轻晃的铃声，摇得她心神愉悦。

她仰着菇头，乐呵呵道："你好，美丽的猫仙子，我还不会炖汤，不过待我长大了，便去学，到时再邀仙子品尝。"

闻言，仙子捂着嘴咯咯笑着，周围的花啊、树啊、盘桓的飞鸟皆拟出人声，一边笑她憨傻，一边又夸她怪可爱的。

如此轻松愉快，日复一日，她修出的四肢逐渐强壮有力，只是那朵伞头依旧硕大，压着她的身子略显笨重。

一日，原本吵闹欢快的林间突然静了下来，片刻后，盘桓的火雀仙子悄声呼道："父神来啦，大家快躲起来。"

瞬时，能动的都跑远了，山间的林木皆闭了五识，仅有那朵蘑菇头还来不及反应，倏地一片蓝纱罩住她的头，顷刻间将她拖入一池清泉内。

那湛蓝的绸衣纱缎在入水的瞬间便似糯纸般融开，浓郁的蓝随波融向四方，一池清泉缓缓将它吸收净化，直至池中无色。

半晌，那朵蘑菇头"咕噜噜"猛呛了好几口水才浮出头来，一抬眼，雾气缭绕中精致贵气的发冠下圆额峰眉，眸光细碎有神。

她一时看呆了眼，无意间脱口道："你好，美丽的仙子。"

"你好，小蘑菇。"那道声音温润得比清泉过隙还舒适。

小蘑菇看傻了，不自知地笑开了嘴。

那双眼睛柔柔地看着她，眸光不解且真诚道："现下这状况，是我先穿衣好，还是你先闭眼呢？"

小蘑菇面容一顿，这才回过神来，眼中刚看清那张好看面孔下裸露的肩头，一只手便从泉下抬起，携着湿热的水渍往她菇头上轻轻一碰，她瞬时就没了意识。

随后，林间轻轻响起一句："依我看，还是让你闭眼好。"

那朵小蘑菇被一团散着蓝光、轻盈缥缈的灵力托起，一路朝山林更深处去了。

再次醒来时，她躺在一朵巨大的暖黄色花苞中，已修出了仙身。

杜芇芇一睁眼便看到熟悉的房梁，她正平躺在小豆花的小床上，再一扭头，瞧见傻乎乎的小姑娘坐在床角，手上捧着两条鱼干，脸上还挂着泪。

这莫不是因担心我才流的泪？

唉，自家姑娘会疼人了……

杜芇芇嘴一瘪，正准备感动，房间里突然响起悠悠一句："别瞎感动，那是我打哭的。"

再扭头，楚楚仙子身披斗篷站在床旁，她上天入地找了好友半天，这才想起司命在自己好友身上施的损招，只要小豆花一醒，杜芇芇的仙魂不论在何处，都会瞬间被拉扯回来。

于是，楚楚仙子遁到熟睡的小豆花面前，朝她脑袋瓜上就是两巴掌，"啪啪"给打醒了。

瞧着杜芃芃完好无损地回来，楚楚仙子松了松神情，问道："你上哪儿去了？"

杜芃芃脑中浮现出那些密密麻麻极强的魔气，一个激灵，挺身而起："刘楚君！这人有问题。"

"楚君哥哥怎么了？"

听见"刘楚君"这三个字，小豆花的耳朵突然就好使了，她爬到杜芃芃面前发问。

杜芃芃看看她，再看看楚楚仙子，道："楚楚，门外稍等我片刻，我有大事跟你说。"

瞧她神神秘秘的模样，楚楚仙子瞪着疑惑的眼神，慢吞吞地走了出去。

杜芃芃转头拍拍小豆花肉肉的肩头，拉着她一齐躺下，哄道："你看外面黄沙漫天，你再睡一觉，我去给你的楚君哥哥把风寒给治好，等你睡醒了，就能去找他玩了。"

"真的吗？"

"真的，二两鱼干为证。"

将小豆花哄睡之后，杜芃芃挥手将两人腰间的仙索隐了，出门拉着楚楚仙子直奔村头的马棚。

路上，她将自己遭遇的怪事都说了，楚楚仙子质疑道："不能够吧？且不说刘楚君一介凡人，就他捡那破烂，能攒得起银锭子？"

"我没瞎。"杜芃芃两手一比，"那么大一箱，全是。"

借着楚楚仙子的术法，杜芃芃搭着她不过三两句话的工夫便移身到了刘楚君屋内。

可一入屋，杜芃芃就疑惑了，明明昨日夜里还昏睡不起的人，此刻竟然神清气爽，发冠也梳戴整齐地立在床边。

刘楚君慢悠悠地伸展四肢后，在两位女神仙的注视下，提着轻快的脚步出了门。

见状，杜芃芃急忙上前两步，目光在床铺周围搜寻一番，却不见木箱的踪影。

她皱眉道："见鬼了，我昨日明明见着床头有个木箱，里面白花花全是银子。"

她将那张破床翻找个遍，楚楚仙子也没闲着，使了不少灵力，连墙体都钻摸了一遍，可这屋里贫酸得很，能藏住啥？

找了好一会儿，杜芃芃依旧不放弃，捏起灵囊便掐诀闪进屋顶的茅草内。一通翻找后，她闪回屋内，刚落定便和楚楚仙子略显关怀的眼神撞上。

"大仙，"楚楚仙子上前来，轻轻捻去她发丝间夹杂的干草，"你该不会是……穷久了，产生幻觉了吧？"

杜芃芃好气，却没办法，只能蔫着嗓子道："连你也嫌我穷了？"

"那不会。"楚楚仙子拍拍她的肩，回道，"虽说前日地宫公布了榜单，你列位地宫最穷地仙之末，但我楚楚仙子绝不会嫌贫爱富，近来我攒了许多赚钱的门路，这致富的阳关大道已经给你铺好了，就等着你重回地宫呢。所以别灰心，不就缺点钱嘛，多大点事呢。"

楚楚仙子安慰她一番后，便以要同芷萝仙人重约饭局为由，先撤了。

杜芃芃垮下脸来，瞅一眼墙角破败的土灶头，心一横便盘腿坐上刘楚君的灶台，脑子里开始琢磨自己那尊神像该如何才能重见天日。

那边,恢复元气的刘楚君扛起锄头进山走了一趟,日落时回来,手上便多了两只野兔。

他径直往小豆花家送去,以答谢小豆花这几日的照看之情。

小豆花那个贪吃的爹乐呵呵接过,当晚便让家里人把兔子烧了下酒,他躺在野藤蔓编制而成的摇椅里优哉游哉地使唤道:"一只红烧,一只爆炒,小心莫要烧烂乎了,你老爹我下酒嚼起没劲……"

家里孩子各自忙各自的,无人想搭理他,唯有小豆花烧着火还不忘仰头问:"阿爹,椅子舒服吗?"

闻言,阿爹猛摇了两回,左右摸了摸打磨得十分光滑的扶手回道:"舒服啊。"

"楚君哥哥做的。"小豆花提醒道。

"不错。"阿爹肯定道,"这个小刘手艺是不错。"

小豆花"嘿嘿"一笑,接话道:"堂屋的立柜、长凳,牛圈的木栅子也是他帮忙做的,还给我们送了兔子呢。"

经小豆花这么一提示,她家老爹总算是想起"浅谢"一词,于是使唤小豆花把火烧旺后去马棚请刘楚君到家里做客。

去的路上,杜芃芃不满道:"那个刘楚君一点小恩小惠你记这么清楚,现下你说说,本仙女都替你做过些什么,一件不落给我数出来。"

"我想想。"小豆花磨蹭半响憋出一句,"想不出来……"

眼见杜芃芃抡起拳头,小豆花边跑边应道:"神仙姐姐,是太多了才想不出来呀!"

"骗鬼呢,看我今晚捶不捶你……"

一路追闹着将刘楚君请回去,当晚,小豆花她爹本是想找个酒伴,哪料刘楚君一盏酒下肚便伏桌了。

待这位老爹慢悠悠独饮到酒足已是子夜,这一家的其余人早已呼呼大睡了,连小豆花也没撑住窝在一旁躺椅上睡得正香。

杜芃芃跑去地宫正溜得起劲,临近子夜时,她突觉小豆花那边有轻微异样,只好不舍地摸了摸小摊前的仙剑,捏诀遁了回去。

刚落地,杜芃芃便瞧见小豆花她爹急匆匆往茅房跑。再一转眼,又瞧见一副晃悠悠的身体从屋里跨出来,刘楚君嘴里轻念着"回家",脚下跌跌撞撞地往外走。

杜芃芃警觉地将屋子巡视个遍,确认安全后便蹙起眉头追着刘楚君一起融进了夜色中。

朦胧的月光下罩着一层薄雾,隐约瞧见前方醉酒的刘楚君脚步略显虚浮,杜芃芃快步追上去。

就在快要近身时,她忽觉身后巷道有异响,正欲抽身去探查,夜里蝉鸣间响起轻喃一声:"……这家伙,好丑。"

循声而去,只见刘楚君晃悠着身子,稍显吃力地抬手指向土埂之下的大片麦地。

杜芃芃目光越过那根手指,只见一片因干涸而长势低矮的麦穗间笼着一团黑雾,再细看片刻,那黑雾中竟站着一只青面獠牙的小鬼,一双森冷的眼紧紧盯着醉意上头的刘楚君,口水都险些拉成丝了。

"嘶,这年头馋鬼还真不少。"杜芃芃上前捏出灵囊朝那边作势道,"你再看,信不信我将你捉去喂噬兽啊?"

话音方落,那家伙瞧着杜芃芃一副不好惹的样子,只好咽了咽口水麻溜地散了。

这边，杜芃芃还在心里庆幸没使上半分灵力便将那家伙给赶走了，刚想顺手收起灵囊，哪想瞥眼竟瞧见刘楚君扬起拳头，醉乎乎地喊了一句："安全！"

话音落，只见他脚下一个不稳，身体竟直挺挺往后倒下去。

杜芃芃面色一惊，未经思索便花了大半个灵囊的灵力化出一张现身符往头上一拍，闪身将人堪堪接住。

刘楚君后颈稳稳枕进杜芃芃的臂弯里，他那双醉意蒙眬的眼睛像极了秋日晨时的河面，水雾缭绕，望不及底。

视线极其容易被那双眼睛吸引过去，如同天光初现时那些还来不及散开的暗影，若是看了一眼，便总想再深看几分，就如想探知那暗影之下是空无一物还是藏有蹊跷一般。

杜芃芃凝眸蹙眉，盯着他幽幽道："你小子还真不简单，若是心狠些，我真想剜了你的眼，瞧瞧里面究竟藏了些什么。"

说完，她又抿嘴叹息："可惜，仙风善道，一是上面不允许，二是我还真不敢。"

此时臂弯里的人竟打出一个小小的酒嗝，轻吐酒气后，他的目光似是落在杜芃芃脸上，嘴中却喃喃道："星星……真好看。"

"你还有心情看星星？"反应过来的杜芃芃心疼道，"这冤枉钱花的，早知道就让你摔个手残腿瘸了！"

刘楚君对她的话恍若未闻，整个人软绵绵的，酒意上头的脸颊升起两团红晕，蒙眬的眼睛像是在看她，也像是落入了广袤星空。

他眉眼弯弯一笑："一闪一闪……是仙女……"

话音还未完全吐落，人便头一歪，两眼一闭，梦庄周去了。

杜芃芃看着那张脸,觉得百思不得其解。

这副身子易招阴秽之物不说,他方才竟还能窥得那小鬼的真身,这人莫不是凡间传言所说骨骼惊奇的入道之才?

连拖带拽将刘楚君扔回马棚后,杜芃芃实在是心疼那半袋子灵力,便想着:"趁他睡着,正好找出神像,寻一户富人家扔下,再请楚楚仙子托个梦,就准能安心吃上供奉了。"

于是,杜芃芃开始满屋子翻找,就差把房顶给掀了都没找到自己那尊神像。

正苦恼时,身后窸窸窣窣发出声响,她猛地回头,竟瞧见刘楚君躺于榻上两眼紧闭,一副睡得正香的模样,手却摸索着从头枕下取出个什么东西搂进怀里。

杜芃芃上前一看,拍手道:"是我的神像!"

真是得来全不费工夫,她美滋滋地伸手去拿,却发现一只手还抢不过来,于是便双手齐上用力一拽,竟还是没拽出来。

刘楚君将神像牢牢锢在胸前,杜芃芃使了好大力气竟都纹丝不动,无奈她只好抬腿蹬上床沿,再次全力一拽,还是纹丝不动。

"这是我的神像!"杜芃芃一气之下朝刘楚君猛捶数下,随后抓着半截神像咬牙道,"放手,你给我放手!"

被捶的人仅是动动嘴,梦呓了两声,随后慢悠悠地转个身,拿背来对着她。

杜芃芃一时无计可施,于是爬上床打算一根一根手指头掰时,身上的符纸正好过了一炷香的时效,化作一缕香灰散尽。

看着自己的双手穿过那数根牢牢抓住神像的手指,某仙欲哭无泪,只得再次感叹道:"早知道就让你摔在外头喂狗算了。"

楚楚仙子那日离开后并未去赴芷萝仙人的饭局,而是直奔司命鉴,瞧见大堂里仅有两位值守的小仙君,她转身闯入偏殿,没有半分要客套的意思。

殿门突然被推开,正打瞌睡的司命星君惊了一跳,他瞬时睁大双眼,看清来者后,额角馒头般大小的鼓包又开始隐隐作痛了。

"我说,"司命闭眼,伸出长指轻揉眉心,"灵修的仙侣也没你跑得这般勤快吧,这才几刻不见,怎就念我得紧?"

"寻常造访是有事相商,频繁登门,那自然是有大事要询了。"

楚楚仙子少见地未着斗篷,内里一身淡褐色纱衣,自腰间垂流而下的柳叶裙略显素淡,却也叫她穿出一股仙者的清雅绝尘来。

司命起身走向楚楚仙子,双手一摊,语气无奈道:"今日本君公休啊,有事可否先让仙侍递个折子啊?这样闯来闯去,我们司命鉴不要面子的吗?"

"六境天岭一向不涉天界内务,可若要算起位份,好巧不巧高你司命鉴两阶。"楚楚仙子一仰头,高阶仙君的气势瞬间就上来了。

"若我没记错,仙律中可是说的,向下阶仙君问询,不必递折?"

话是这么说没错,可仙家办事向来讲究得体,平日里高阶的低阶的,打起交道来也都客客气气,哪见过这样的。

司命瞧她片刻,最终身姿一泄,收手忍道:"行,说吧,现下又有何事是小仙能帮得上您的呢?"

说着,司命又退了两步,迎道:"来,楚楚仙子您请上座。"

瞧他这番违心做作的模样,楚楚仙子没忍住,转头翻了个白眼。

随后,她扬声正色道:"上座就免了,还是先前杜芃芃失踪一事,听她所言,我猜想是六界内有术法强劲的人设下迷阵,这人可能是天界的神,也可能是魔道鬼界的迷心者。

"照杜芃芃所说的魔气之强大,我可断定设阵者不论是神是鬼,都已失心堕魔。

"而蹊跷的是,迷阵的阵眼竟与一介凡人相关,来此之前我特意见过他,的确是个寻常人,方圆也并未有半分魔气滞留过的踪迹。

"杜芃芃是经司命星君你的贵手投下凡间的,她的事好坏都与你脱不开关系,这事还得劳司命星君多多留意才行。"

楚楚仙子方才借口先走,便是急着要来司命这里问个结果。

杜芃芃如今在凡间的处境,半分危险都承受不起,楚楚仙子只想自己这位好友能尽快平安地度过此次罪罚,早日归列仙班。

"你说的这位寻常人,不会是姓刘,名楚君,京都家宅内乱后逃亡至花蛤村,安家村头马棚的那位刘氏富户之子吧?"司命诧异道。

楚楚仙子也略惊,回问:"你也知道他?他家真是有钱?"

"若事关他,我想……"司命金丝小扇一开,踱步上前,"你该去问江舟公子才对。"

"为何?"

"江舟当初破仙律,插手凡事救他一命,丢了灶王一职不说,还被押入涂灵险境,若说仅是为一句于心不忍,我可不信,这背后有何隐秘,咱们就不得而知了。"

此事楚楚仙子自然是知道的,但她从不觉得还有何隐秘,江舟公子上万年仙途，向来以仁心示人，仙碑极好，遭此一劫她只觉惋惜。

是以，她驳道："你心里多藏坏事，才瞧谁都像坏人，我就算信你堕魔，也绝不信江舟公子会堕魔。"

司命耸耸肩，手中小扇摇得极快："既然你要这么说，我也没办法咯。"

"那芃芃呢？她若再有危险，该怎么办？"

"唉，瞎操心。"司命头疼道，"她如今一缕魂体游于凡尘，你告诉我能有什么危险？"

楚楚仙子不依不饶，追问道："魂体若没有危险，那她如何能被阵法所困，还受到魔气攻击？"

"她那一缕魂体就算消散于世，也不影响凡身命尽，她重回仙班，"司命假意慢悠悠地踱步，却不知不觉间退远了些，"顶多……回来之后痴傻点罢了。"

"你信不信我能将你额头的角捶成双份？"

第四章 竟敢轻薄本大仙

自从刘楚君病去一身轻后，花蛤村的风沙也渐渐小了。

今年附近几个村寨都遭了旱，瓜果粗粮收成锐减。

可相反的，刘楚君种下的那片梨树却长势甚好，一个个翠绿薄皮的梨子，汁水充盈，入口甘甜。

刘楚君酒醒后，接连三日都起个大早，将新鲜摘下的梨子挨家挨户送了个遍。

小豆花好不容易从哥姐几个手里抢到一个，捏在手心小口品尝，道："楚君哥哥给的梨子好甜，神仙姐姐，明年我们也去种树吧。"

杜芃芃盘腿飘在小豆花身侧，食指绕着连接两人腰部的仙索把玩，漫不经心地回道："可不得甜嘛，日日除了捡破烂，便是挑水泼粪，可怜他那匹老马为了此时丰收，年产粪量已是伢猪的三倍有余。"

她心中想着好几件事，奈何小豆花近日来都精力充沛，晚间时睡时醒，让她根本抽不开身。

如此一来，她时刻锁着眉头，更是无心同小豆花扯这些散事。

围绕着刘楚君的梨子，小豆花自言自语了一会儿，察觉身边不再有回应后，她便跑去后山的沙坡上玩了。

傍晚时，刘楚君抱着一布袋子青梨，偷偷将小豆花叫到后墙根。两人手持小铲，蹲在地上头抵着头将墙角给挖通了。

杜芃芃伏地一看，墙洞竟是通向小豆花那间小破房。

"好了，"刘楚君手握小铲，拨拉两下挖出的新鲜墙土，"够藏了，你回去记得找块碎瓦，将那头遮挡起来。"

说着，他便拍拍手边的灰，将放置一旁的布袋塞进洞里，随后捡起事先准备好的碎石，将外部的洞口遮挡严实。

小豆花乐呵呵道:"楚君哥哥,这样是不是就一直都会有梨子吃了?"

"你吃完这些,我再悄悄给你放满。"刘楚君眼梢微起,面上挂着浅浅笑意,"往后有好吃的,我都藏进洞里,给你留着慢慢吃。"

小豆花的小鱼干藏柜子里,时日久了,家里的哥姐都知道了,偷吃偷拿过不少,早已不是秘密。

原来这两人捯饬半晌,竟是在为小豆花寻找新的鱼干藏匿点。

这个刘楚君真是有耐心,还细致,长得吧,眉清目秀怪好看的,身姿也挺拔,好像除了穷点,也没什么大的缺陷了……

唉,说起穷这件事,她又有何资格嫌弃别人呢。

杜芃芃起身站在两人身后,目光落在那道已然褪去稚嫩的男子背廓上,想着想着就呆了神。

模糊间,她好像听见刘楚君说他要去什么地方,拉回神思时,只听见他温声问小豆花:"你可愿意同我一块去?"

小豆花连连点头:"我愿意啊,听起来好好玩啊。"

什么东西好好玩?

杜芃芃正满脸疑惑,不料刘楚君突然起身,起身的同时还转了个面。

霎时,一人一仙,一明一暗,唇齿之距薄如蝉翼。

按理说,杜芃芃失了仙身,本是不会有感知之力的。

可不知为何,她鼻翼间竟有一缕温热气息轻扫而过。

再按理说,一个阅览仙界无数仙男仙女且早已一把年纪的女神仙,如何能让一介凡人迷了眼?

理是这么说的没错,可杜芃芃回神无措间抬眼一看,心底还是小小地慌乱了一波。

她眼珠子微动，立马往后跳出一步，下意识地叉腰皱眉道："死小子竟敢轻薄本大仙！"

小豆花闻声回头，却只见刘楚君弓腰颔首，正准备拾些杂草来遮洞口，神仙姐姐却跳开半尺远，腰间的绳索被她拽得紧紧的。

"神仙姐姐，"小豆花冷不丁来一句，"楚君哥哥有名字的呀。"

"闭嘴吧你。"

杜芃芃两手扶额，仰头看天，防止气火攻心。

那边，刘楚君身姿流畅地弯腰拾起两把杂草，再回身蹲下，将洞口隐藏起来。

小豆花蹲在他身侧，瞥见他双颊绯红，以为是天干燥热，便笑呵呵地抬手给他扇扇凉。

第二日，天刚刚微亮，杜芃芃浅憩间听见房门外有低语轻谈的声音，凝神细听，听见小豆花的爹压声道："别忘了那老道说，这孩子有天神护佑，能给咱家带来财运福报。"

她娘心中稍有不安，回道："可到底是个未婚配的姑娘，进了稗牢山，没个三五日的下不来，随那拾破烂的去，不合适。"

"听说如今在京都，已有人出价百两，就为那二两野白参，这孩子自小憨傻，若有福能拾回二两，咱家是不是就发财了？这回八九不离十就是老道所说的，机遇将至啊。"

低语至此处，杜芃芃只听见小豆花的娘发出一声浅淡的叹息，随后门外便静了。

杜芃芃没多深思，只是听他们提起那老道，也颇为心塞。

想当年小豆花被家里发现是个痴傻的，她爹拖着她便要去深山里，打算将她弃养在荒山野岭，给家里少一张白吃的嘴，减轻些负担。

杜芃芃那时心想，命短些也好，孩子早解脱，自己也能早日回地宫，重新过上被凡人供奉的潇洒日子。

哪曾想半路遇着个学艺不精的道士，道士似是能隐约窥见几分她的魂身，于是便拦下小豆花的爹，指着那小小的痴傻女娃神神乎乎说了一通，大致意思便是，这孩子有仙缘啊，丢不得。

杜芃芃一听，立马横眉瞪眼道："你个臭老道，你多管闲事，有这时间多看两本《玉子经》吧你，跑这儿来胡说八道，小心我给你眼抓瞎。"

前头也说了，这道士学艺不精，能窥视杜芃芃几分已是不易，当然便不可能再听见她说什么，只能模模糊糊窥见那抹魂身张牙舞爪的，似是要发怒。

于是，他赶紧推着小豆花的爹往回走，苦口婆心劝道："好好将这孩子养着，福报将至、福报将至呀！"

唉，杜芃芃当时就仰天自闭了，也不知自己是何时造了孽，要让她受此般折磨。

小豆花拎上她娘给她收拾的简易包袱，赶去村口和刘楚君会合。

杜芃芃睡眼蒙眬地被拖到马棚旁，才算是稍微清醒了些。

她瞧着那边衣衫整肃，正在锁门的刘楚君，突然忧心道："老话说得好啊，女大不中留，像你这样上赶着去给刘楚君跑腿，早晚要被他给拐进家门。"

"嘿嘿！"闻言，小豆花笑道，"那样不好吗？你、我、楚君哥哥，我们一起生活，多好呀。"

杜芃芃耸肩挖苦道："千万别，我去山上放牛种地，也不和那厮共处一室。"

闲聊间，刘楚君已经走来，自然地接过小豆花肩上的包袱。

入秋时节，路旁的野草上附着薄薄一层寒霜，刘楚君将包袱扛在肩上，出手探了探小豆花的面颊，问道："冷不冷？"

不等小豆花回应，他便从自己的包袱里掏出一条护颈来给她围上。

杜芃芃定睛一看，口气略酸道："瞧见没，上好的狐皮子，我可好心提醒你，你这位楚君哥哥不是个坦荡人，他早晚要把你给卖了。"

"这个呀，"小豆花摸了摸脖子上的东西，"这个是前些日子，楚君哥哥上山挖野菜拾到的。"

"这你也信？"

杜芃芃真想捶她脑瓜子两下，可到底是自己从小看着长大的娃，多少有点下不了手，只能咬牙忍着了。

稗牢山离花蛤村有近三十里路程，村里年近古稀的老人曾说过，那座山山高坡陡，地势严峻，传说山中不仅藏有巨额宝藏，还有奇珍异兽无数。

原本这些一代又一代传下来的话，传到如今已经鲜少有人提起了。

但不久前，听说京都突然爆火了一册话本子，那话本里便提到了稗牢山。

"哎，刘兄？"

正陪小豆花追蝴蝶的杜芃芃突然被一声呼唤给打住了步伐，小豆花也停下脚步，转身向后一望。

远处,正从小道上蹒跚而来的两位男子,竟是不久前认识的梁年年主仆二人。

四人前后不过半里路,正正在稗牢山脚下遇上了。

刘楚君手里还拿着沿路摘花给小豆花编的花帽,他闻声驻足,回身看清来人后,冲那方挥了挥手。

"此番缘分,真是妙哉。"梁年年肩扛包袱,追上来气喘吁吁道,"刘兄莫不是也要进山寻宝?"

刘楚君并未回他所问,而是将事先从包袱里掏出的梨子递去,道:"先吃口梨,歇会儿气吧。"

花蛤村和蚬子村相邻,而稗牢山则位于两村的西面,中间的路程有个二十七八里路。

此时已近午时,日头高挂,梁年年的小厮阿祁额头冒着细汗,他没有过多的客套,接过刘楚君手里的青梨便大咬了一口,随后略惊道:"咦,刘公子这梨是何处购来的?我竟从未吃过如此皮薄脆口,汁水充盈的梨子。"

闻言,梁年年也擦了擦手上的梨,咬了一口,道:"咦,还真是甜。"

"是我闲时种下的,近日瞧着熟了便摘了些带上。"刘楚君迎着两人朝小豆花的方向边走边问道,"梁兄进山,想寻些什么宝贝?"

前方不远处,小豆花手里拎着一枝干柳条,驻足道:"是之前救我们的那两个人!"

"什么?"杜芃芃突然就来气了,"他俩没拖后腿就谢天谢地了,怎么还成人家救你了?我可说了,那晚要是没我,你们好不了,知道吗?"

仿佛是故意气人后得逞一般,小豆花"嘿嘿"傻笑着,不接话了。

那边,梁年年三两口吃完梨子,神色飞扬,口中滔滔道:"刘兄可知近月来,在京都一度卖到脱销的那本话册《稗山花祭·思青集》?"

"隐约有听说,"刘楚君系好包袱,两边肩头一边扛一个,嘴上不经心回道,"但其中内容,并不详知。"

梁年年一听,兴致更甚,连忙推荐:"绝了刘兄,这本话册子,你若不去翻阅一番,便太可惜了。

"那书中故事人物刻画之精彩,唯异世界搭构之精妙,我这嘴上是说不出来,但这本话册采用精简易懂的语言和画作,共同呈现出数十个感天动地的情爱故事,将原本稗牢山上那些奇精异兽,刻画成活灵活现的有情有感之人物。

"虽说是妖是精怪,可书中描述的有情人生离死别之悲悯,亲子间白发送黑发之痛惜,实在是令人动容。"

"呃……"刘楚君略一思索,缓缓道,"梁兄会不会多多少少有些过于盛赞了?"

"我骗你作甚,这册子如今京都已经无货了,我手中这本,还是托我家远房表亲,花了高价从书贩那儿购来的,真是精彩,不信你看……"

他们一行人此时已经开始上山。

刚走入林间没多远,梁年年便指向一处有燃烧痕迹的火堆道:"早便有人进山去了,就因为那册话本里不仅有感天动地的故事,还清楚叙述了稗牢山中无数的珍馐资源和神秘宝藏,听说已有从京都来的人,带回无数稀有药材,一夜暴富了呢。"

"那梁兄此番进山,也是为寻宝藏?"刘楚君问。

梁年年挠挠头，笑回："老实说，宝藏这事我并无多大兴趣，但听闻近期有人在稗牢山中寻到一味百年前记载于西疆医书上的珍稀药材，治好了家中老母的痴呓之症，我便也想进山去试试。"

看了看前面不远处正四处蹦跶的小豆花，梁年年突然恍然悟道："刘兄莫不是也……"

"你多思了，梁兄，"刘楚君打断道，"我觉得挺好的，她目前这样。"

"哦。"梁年年愣了片刻，又忍不住问道，"我可否冒昧问刘兄一句，你同那姑娘是何种关系？此前我猜想你们可能是夫妇，但我又听她叫你作哥哥，想来你们怕是兄妹，可你又说你家中仅有你一人，所以便只能冒昧问上一问了。"

"是我大意了，上回夜深，你我又身处险境，便未同你细说。"

说到此处，刘楚君抬眼看向前方，边走边轻缓回道："那是我邻家的妹妹，没有个正经名字，家里人都叫她'小豆花'，因一些特殊原因，从小便与我亲近些。"

梁年年皱皱眉，思索后，又道："刘兄，不知可是我多虑了，但我觉得吧，咱们几个大男子跋涉进山，没个几日是回不去的，风餐露宿的倒也不打紧，可这亲近是一回事，带人姑娘往深山老林里过夜，这又得是另一回事，这怎么说呢，我这嘴也说不明白……"

刘楚君大概听懂了他的意思，便笑着打断道："我会娶她的。"

"啊？"

大概是这回答来得太快太直接了，梁年年一时反应不上来。

但不等他反应，刘楚君又道："相处十余载，尚未发现有待她好的另一人，我便想着，那就让我去照顾她吧。"

梁年年怔怔地看着身旁的人，觉得此人真是不同寻常。

那些厮混于花楼瓦舍的公子哥说起嫁娶之事都尚且含羞欲示，可他说得这般直白大胆，竟也未让人觉得有何不妥，反而觉得极致真诚，是君子也。

晚间，四人在一处平缓的山洼里发现前人留下的露宿地，有现成搭好的简易炉灶和青枝破布围成的矮屋，便决定将就着休整一夜。

刘楚君趁天色还未完全黑下来，抽身钻进松林间去搂了一堆松毛叶给小豆花铺了一个松松软软的小床，顺便还用细枝编了一个小筐，给她抓了一只黄豆虫来玩。

杜芃芃觉得甚是无聊，往常这时候她早便躺下去闭目养神，悄悄在暗里同楚楚仙子传小话逗趣了，但近来楚楚仙子不知在忙什么，回话一点也不积极。

她躺了片刻，便也爬起来捡了根小枝，同小豆花一起逗虫玩。

见杜芃芃将自己的虫赶过去，小豆花眨了眨眼，小声问道："神仙姐姐，你不是睡着了吗？"

"你姐姐我对睡觉这事呢，就是躺着走个过场，睡不睡的也不重要。"

"哦，那你还睡吗？"小豆花说话间将虫赶到自己那一边。

杜芃芃轻晃小枝，又将虫给赶了回来："待会儿再说呗。"

"可是我有点怕。"

"怕啥？我这不在这儿嘛。"

"我……我怕。"小豆花悄悄用手指将小筐往自己身边挪了挪，"我怕你又将我的虫给玩丢了。"

上月,刘楚君从山上捡回了个鸟窝,里面有只落单的小知更鸟,接近饿死的边缘,他带回来后被小豆花精心投喂半月才恢复了精神头。

后来,小鸟被杜芃芃揎掇着带出去玩,玩着玩着就丢了,小豆花哭了好几日。

"喊!"搞半天是误会了,杜芃芃将小枝一扔,恼道,"我才不稀罕,有人给你抓虫就了不起了?我若想要,楚楚能给我抓一百只一万只。"

见姐姐好似生气了,小豆花转着小眼睛想了想,道:"要不我让楚君哥哥再给你抓一只吧?"

"我才不要。"杜芃芃一个扭身,躺下睡觉。

夜里火堆燃烧散发的光格外明亮,三个大男人十分有默契地围坐在火堆旁,把小矮房留给了小豆花睡觉。

"刘兄?"梁年年轻轻唤了一声。

他是见对面的人目光直直地看向不远处的矮房,但细看会发现,刘兄的目光聚点并不在小豆花身上,于是出声问道:"看什么呢?半晌不见你动一动。"

"啊,"刘楚君转回头,笑答,"我在看有趣的事。"

"黑漆漆的,哪有什么有趣的事?"

闻言,刘楚君慢悠悠地伸展一下腰身,重新盘了一下双腿,回道:"重要的东西呢,眼睛是看不见的,但如果你闭上眼慢慢感受,就能发现周围其实存在着很多我们眼睛看不见的东西,如山间鸟儿一般,有时能听声,偶尔可见影。"

话音一落,山间便起了风,阿祈面上一皱,随即紧了紧身上的衣物道:"这说的什么玩意,怪害怕的。"

梁年年拍了拍他的肩，安抚道："没事，没事，阿祈，你快睡吧，明日一早咱们还得往上爬呢。"

见他俩这般反应，刘楚君面上升起笑意，深深吸了一口林间清风后，便闭目养息了。

夜渐渐深了，梁年年二人倚靠在树干上睡得深沉，刘楚君也侧倒在一旁，盖身的外袍滑落至手肘处。

本是万物沉沉的静谧林间，倏地从更深的丛林里惊起三两只飞鸟。

十五月圆日，暖黄的月色洒在这片广袤的山林之上，隐隐蒸腾而起的水汽绕在山间，渐渐团成了浓雾。

万物静籁时，沉睡中的刘楚君忽地紧蹙起眉梢。

随即，一丝极其轻盈的黑雾自其眉心迸出，如游蛇般在四周探过一圈后缓缓靠近杜芃芃，绕在她心口试探，埋在衣襟之下的锁囊似是嗅到了什么，隐隐泛起红光。

杜芃芃除了打盹时睡得香甜，夜里几乎都是为了适应小豆花的作息而不得不躺下养神，可那晚她却睡得格外沉。

她做了一个很缥缈的梦，梦里雾蒙蒙地下着小雨，周遭植被甚是茂密，在一片绿意盎然间落有一池清泉，雨珠自天幕而下，坠于池面惊起涟漪阵阵。

一抹鹅黄色的身影立在原地，茫然环顾间看到有身影独自走在湿滑的孤栈上，手握一把湛蓝的油纸伞。

靛蓝的绸袍遮盖住脚面，未着鞋履的双足仅在抬脚间露出趾节修长的足尖，隐约可见其脚下所经之处雨渍皆向四周避让而去。

她痴痴看着他,看着他走近,伞面轻轻抬起。万籁寂静中,他唇齿轻启,缓声道:"小蘑菇,你终于醒了。"

"你是……"那身着鹅黄色纱衣的身影小心问道,"那个美丽的仙子?"

"我不是仙子。"

"那你是谁?"

那双眼睛很是清透,他含笑看着她,问道:"你忘了吗?三笼林,我替你遮过雨。"

"你是江舟公子?"小蘑菇疑惑着一双眼睛,说出口后又立刻否决道,"不对呀,你就是我在百谷灵泉见过的那个仙子,江舟公子不长你这模样。"

他晃了晃手中的伞应道:"我出不去这里,江舟只好带走我一丝灵识化作这把蓝纸伞。"

原来他说的遮雨不是指打伞的人。

小蘑菇理解了,但心中立刻又有疑问了,她续问道:"这里是哪里?你为何会出不去呢?"

"这里是九境天岭,至于我为何会出不去……"他顿了顿,弯眼笑道,"我也不知道呢。"

他自降世起,便有无数声音告诫他不可轻易离开此地,少有能出去的日子也是层层结界相绕。

在他的眼里,除九境天岭,天地皆是一片虚无缥缈的白,雾蒙蒙的,天界的仙音、人世的嘈杂,他可听却都不可见。

"无妨,无妨。"小蘑菇朝他跑去,躲在他的伞檐下,"我也刚修成这副身子,初来乍到,闯江湖嘛,咱俩互相多关照啊。"

察觉到眼前的身子下意识往后退了退,小蘑菇低头嗅了嗅自己,抬眼道:"怎么,我身上臭吗?"

从前在三笼林修炼时,每逢下雨,周遭未能修出灵识的蘑菇都会被雨水浸至腐烂,连带着她周身也会染上味道。

是以,她下意识便问出了声。

"不是。"他连忙解释道,"只是从前世间万物皆避让我,从未有生灵与我这般接近过,我虽还不习惯,但我很开心。"

他说着便重新往前靠了靠。

小蘑菇并未细想那话中有何含义,只乐呵呵应道:"那就好,江舟公子带我来此处前同我说这里有美丽的仙子,见你之前我觉得此处要数猫仙子最美,但你与她不同,我虽说不出来你哪里好看,但瞧着就是好,我可不能叫这么好看的仙子闻见我臭烘烘的。"

"我不是仙子,我叫蓝榄,按仙阶说的话,应该……"他笑着想了想道,"能唤上一声仙君吧。"

"蓝榄仙君?"小蘑菇恍然道,"对呀,仙子们也有名号,如此说来我也该为自己取个名字,否则大家总叫我小蘑菇,不妨哪天就被有心之人把我这朵仙菇摘去炖了汤呢,那么在我取名之前,你且先唤我作仙菇吧……"

影影绰绰的月色下,骤然一声枯枝断裂的声音响起,梦境到此戛然而止。

杜芃芃猛地睁开眼睛,双耳灵敏地捕捉着周围声音,她似乎听到有脚步声离自己越来越远,于是一个挺身坐起,随手隐去腰间仙索,起身四处扫视一圈后，发现原本刘楚君休憩的位置空空如也。

"这小子又要搞什么幺蛾子？"杜芃芃疑惑道。

随后，她循着声音发出的方向瞧去。正值子夜，浓雾四起，她隐约瞧见前方有个身影朝山林深处走去，于是抬脚便跟了上去。

四下黯然，杜芃芃越是靠近那个背影，越是觉得不安，她加紧步伐追了上去，在距离他三步远时，竟发现刘楚君身前有一只梦魇兽在引路。

这种兽一般在魔界较为常见，也偶尔有仙家会引自己的仙灵去驯化魔兽来做灵宠。

常规情况下，未被驯化的梦魇兽仅会吸噬人们恐惧且即将被遗忘的那部分梦境，但若是受到魔气侵袭，堕了魔的梦魇兽，便会不分好坏地噬夺人的全部记忆，乃至生灵。

而此时出现在杜芃芃眼里，正在引领刘楚君往山林深处而去的这只魔兽，双目黝黑，周身紫气迸发，全然没有一丝正常魔兽的灵动气，是只被魔侵的梦魇兽。

杜芃芃心下一惊，她从前在仙家手册上见过对这种魔物的解析，但如何对付这东西的术法，她临了竟半分也想不起来。情急之下，她下意识便喊道："刘楚君，别跟它去！"

她话音还未落下，前方背影突然顿住，然后缓缓转过头来。

那张脸在朦胧月色的照映下，清俊冷冽，眉峰下的眸光空洞木讷，他就那样定定地，看着她所在的方向。

反应过来后，杜芃芃心下一惊，这小子能听见我叫他？

不是，他区区一双凡人的眼，能看见我？

她方才来不及思考，喊出口才想起刘楚君一介凡人，又如何能听见她的叫唤？

可现下这状况，刘楚君像是听见了她的声音才突然回头来，四目相对，着实让杜芃芃吓了一跳，竟生出想躲的心思。

但不等她有所反应，那只魔兽已经蹬着蹄子掉转过身来。

它漆黑的眼牢牢盯着杜芃芃，虽说那双眼睛怎么看都是黑的，但它周身骤然增多的黑紫雾气，也足够让杜芃芃知道，打搅了这畜生的好事，它要发怒了。

杜芃芃心想，许久未打怪练手，看来今日得露两手了。

她不动声色地往后挪了挪，刚撒丫子准备跑，那魔兽便飞扑过来，铆足了劲往她胸口一撞。

她的魂身犹如一片轻飘飘的落叶，倏地就往后腾飞而去，撞在一棵还算粗壮的老树根上。

天旋地转间，杜芃芃感觉胸口一热，自喉间涌上一丝血腥味，她坐地捂胸，小小地"噗"出一口老血。

想她从前也是受过千家万户供养的神仙，如今竟让一只畜生给撞了，这窝囊气她可忍不下。

此时此刻来了气，她便也不心疼那点钱了。

杜芃芃拽下腰间灵力充盈的灵囊，单手掐诀，引出两丝灵力来。

见杜芃芃要动手，那魔兽好似也不怕，摇着脑袋，蹬起蹄子，一副要再打的气势。

杜芃芃嘴角还沾着血，见状，她气骂道："怎么，你个小东西还瞧不起我这两丝灵力？打你我还嫌浪费呢！"

说着，她便起身，双手蕴着力，就等那魔兽攻过来，好将它一击毙命。

杜芃芃记得从前她在凡间逛吃逛喝时听到过一句话,"屋漏偏逢连夜雨",大致意思是有个人她已经很惨了,可老天却总有办法让她更惨。

她蕴着力,那魔兽也攒足了势,寻着她所在的方向便攻了过来。

电光石火之间,杜芃芃想掐个屏障来护住自己,可下一秒,她的魂身再次被击飞,狠狠撞上了身后的树干。

杜芃芃捂胸,猛呛了数下,她捏着绕在指尖仅剩的那缕暖黄色灵力,面上表情说不清是哭还是笑。

她咬牙道:"好你个弓鹘,竟敢给我卖假货……"

为了多得些灵力,她特意寻了上清天三不管的通货日,想着能薅一点是一点,喜滋滋地去给自己的仙剑寻个好价钱。

没想到那只破鸟竟这般黑心,给了她一袋子掺假的散货,连个屏障都撑不起来。

杜芃芃坐地捶胸,挥手将手上那点仅剩的灵力给掐灭,已然是一副放弃抵抗的模样。

但老天会让你变得更惨,却不会让你惨死,在魔兽下一次起势前,楚楚仙子不知从何处赶来,斗篷都未系好便抽身上前,同那魔兽缠斗一番后,才把那畜生给捏成了黑团。

她单手捧到杜芃芃面前,道了一句:"这小东西,还怪难对付的,不在魔界的地盘,我瞧它功力也还挺强的。"

说着,楚楚仙子把杜芃芃上下瞧了一遍,随后伸手碰了碰她胸前悬挂的长命锁,道:"它醒了欤,你看。"

杜芃芃苦着脸,慢悠悠低头一看。那锁上粘了两滴她的血,尾部火红的穗子轻轻晃动着,整个锁身由内向外散发着微弱的红光。

"那又如何?我被打成这样,它都不出来救我……"杜芃芃可怜兮兮道,"你还可以再来晚一点,等我魂飞大地了,再来祭我也不迟。"

瞧她阴阳怪气的,楚楚仙子也不同她扯。楚楚仙子将手上那黑团送上前去,细细瞧着那些红光逐渐躁动,然后像触角一般缓慢试探,最终一点一点将她手中的黑团吸食殆尽。

像是发现了什么了不得的事情,楚楚仙子语气略惊道:"这到底是个什么宝贝?"

这个三分像香囊七分像长命锁的东西,从杜芃芃有意识开始就挂在她胸前,只偶尔见它散出些光亮,真身究竟是什么杜芃芃也不知道。

只是听江舟公子说过,是个灵宠,还是世间稀有的,叫她好好戴着。

"你现在关心一个锁都比关心我还多了是吗?"杜芃芃不想多说别的,直接气道,"几日不见,你真的变了,我们之间再也没有感情了。"

闻言,楚楚仙子这才收回探知的目光,连忙安慰道:"欸,瞧你说的,我这不是也万万没想到,你竟连个魔兽都打不过,这才来晚了嘛。我要是知道你有危险,定是最先来保护你的呀。"

杜芃芃揉了揉腰,缓口气道:"前几日我拿仙剑去找人换了一袋子掺假的灵力,方才我正准备动手了,竟给我出招熄火,这事给我当场气笑了,真的。"

"谁这么缺德?待我明日去教他知道什么叫打假打私,诚信兴商……"楚楚仙子正说着,突然听见身后有动静,回头一看,是方才晕倒在地的刘楚君醒了。

只见他撑着手肘,缓缓从地上爬起来,随后拍拍衣袍上的碎叶子,一抬头,他竟直直看向杜芃芃所在的方向。

见他抬脚朝这边走过来,楚楚仙子也惊道:"怎么回事,他能看见我俩?"

"不懂。"杜芃芃盯着迎面走来的刘楚君,疑惑应道,"我感觉他不仅能看见,还能听见我说话?"

说着,刘楚君已经走到了跟前。杜芃芃仰着脸,细细将他端详了一遍,双目正常,周身也未有异样。

楚楚仙子蹲在一旁,也仰头在打量这人。

突然间,刘楚君弯下腰,伸出了双手。

这瞬间拉近的距离把杜芃芃给吓出冷汗,她屏住呼吸,僵直了身子,看着他缓缓、缓缓低下腰身,伸出手将躲在一旁树根下的小兔子给抱了起来。

那兔子腿上受了伤,皮肉绽开,不过瞧着血迹已经干涸,该是之前就受的伤。

瞧这情况,杜芃芃才深深吐出一口气。

一旁的楚楚仙子将她搀扶起来,随后伸手在刘楚君眼前晃了晃,瞧着他毫无反应,只是抱着兔子轻轻翻弄,在仔细观察着它的伤势。

杜芃芃忍着腰痛,也往前凑了凑,出手在他眼前晃动道:"他这该是看不见吧?"

正说着,刘楚君仰头望了望天,再四处扫视一番,随后抬起脚步,遛弯一般抱着小兔子走了。

如此看来,方才该是这兔子闹出的动静,才将陷入梦魇中的刘楚君给拉了回来。

杜芃芃一手托着老腰,一手擦去嘴角的血迹,小小地松了一口气道:"方才本做了一个好梦,好似是有个俊美无比的男子入梦来,现下被这小东西给我打得一阵头晕,梦了些什么全数忘到九霄云外去了。"

"别念你那美梦了,这刘楚君除非他也是哪方天神落凡,否则不可能看见咱俩。"楚楚仙子说着便从怀里掏出一个白玉瓷瓶,倒出两粒药丸,"来,吃药了,大仙。"

"啊?"杜芃芃刚一转头,楚楚仙子便以极快的手速将药丸从掌心拍到她嘴里。

杜芃芃冷不防地一噎,便生吞了进去:"这什么啊?"

"臭臭丸。"楚楚仙子眼尾含笑,掐诀闪之前,还不忘补一句,"不准吐出来哦。"

顾名思义,臭臭丸,由天界某位喜好游历凡尘的老仙君所研制,取人间九味臭草加九种奇臭甲虫,腌制数月后晒干,磨粉揉制而成,能治仙者内伤,尤其在固精养神方面有奇效。

可唯一的缺处,便是臭味极其浓郁。

清风拂林而过,松针摇曳,簌簌作响。

朦朦胧胧的迷雾中,有仙女扶树作呕,脸上五官拧作一团,她时而捶胸,时而捂嘴干呕,面上清泪直流。

好在楚楚仙子还算有点良心,待杜芃芃缓上气来,她发现落在脚边的灵囊十分充盈饱满,周身散发着盈盈光泽。

杜芃芃二话不说,捡上袋子便去百花宫斥巨资买下一小罐香蜜,三两口就囫囵吞下了。

回来时,天正好蒙蒙亮,刘楚君早已和衣躺在地上睡得深沉。

杜芃芃坐在熟睡的小豆花身旁，她揉了揉胸口，确是不痛了，别说那药丸臭归臭，药效还是值得一赞的。

天光大亮后，醒来的小豆花抱着那只受伤的小兔子护若珍宝，几人整了整行装，便开始朝更深的山林间进发了。

路上，杜芃芃想借小豆花的嘴，问问看刘楚君记不记得昨日夜里的事，但那傻姑娘直接应道："夜里能做什么呀，当然是在睡觉啦。"

"我亲眼看见的，"杜芃芃两根指头戳了戳自己的眼睛，"他大半夜不睡觉，四下乱走，还害我受了被魔兽吊打的窝囊气。"

"你是神仙，谁能打你呀？"小豆花抱着兔子，语气明显敷衍。

杜芃芃一脸不爽，恼道："你如今有刘楚君便忘了我的好了？你受欺负的时候是谁护着你的？你饿肚子时是谁给你上树掏鸟蛋的？被山贼拦路的时候是谁救你于水火的？你如今就这个态度对我了？"

小豆花将耳朵拉远了些，圆溜溜的眼睛看着生气的杜芃芃片刻，这才驻足等刘楚君上前来，乖乖问道："楚君哥哥，你昨日夜里去哪里了？"

"昨日夜里？"刘楚君弯腰摸了摸小兔子，漫不经心道，"我想想啊，或许是去了林间，做了一点该做的事？"

"什么该做的事呀？"

刘楚君直起身，瞧着小豆花天真的脸庞，笑道："小孩子不许瞎问。"

"是神仙姐姐要我问的。"

"神仙？"落在后面的梁年年乍一听见这词，瞬间就来了兴致，他三两步跑上前来，扬眉道，"哪有神仙？神仙也关心这个？大半夜的男子去小树林还能作甚，自然是以天为遮，就地如厕了呀！"

话落,梁年年便同阿祈笑作了一团。

此时恰巧松林间起了风,杜芃芃黑着脸,指间稍带了些灵力,将离两人较近的松枝顺着风向猛地拍在二人脸上,似大嘴巴子般,打得两人晕头转向。

"呸呸呸!"阿祈吐着嘴里的松毛道,"这妖风怎么刮的……"

又一阵清风拂林而过,松林摇曳间,刘楚君瞧着狼狈的二人,弯眼而笑:"嘘,少说话,或许有神仙该发怒了。"

杜芃芃这算是看明白了,刘楚君这厮不是个简单的,套话套不出个所以然,答非所问才是这人的强项。

第五章

用恐惧织一场美梦

傍晚时，刘楚君一行人在山腰处遇见另一拨自南阳而来的寻药人。

那些人不仅手中工具齐全，更有两位闻味识材、精通药理的小医师在其中，梁年年为早日寻得药株，便决定同他们结伴而行。

分别前，梁年年正色道："虽不知刘兄为何进山，但还是想在此问问刘兄，你和豆花姑娘打算往何方去？若之后深山有缘再遇，我们彼此间好有个照应。"

"往阴北方去，"刘楚君淡言道，"至于路尽于何处，我尚且也还不知。"

"好，刘兄，一路珍重。"

"珍重。"

几人就此分别，刘楚君领着小豆花越往北走，地势便越是平缓。

按理说地势越平缓，气候该越温和才对，可杜芃芃却觉得越走越阴冷了，绵延不见尽头的茂密山林里，显得走在其中的两道人影越发渺小。

杜芃芃瞧着一语不发、埋头赶路的刘楚君，心中越发想知道这小子到底藏了什么不能与人言说的秘密。

夜里休整时，杜芃芃直至子夜才在空气中嗅到一丝不对劲的苗头。她猛然起身，目光扫过刘楚君休憩之处，轻缓摇曳的微弱火光下，刘楚君正和衣靠在树干旁，长睫落影，呼吸轻柔平和。

杜芃芃收回目光，又四下看了看，周围安静得出奇。

屏息观察片刻，就在她想放松警惕时，林间忽而闪过一道黑影，她吓得一激灵，猛然起身却被腰间的仙索给拽了回去，摔了一个屁股墩。

来不及喊疼，杜芃芃快速掐诀隐去腰间仙索，捏紧灵囊朝林中黑影追去。

可紧追了半盏茶的工夫，依然只能吃那黑影的脚下土，想着囊中灵力渐瘪，杜芃芇心下一横，蓄起满掌灵力，抽身一跃，同时快速出手，猛地抓住那黑袍一角。

"何方妖怪，速速现身！"杜芃芇喊道。

那黑影愣了一下，夜幕寂静中，杜芃芇清晰地听到"啵"一声，随后对方缓缓回头道："妖怪你个头，快放开，别耽误你老姐姐办正事呢。"

"楚楚？"杜芃芇咬牙，"你来这儿做什么！"

楚楚仙子顶着头上被吓出的新鲜蘑菇，将自己的袍子从杜芃芇手里抽出来，道："你就在这儿等着，天亮前我回来找你。"

说着，她便捏了个罩将杜芃芇困住，自己则裹了裹袍子，一溜烟消失在夜幕里。

"你要去哪儿啊，你不带我？"杜芃芇嚷嚷道。

瞧着早已没影的小树林，杜芃芇狠狠踢了两脚保护罩，嘴上气鼓鼓道："喊，谁稀罕追着你，还弄个破罩来，能困住谁呢？"

说着，她便捏出一小丝灵力来试试水，只见那水波状的圆罩仅是晃了晃，随后便恢复了原样。

算了，劳碌啥呢，灵力不要钱？躺平吧。

杜芃芇一屁股坐下，闭眼听着周围静悄悄的，不对，有动静，且这"嘤嘤喏喏"的声音越来越近。她猛地睁眼，扭头瞧见身后不远处有只胖嘟嘟的魇兽，瞧着该是刚孵化不久，肚子圆鼓鼓的，想来今夜刚饱餐了一顿。

闲来无事，杜芃芇便将自己特意珍藏起来的那个一夜暴富的美梦从捕梦夹子里抽出来，想将那只小家伙骗过来玩一玩。

不料，那竟是只颇有风骨的小兽。正常的魇兽是不食人美梦的，那小家伙不仅对她的美梦毫无兴趣，甚至还生了气，蹬起蹄子便埋头冲了过来。

"哎，不吃就不吃，你凶什么？"

杜芄芄下意识往后闪了闪，随后眼睁睁瞧着那小家伙闷头撞在楚楚仙子设下的屏障上。

她收起美梦，看着那小家伙撞得晕头转向，大大的小鹿眼晕乎乎地转了转，随后它竟张了张口，原地吐了？

无数个发着光的白泡泡从小家伙口中吐了出来，缓缓浮于空中。

杜芄芄没忍住，"扑哧"一声笑了出来："让你贪吃，这下可吐爽了吧？"

小家伙晕乎乎地踉跄了片刻，最终撑不住原地倒了下去。

见状，杜芄芄连忙嚷道："喂，你个小坏蛋，碰瓷呢？"

说着，她便上前弯腰观察起来，这才发现那小兽呼吸平稳，圆鼓鼓的肚子上下起伏着，原来是睡着了。

杜芄芄转眼看向周围飘浮的白泡泡，里面皆是世人噩梦，若让这些小东西随意飘走撞上了凡人生灵，便会让人记忆混乱，分不清梦境与现实，徒生恶意。

真是越穷越来事。

杜芄芄心里吐槽着，手上却用灵囊中仅剩的灵力催动随身带着的捕梦夹子，一丝丝散着暖黄荧光的细线将空中飘浮的无数白泡泡给牵进屏障内。

她本想先将这些梦境收着，等楚楚仙子回来再交给她带去地宫找个老师傅炼了，可收集到最后一个泡泡时，她竟透过泡泡的朦胧波纹看见一道熟悉的身影。

杜芃芃随即停下手里的动作。

只见那团梦境里火光冲天，刀枪碰撞间，有名男子抱着怀里的孩子在长廊中拼命奔跑。

她伸长脖子凑上前，想看得再清楚些，不料林间一阵风起，那白泡泡也往前飘了飘，轻轻一下碰在鼻尖上。

她眼睛一瞪，还来不及张嘴，魂身便原地消失了。

一眼不见尽头的凡间集市上，四处张灯结彩，夜里街道上人与车马近乎挤攘不开。

在这一派热闹非凡的景象中，唯有临街的一座大宅高门紧闭，宅内殷红的火光在这个喜庆的节日里并不显得突兀。

长廊灯火通明，廊下偶有趴倒的仆人，周身皆是鲜血，口中似乎还呓语着什么。

可那男子根本无暇顾及，四处皆是提刀砍杀的贼人，莫要说宅门，就连拳头大小的鼠洞皆有人把守。

他抱着个约莫三岁的女娃，跑过长长的连廊，身后无数近乎癫狂的贼人紧追不舍，走无可走之下，他抱着女娃跑向后院。

跑至平日一家人品茶看戏的浣翠湖边时，他甚至还来不及安抚怀里受惊大哭的孩子，便被一剑穿心，连带着怀里的孩子一起坠入了湖中。

胸口涌出的鲜血瞬间染红了周遭湖水，他紧紧抱着、紧紧抱着，可怀中却突然空空如也，没有了哭声，也没有孩子。

他猛然睁开眼睛，入眼的仅有随着水波层层荡开的鲜血，殷红得刺眼。

那年的除夕夜也是立春日，是个难得一遇的好日子。

湖水早已褪去寒意，起初他并未觉得冷，只是被深深的窒息感扼住了喉咙，心中越是恐惧，就越是僵直了身子无法动弹。

他就这样慢慢沉入水底，慢慢感受着鲜血涌出的痛感，身子逐渐被寒冷裹覆，直至视线逐渐模糊……

就在他感觉身子越来越轻，就快要同水融于一体时，耳边忽而响起一阵闹市的嘈杂声和有人略带几分不耐烦的语气道："快快快，交租了，交租了，晚交一刻，小心本大仙收你息啊！"

他睁眼的同时也一屁股摔在了地上，周身衣裳湿哒哒的，连带着周围都淌出一片水渍。

他疑惑地寻着声源回头望去，目光由下而上瞧见一位身着暖黄长裙，用长剑挑着布袋扛在肩头的女子正站立在自己身后，两人四目相对，均是愣了片刻。

"嘶……"他小小地疑惑出声，随后扭转视线看向自己，双手探了探胸口，伤口消失了，血迹也消失了。

他摸了自己片刻，确认无碍后，又回头看向那名女子，似是思索了一会儿，才缓声道："冒昧问姑娘一句，此处是何地？"

"地宫小市啊。"

闻言，他前后左右看了一圈，发现自己正置身于闹市之中，一眼不见尽头的长街两旁均摆满了小摊，摊前客来客往的模样同凡间集市并无不同。

只是那摊上售卖的物品千奇百怪，能自己站立书写的羊毫笔、飘浮的珠光小扇、大小收缩自如的铁锤等等，皆是些他从未见过的稀奇东西。

他收回视线,思索片刻后缓缓问道:"再冒昧一问,姑娘是……"

"我?"杜芇芇突然觉得肩头有点重,于是双手握着剑将布袋往前挪了挪,"我是……"

话至此处,她恍然顿悟,如今这混乱场面想必是因她无意戳破了刘楚君的梦魇罩,而恰巧自己的美梦收于捕梦夹子中未设护罩。

于是两缕梦境这么一撞,她的魂身便被扯入美梦的元神里。

刘楚君一介凡人的梦灵,必然是会被拽入她杜大仙的梦境中。

这不就巧了吗?借此一梦,该好好同他交流一番呀。

杜芇芇眸光一闪,立马道:"本大仙是天帝钦点的灶王神,你可还记得七岁时你在田埂边拾到的那尊神像?"

"呃……"

瞧着他似是不信,杜芇芇蹲下身子,将肩上的布袋滑至脚边,看着他缓声道:"你姓刘名楚君,家住花蛤村,因为穷只能安家村口马棚,以拾荒为生,我说的可对?"

"对是对了那么一些……"

"那不就行了。"杜芇芇打断道,"本仙现在问你,那尊神像你为何不供?你可知亵渎神灵金身,来世入不入畜生道可全凭我心情定夺的?"

"呃,这……"刘楚君正要说话便被打断了话头,有远处的小摊贩跑来,手中捧着数只灵囊。

那小贩打断道:"手边散钱不多,拿些灵力来抵租,杜仙人您数数可够了?"

杜芇芇回头一瞥,数也不数便撑开脚边的袋子,回道:"行行行,扔里边吧。"

杜芁芁这个美梦，那是很久以前便做下的，想来是穷够了，那晚睡得十分香甜，梦中她翻身一跃，成为拥有整条地宫小市零摊的包租仙，每日睁开眼便掐着时间去挨个收租，那钱真是用麻袋都装不下。

由于这梦实在太美，她才咬牙斥巨资全款拿下一个捕梦夹子，将这美梦收入其中珍藏，闲来无事时遁入梦境过把瘾。

收下灵囊，杜芁芁系紧了脚边布袋，起身道："此处嘈杂，不好深入交流，你起来跟我走，带你去个好地方。"

她使出三分力道拽了拽，那装得鼓鼓囊囊的钱袋子竟未曾挪动半分，于是她又转头瞧着刚爬起身，正拧着衣物水渍的人道："你帮本仙把这袋子扛上，虽说是场梦，但本仙也不会亏待你的。"

"啊，是梦啊。"刘楚君放下衣袍，抽手将布袋扛起，"想来也该是梦，否则凡尘土上，如何能得见您这般美貌的仙子呢。"

这话听着怪好听的，杜芁芁将手中仙剑一收，挑眉道："你这嘴还挺会说，我可告诉你，少往嘴上抹蜜来打本仙女的主意，咱们做灶王神的，虽说官位略低，但总归还是仙籍，你一介凡人能入我梦来就已经是震天的福分了，明白不？"

说完，杜芁芁捏诀采了朵软绵绵的云到跟前来。那浮云又大又白，要换作平日她可舍不得使这么多灵力，但如今是在美梦里，她花起钱来丝毫不心疼。

刘楚君在云下观摩片刻，便肩扛布袋跟着杜芁芁踏了上去，随即也不回应她的话，转而问道："可方便问问，仙子要带我去哪儿？"

"三境天岭，幻妙池。"

这地方好啊,从前江舟公子带她来过一次。

那回是地宫某个掌案簿的鲤鱼小仙同凡人有了情爱纠葛,一时想不开便叫邪物给侵了仙灵,在翎刹仙君的追捕下逃入幻妙池中,当时身为地宫掌权者的江舟公子受命来此度化鲤鱼小仙。

说是池,其实是夹在两面蜿蜒陡崖之间的小河,陡崖上长着许多湛蓝的不知名小花,一眼看去,衬得河里的水都蓝得发黑。

江舟公子挥手在河面上捏了条细扁的小舟,领着她顺流而下。

扁舟所过之处,激起的水波散着莹莹蓝光。

陡崖上时有坠落的小花,掉在水中不过须臾,便似被夺了色彩一般,变成了透明的小白花。

一朵朵浮于水面,好看极了。

杜芃芃曾听共事的仙友说过,在天界,仙灵受侵的仙家若不能成功化去魔障,便会被绞入噬灵轮,千千万万年永无天日,不说修仙成神,就连入魔道苟且的可能都没有了。

当时杜芃芃便在心中感慨做神仙也不容易啊。

她散漫地倚坐在扁舟上,一手垂于河面轻轻搅动着水波,瞧着一层层荡开的蓝,突觉困意便不小心睡了过去。

待醒来时,她已经躺在了自己的小破床上,出门后便听说江舟公子成功化去鲤鱼小仙的魔障,并将小鲤鱼交由中天庭投下凡尘应劫去了。

此处也算是杜芃芃短短仙生里见过最好看的地方,她在美梦里收完租便会来此小憩片刻。

望向崖下那满河的蓝光,她时常会做同一个梦,梦醒后什么都记不清,却总能在不经意间记起一句话。

是梦里那人声若幽泉道:"就唤你芃芃可好,我听凡尘有言之,我行其野,芃芃其麦,我很开心你能到我身边来,便盼着你无历别事,如田野麦穗般,茂盛生长。"

登仙造册那日,拈着墨笔的老仙君问她名号,江舟公子在一旁冷声道:"芃芃。"

如此一合算,她便将梦里那声音和江舟公子对上号了,只是在口气这方面略有不同。

梦里的声音她偶尔想起时是柔缓的,听来如幽泉般沁人,暖意洋洋,可面前这位……

杜芃芃赶忙摇摇头,想挥赶脑子里江舟公子一板一眼,日日端正着神色教诲她专心修炼的模样。

至于这个"杜"姓,也难为老仙君不眠不休三日才在族册中找到数万年前蘑菇界里第一位升仙的前辈,名号为"杜昂大仙",于是她便也领了"杜"姓。

临走时,造册的老仙君啧啧不满道:"你族仙者寥寥,还得要努力啊。"

杜芃芃临门一跌,堪堪回:"啊,我尽力尽力……有劳仙君了。"

她也是那日起才知自己的真身竟是朵仙菇,想起不久前在小市下肚的一碗蘑菇焖面,她顿感不安,连忙朝一旁敛袖速走的江舟问道:"公子,我也是刚刚才知晓我自己就是朵蘑菇,话说这天界有没有蚕食同类要受刑或者是自身遭到反噬之类的说法?另外就是主观不明知这块可否从轻……"

099

江舟公子脚下不停，仅是嘴上轻飘飘打断道："菌菇纳地气而生，本便不在修灵万物之内，食用菌类可放心吃。"

话末，他又补充道："你既长成仙菇，实属难得，务必要踏实精修。"

又是这话，精不精修的杜芄芄没怎么听在心里。

倒是在遇见楚楚仙子后，在吃这方面，她对小蘑菇的喜爱一度险胜了麻辣口的小鱼干。

妙幻池那崖上有处宽阔之地，长了棵千年的槐树，已修成精怪，但尚未入仙籍，一蓬金灿灿的枝叶如同长明灯一般，照得幻妙崖时时亮如白昼。

偶尔微风起时，飘落的槐叶会于半空处化成浑身散着暖光的蝴蝶飞向四方。

这边刘楚君刚落地便瞧见此景，漫天荧光飞舞，美得不像话，也就这一刻他才真正有了置身仙境的感觉。

他正痴于此情此境，身后突然响起一句："那是噬灵蝶，你那二两梦灵还不够它塞牙缝，再看小心你就此睡过去，再也醒不了了。"

"啊！"刘楚君倒吸一口凉气，立马闭眼道，"如此危险，姑娘何不早说？"

瞧他那样，杜芄芄挥手将周围的噬灵蝶赶走，眯眼笑道："谁知道你这般经不住诱惑了？过来。"

她说着便在崖边捏了套玉桌坐下，继续道："你坐下接着说，本仙那尊神像你为何不供？"

刘楚君睁眼，瞧见四处皆没有乱飞的小蝶了，这才提起袍子转身上前，落座道:"先前姑娘也说……"

"住嘴,叫仙子。"

杜芃芃身一正,那仙家风范就起势了。

刘楚君瞧着她顿了顿,继而换言道:"呃……先前仙子也说了,我因贫只能安家马棚,那马棚陋室,连个正经灶台都没有,又如何能供得仙子的神像呢,是吧?"

"你当真这样想的?"

"当真。"

杜芃芃眯眼审视他一番,道:"那既如此,你还藏本仙神像作甚?今日我便同你坦白说了,你若供不起,就早些将本仙的神像转入他人手中,叫人给我供上,我又何至于要用这梦境来疗愈生活的苦?"

"仙子神像我定是要供的,"刘楚君轻言笑道,"既然那尊神像机缘之下到了我手上,便没有再送他人的道理,只不过现下的条件是欠缺了些,待时机成熟,我必会香火不断,百粮相供。"

时机?什么时机都十年了还没成熟呢。

杜芃芃心里吐槽着,虽是不太信他,但这梦境难得,若是等天亮小豆花一醒,她就该原地消失了。

于是琢磨片刻,她忽地话锋一转,问道:"我掐指一算,你这人不简单呀,方才我探得你梦境中火光冲天,你还抱着个孩子在逃命,那孩子是谁?"

"是家妹。"

闻言,杜芃芃下巴都快惊掉了。

瞧着她双目瞪圆的模样,刘楚君面上反倒不见什么情绪,他看着她缓缓道:"我生在京中商贾之户刘氏,七岁那年族中亲支谋夺家产,于深夜将家父家母杀害,我抱着家妹跑至后院时被贼人拦下,家妹命丧贼人之手。

"此后我便总会梦见自己救下了她,从七岁至今,梦里唯独我的模样有过变化,每次我都抱着幼妹穿过长廊,要么是永无止境地逃命,要么是一剑穿心,坠湖后惊醒。"

"啧啧啧!"杜芄芄跑偏了重点,"这么说你还真是有万贯家财了?"

她说着便掐诀幻出许多好吃的小食,接着道:"给你弄点东西吃,这个云团可是仙界美食榜的头一号,说不开心的事就要配上好吃的才行,你尝尝。"

她不是跑偏了重点,而是耳中所闻之事略显沉重。作为端起架子的灶王仙子,实在不知如何安慰,另外她也不想他陷在那番痛苦的情绪之中,只好以此方式来试图拉他一把。

而此番心思,刘楚君又如何会不知呢?

瞧着她一边摆弄小食,一边将白糯糯的团子推来自己手边的模样,刘楚君眉眼一弯,笑应:"从前我夜夜梦魇,总觉得人世万千,无人能解我困局,这次遇见了仙子,好吃的、好看的、好玩的,是一场令我欢喜的美梦。"

一阵小风悠悠过,又落下无数噬灵蝶游于半空,莹莹暖光搭着那张俊脸说出的低声话语,倒是浪漫。

可惜某仙小手一挥,全数赶走道:"你且先同我说说,你是如何逃亡到花蛤村的?"

江舟公子被神判押走的那日,杜芄芄正陪小豆花在河边捡石子,忽地一只白兰蝶撞在她肩头,能接触到她魂体的必不是凡物,她顺手接住,只见那只蝶落在掌心后瞬间化成了一缕轻烟,于半空现出一个"护"字。

是谁向她传话?要她护什么?

带着疑问,杜芇芇在小豆花熟睡时出去沿白兰蝶来时的方向找过一遍,什么都没有发现。

三日后,地宫便传来新任宫主的消息,以及江舟公子因干涉凡人命数,被羁押于神讯司一事。

那时,杜芇芇才恍然明白,原来是江舟公子传话于她,可他要她护什么?

她托关系查了江舟公子此前受供的人家,是东边一户重臣府邸,如今一家安康,不曾涉及什么命案,那公子干涉的是谁人的命数?

想来江舟公子所救之人便是要她照护的人了,于是,她才请楚楚仙子帮忙,最终发现那人竟是落脚村口马棚的刘楚君。

但关于江舟公子为何要插手凡人命数,中间到底发生过什么,杜芇芇一概不知,或许就连神讯司也没能审出什么。

"应该也是天上来的神仙。"刘楚君应道,"当时慌乱,我感觉他就像凭空出现一般,他叫我往西苑的后山跑,还将我的小马牵给了我,让我跑出去之后往西边去。"

"就这样?"

"就这样。"

杜芇芇眉头一蹙,直觉这事不该这么简单,若仅仅只是指了个方向便被判入涂灵险境,那这群审判司的老头子多多少少就有点过分了。

"对了。"杜芇芇突然想起什么,转而发问道,"我掐指一算你有一箱银锭子啊，那钱从哪儿来，又去哪儿了？"

似乎是没跟上杜芃芃换话题的速度，刘楚君"嗯？"了一声后，才道："哦，那个啊……"

话刚开口，杜芃芃虎躯一震，直觉不妙，不等她再听半字，她的魂身就从梦灵中脱出，须臾间回到了小豆花身侧。

还处于梦境中的刘楚君只见对面的仙子腰身一挺，眼神空洞片刻后，忽地起身，绕着小桌快走一圈，嘴上念念道："不能废，不能废，我要拒绝摆烂，要发愤图强，要一日诵心法十页，三日熟练一术，十日通读仙术小札，百日上三境天参加上仙小考，勇往直前，无须三年五载，我便能实现仙生自由，成功躺平了！"

刘楚君还尚且有些摸不着头脑，于是唤了她几声，发现她既听不见，也看不着自己了。

于是，他便静静坐着，看她团团转上数圈后，幻出一本小书捧在手上，看上片刻眉头一蹙，吐槽道："写的什么破符文，看也看不懂！"

又绕了两圈，她将手中小书一扔，一屁股坐下将身子瘫于桌面上，叹气道："唉，累了累了，先睡一觉。"

静了片刻后，刘楚君歪头看了看她，先前还志气满满的仙子现已闭眼睡了过去。

她睡着时不似寻常那般眉目飞扬，本不算圆的脸颊因两腮圆润而增添几分幼态，枕在臂弯之上的呼吸极其轻浅。

刘楚君不自觉间便定定看了许久。

直到一阵微风起，吹落的叶片化作无数暖黄的灵蝶四下飞舞。

眼瞧着有那么几只不知趣的就要落在那张熟睡的面颊上，刘楚君下意识便挥手去驱赶，哪料他指尖不小心触碰到那些灵物，须臾间，数只灵蝶便化作一阵黑烟消散在了风里。

山间天光渐亮，小豆花醒了。

杜芃芃一个挺身坐起，目光看向刘楚君所在的位置，他正和衣睡得死沉。

"快快快！"杜芃芃转手去将睡眼蒙眬的小豆花给拍清醒了，"快去将你楚君哥哥给叫醒，那臭小子还在我梦里。"

她的魂身一走，梦境中的那个她便会像工具人一般无限重复她做梦那天所做过的事情，她可不想让一介凡人去目睹她的摆烂日常。

小豆花睡眼惺忪，慢悠悠爬起身道："打扰别人睡觉很不礼貌的呀，神仙姐姐。"

"你对我召之即来挥之即去，你就礼貌了？"

杜芃芃一想起这个就生气，司命那厮使的损招还真是厉害，连楚楚设下的屏障都无用了。小豆花一醒，竟直接将她给拽出了结界。

听她如此说，小豆花也不敢再还嘴，揉着眼睛走过去，蹲下身轻声道："楚君哥哥，醒醒，天亮啦。"

杜芃芃抱手跟在一旁，指挥道："大点声，拍他。"

话音方落，楚楚仙子便腾空出现，她跟在杜芃芃身后，往前看了看，随后拍了拍杜芃芃："梦里？他为何会在你梦里？"

"哎，吓我一跳。"杜芃芃全身一激灵，回头道，"楚楚，你最近越来越诡秘莫测了，我告诉你，昨晚的事你不给我交代清楚，咱俩就这样，处不了了。"

楚楚仙子往前一绕，也同小豆花一般蹲下身，轻飘飘地应道："你别急呀，我找时间再慢慢同你说。"

她嘴上说着，目光却上下打量刘楚君，末了又接道："你们俩一起做梦了？"

"是他的梦灵撞进我梦境里了，就上回我收藏起来的那个梦，你知道的吧。"

"哦，知道，懂了。"

杜芃芃说着也同她俩一样蹲下，一人两仙就这样蹲在熟睡的刘楚君身侧。瞧着小豆花慢悠悠地叫半晌没反应，楚楚仙子往上一扬手，一颗铁实的松果便直直砸在刘楚君的额角上。

和衣侧躺的人因额间刺痛而醒来，迷蒙睁眼间，忽地周身一抖，环胸的手肘下意识松开一截，目光滞了片刻，才缓缓看向小豆花问道："怎么了，你饿了吗？"

小豆花连连点头，傻呵呵道："我要吃葱香油饼！"

地上的人杵着手肘起身，随后双手撑开，伸展腰身慢慢应道："好，那今天早上就吃它了。"

出发前，刘楚君准备了许多干粮，摊得金黄酥脆的葱香油饼是用精面制成，很是难得。

楚君哥哥打包前曾说要在山里遇到好事才舍得吃，于是，小豆花边大口咬饼，边询问道："楚君哥哥，咱们是遇到好事情了吗？"

刘楚君轻轻系上打包的绢布，笑应："是呀，一夜好梦。"

"好梦？"一旁围观的楚楚仙子拿手肘碰了碰杜芃芃，"你俩在梦里做啥了？"

瞧她那一脸好奇的模样，杜芃芃白了她一眼道："我趁机在梦中问了他关于江舟公子的事情，没问到什么有用的，倒是确定了这人是有钱啊，不对，是曾经有钱。"

"怎么说？"

"我窥见几分他的梦境，确是受人迫害亡家了。"杜芃芃坐在小豆花身侧，托腮道，"可我想不通，江舟公子为何要插手救他。"

楚楚仙子坐在杜芃芃身侧，同托腮道："我也没想通，而且我还发现这座山有点意思。"

"你昨晚来就为了这个？"杜芃芃四下看看，"有什么发现没有？"

"没有。"

两仙对视一眼，虽什么也没说，但都从对方眼里知道她们想到一起去了。

杜芃芃扭头看了看专心吃饼的两人，道："如此绵延广阔的山体，可进山两日了，我都尚未发现有半分精怪的气息，属实奇怪。"

按理说，只要是人迹罕至的地方，就算灵气再稀薄，也会有几类对灵气需求不高的精怪存活。

可自入山以来，沿途所见皆是凡间草木及飞禽走兽，不见半个有灵气的。

楚楚仙子接过话头道："确实如此，我昨夜四处摸索了下，是有蹊跷，我便去找芷萝仙人问了问，她说多半是有术法高深的仙家在此集灵修炼，倒不会有什么危险。"

"但是大仙，"楚楚仙子扭头瞧着她道，"江舟公子的事情我近来忽然觉得没有那么简单了，如今你没有灵丹在身，凡事都得万分小心，不论是警惕周围变化，还是小心身边人，你最终都要平平安安回来才行。"

杜芃芃心里感动，嘴上却打趣道："哎呀，别担心，我杜大仙聪明着呢，遇事从不慌，拔腿跑这招，我学得还不赖。"

那日楚楚仙子走之前，又留下两只灵力充盈的灵囊，杜芃芃好好揣进兜里，心中感慨有姐妹真好。

吃完油饼，再休整一番后，刘楚君又领着小豆花往北边山林前行了七里路。

上山那日，小豆花的爹给她准备了一个小背篓，也没说让她干什么，就说叫她自己看着好玩的，想摘什么就摘点带回家。

话是这么说，但她爹那双小细眼笑成了缝也掩不住期待。

杜芃芃总觉得比贫穷更让她不满的是这家人对待生活的态度。

村里分到他家户头的田地并不少，可每年种下农物后一家人几乎就不再下地照看了。

庄稼收成时，同样一亩地，同村的乡亲能收成二十担粗粮，他家仅有七八担。

全家老小一共八口人，除去小豆花日日跟着刘楚君，其余人最爱在村里闲逛，聚在一起时也只会争谁吃多谁吃少了，谁干活多谁又多睡了时辰等等鸡毛蒜皮的杂事。

上山那日，杜芃芃本是不高兴的，但小豆花却根本没察觉自己被老爹当成了发财致富的工具人，只要跟着刘楚君，她每日都是乐呵呵的没烦恼。

不过眼瞧着上山快三日了，杜芃芃看着小豆花背篓中仅铺了些杂草，杂草上躺着刘楚君给她捡的小兔子,想着某些人的发财梦估计是没着落了,心中便也愉悦了不少。

只是刚愉悦没一会儿,小豆花便背着小篓摔了一跤,起身时脚下无意间蹬开一堆黄土,刚开始是露出两颗洁白的菇头。

小豆花弯腰观察了片刻,再顺手刨开周围松动的黄土,密密麻麻,周围竟是一整片椭圆状的洁白菌菇。

刘楚君听到动静便转身回来,他弯腰看了看,笑道:"是朵状白参,新鲜时能做食膳,晾干后入药,补气固元,是极其珍稀的好药材。我们小豆花果真是福运满满的女孩子。"

"嘿嘿!"小豆花傻笑道,"那给你吃,吃了不生病。"

杜芃芃抱手站在一旁,吐槽道:"要让你爹知道你把这东西送人吃了,看他打不打死你。"

小豆花才不搭理她,笑呵呵地同刘楚君一起把小兔子挪出背篓,再小心翼翼地将那堆白菇一个不落地拾进小背篓里,继续往前赶路。

晚间,刘楚君寻了处还算平坦的山洼留宿,打整好小豆花的床铺后,他拾了堆干柴烧起火。

小豆花抱着小兔子在烤火,火光在林间影影绰绰,刘楚君瞧她片刻,忽道:"豆花,跟着哥哥走山路,你累不累?"

小豆花不曾思索便摇头应道:"不累呀。"

"那你想不想知道我们要去哪里?"

坐在一旁的杜芃芃本在神游,听到此话她忽地就竖起耳朵来,头不自觉往那边靠了靠,静静等着听后续。

"我知道呀。"小豆花开心道,"你同我说,要带我来山里找宝藏,

109

回去就有大房子住了！"

杜芃芃收回耳朵，嘴上懒洋洋"喊"了一声道："想屁吃呢。"

火堆烧得刺啦响，刘楚君满眼笑意，手上往火堆中添了些碎柴，笑问："我们小豆花想不想吃肉？"

荒郊野岭何处有肉呢？

小豆花想了想，再低头看了看怀里温顺无比的小兔子，下意识侧开身子，连连摇头道："不吃，不想吃肉，我吃干饼就好。"

刘楚君眼底含着笑，起身摸了摸小豆花毛茸茸的脑袋，便独自朝林间去了。

半炷香后，他从天幕最后一丝余光中走回来，手里提了一只野鸡。

锅是之前留宿地旁人遗弃的小铁锅，刘楚君手脚麻利地添旺了柴火，起锅下鸡，再将那一篓白白胖胖的小菌菇倒入锅中，炖上一刻钟后，锅里开始起味了。

蒸腾的水汽散在空气中，香得杜芃芃连连称赞："干得漂亮！"

难怪凡间有句话叫嫁了郎君忘了娘，在小豆花这里，眼里心里只装着刘楚君，早就把她爹忘到十里外了，哪还想得起进山前的那一番叮嘱。

第六章 月夜坦白局

日复一日天亮赶路，夜幕留宿，除了刘楚君偶尔夜里会忽然惊醒，连带着把杜芃芃也吓一跳，其余一切都风平浪静。

终于在进山半月后，他们停在了一处山涧。

抬眼望不见源头的小溪自高向低流淌，小溪两旁除了长年受水流冲刷而变得圆滑的小石子，还有许多从夹缝中生出的低矮花草。

刘楚君踩在碎石上，挽起袍子蹲下，抄起溪水洗手的间隙浅浅念了一句："应该就是这附近了。"

他抬起手腕反复看了数次，又抄水清洗几遍手腕后才领着小豆花在附近找了片干燥宽敞的地，打算在此留宿。

此后三日，刘楚君在喂饱小豆花后都会独自在方圆几里的范围内徒步搜寻，有时带回来些山茅野菜，有时兜着两条小鱼。杜芃芃根本就摸不清他到底在找什么。

就这样到了第四日，杜芃芃实在闷得慌，便叫小豆花将她的兔子抓出来，找了片松林稀疏的缓坡，要她同兔子比谁跑得快。

可不承想比赛刚进行了两轮，那兔子便趁人不注意，撒起长腿往丛林里跑了。

"快跑。"杜芃芃瞥眼一看，急道，"你兔子跑了，追呀。"

小豆花也反应过来，吭哧吭哧追了半晌后，停下来看着兔子消失的方向，抬手抹了抹眼泪，委屈道："追不上了，神仙姐姐，我们都输了，小兔子赢了。"

本就是林中野物，小豆花再怎样细心照看，小心喂养于它，也终是养不成自己的，广袤山林才是它最终的栖息地。

杜芃芃拍拍孩子的小肉肩，安慰道："可惜了，这个没良心的小东西，早该将它拿来做辣烧兔肉的。"

闻言，小豆花眉头蹙得更深了，她默默转身往回走。

杜芄芄只觉腰间的仙索一紧，整个人便轻飘飘地被拖着走了。她连忙跟上去，继续安慰道："你别伤心了，明日叫你楚君哥哥再去林子里给你物色物色，我瞧着那小山猪也很可爱……"

这边正说着，突然不远的茂密丛林里传来一声响动，像是什么东西摔到了地上，同时还伴有一声略微抑制的吃痛声。

杜芄芄还没反应过来，就听小豆花急道："是楚君哥哥的声音。"

随后，杜芄芄便如同轻飘飘的枯叶一般，被小豆花狂奔的脚步给带到了一棵十分繁茂的大榕树下。

杜芄芄稳了稳身子，心道："追兔子怎的不见你腿脚如此麻利了？"

一抬眼，盘根错节的榕树根茎间，刘楚君正捂着脚坐在地上，衣衫略微污糟，发丝间也穿插着几根鸟毛，颇有几分拾破烂那味儿了。

小豆花连忙跑过去，着急问道："怎么了？有危险的话我们就要赶快跑……"

她说着就搀起刘楚君准备跑路。

刘楚君似是崴了脚踝，起身后整个身子都跟跄了两下，稳住后才缓声道："我没事，别着急。"

他腾出手来将小豆花拉住，继续道："没有危险，我们不跑，是哥哥想去树上掏鸟蛋，这才不小心摔下来了。你扶我去旁边休息一会儿就没事了，别急。"

听他如此一说，杜芄芄才仰头看了看。枝繁叶茂的榕树瞧着该有个百来年的树龄了，长得不算高，但分枝极多，每处分枝的地方几乎都稳

113

稳地托着一个鸟窝,有大有小,细数起来该有不下百来个窝巢。

如此庞大的鸟群聚集地,杜芇芇仙生七百年来还是第一次碰见,脑中想了想醇香弹滑的炙烤鸟蛋,她转头戳戳小豆花,商量道:"掏鸟蛋?这事我俩在行啊,上不上?"

小豆花听话地将刘楚君扶到一旁坐下,同时小声回道:"不上,危险。"

杜芇芇刚想损孩子两句,坐下的刘楚君便打理着衣衫念叨道:"记得有一回你从后山捧回来的烤鸟蛋,味道极好。"

哼,也不看看是谁的手艺。

杜芇芇眉尾一扬,大厨的自信又上来了,她站在小豆花身后,接话道:"瞧,是你楚君哥哥要吃,可不是我啊。"

小豆花会拒绝杜芇芇,却不会向刘楚君说半个不字,凡事只要关乎刘楚君,不出意外的情况下,她已经在爬树了。

刘楚君在树下一瘸一拐嘱咐道:"当心脚滑,踩稳了再爬。"

小豆花在摸鱼上树这块还是很有天赋的,杜芇芇可就不操心了,她借着仙索的距离,捏了丝灵力在手心,轻盈地窜于各个鸟窝间,瞧见有蛋的,便指着叫小豆花来掏,不一会儿便掏了满满一兜。

正当小豆花准备收手,往树下慢慢挪时,不知何原因,原本安静栖息在树枝或窝巢中的雀儿突然躁动起来,乌压压地窜成一片,吓得杜芇芇往小豆花身旁一躲,一人一仙拽着树枝,置于庞大鸟群中显得可怜兮兮的。

"小心些!"刘楚君仰头瞧着,交代道,"抓紧树枝,待鸟群散去再慢慢下来。"

乌压压的鸟群越来越多,那"吱吱"声如浪潮一般打得人头晕。杜芄芄瞅着小豆花被鸟群扑扇到紧紧闭上了眼睛,吐槽道:"这群破鸟,吃你们几个蛋怎么这么小气呢。"

杜芄芄话音方落,不知是哪只不长眼的雀儿便一头扑在小豆花本就因晃荡而松动的小兜上,卡在腰间的衣角瞬间松开,兜在其中的鸟蛋一颗接一颗"哗啦啦"全数往地上掉去。

两人来不及反应,忽地整棵榕树剧烈抖动了起来,随后金光骤闪,一道极强极刺目的灵光从距离杜芄芄最近的那个鸟窝中冲出,鸟群也在须臾间散开了去。

天地骤然间静了下来,杜芄芄惊了,小豆花在树上也呆住了。

树下,刘楚君微微张着嘴,面上情绪谈不上多惊讶,但也属实是意料之外。

"是谁?"一声夹带三分童气的声音响彻山谷,"是谁杀我的孩儿们!"

那一堆砸得稀烂的鸟蛋旁灵光骤现,待杜芄芄恢复视线后,便瞧见那儿蹲着一个莫约七岁模样的男娃。

身着金纹绸衣,头顶太极莲冠,面貌白净,明眸薄唇,不需细看便觉清秀。

此时那张清秀的小脸正哭丧着看向地上破碎的蛋壳,恼怒道:"你们这些愚蠢的凡人,啊,我忍不了了……"

话音一落,男娃起身一个挥手,便如同拎鸡仔一般将小豆花从树上拎到跟前,他再往后看看,顺手将刘楚君也给拎到了跟前。

他仰起头,面上虽严肃,但因着是张孩童的脸,便没什么震慑力。他如老仙者一般背着手,踱步问道:"鸟蛋好吃吗?"

小豆花眨眨眼:"好吃。"

刘楚君这边一语未发,他瞧着那名男童,眼中若有似无地散出三分审视。

杜芃芃本就在小豆花身后,但她还是不自觉地往后缩了缩,脑中细细回想毕生见闻,想摸清这是天上哪号大人物,同时还悄悄给楚楚仙子传话道:"急急急,掏蛋闯祸了,紧急求支援!"

方才那阵灵光强到让杜芃芃发怵,就算是在江舟公子身上,她也没领略过如此震慑于人的灵力,而眼前拥有强大灵力的仙家竟只是个瞧着不过十岁的道家小儿,属实稀奇。

杜芃芃本想降低一下存在感,等楚楚仙子来支援,哪想她的求救消息刚落进通灵道便被截住了。

那小儿仅是食指微动便将她的消息给捏在指尖上,轻轻一抖就给弹成白烟消散了。

"仙体魂身?"他踱步过来,仰头问道,"你是何方小仙?"

杜芃芃略微尴尬地抽了抽嘴角,随后双手交叠躬身道:"呃,小仙是地宫灶王神,方才见识到仙君灵光巨现,可否冒昧问句仙号?"

"一方灶王神竟和凡人混于一处,还伙同那两个坏人掏我鸟蛋?"

他并未回答杜芃芃的问题,或许根本就没将那问题听进耳朵里。

这是天界大佬们一贯的作风,只听自己想听的,只应自己想应的,是杜芃芃最瞧不惯的交流方式。

对方现出了自己的真身,是以,小豆花及刘楚君才能看见并同他交谈,他那句话小豆花自然也听到了。于是,她傻乎乎抢在杜芃芃之前反驳道:"我们不是坏人。还有鸟蛋是鸟儿的,怎会是你的呢?"

"鸟蛋是鸟儿的,可鸟儿是我的啊,鸟蛋它怎么就不能是我的了?"

似是觉得自己仰头太累了,还显得没什么气势,那小儿甩了甩宽袖,用小短手挨个指挥道:"你你你,本君要同你们平等交流,请你们三个坐下。"

闻言,小豆花扭头看了看刘楚君,见对方微微点头后,她才搀着他往后退了退,坐在了凸起的榕树根茎上。

杜芃芃往小豆花身边一坐,突然就想开了,她倒想看看这自称本君的小儿要搞些什么名堂。

摔了这些鸟蛋,若他要求赔偿,那她两袖清风,全身上下还刮不下半个子儿来,反正要钱没有,要魂一条,就不要脸,赖死他就对了。

可惜杜芃芃想错了,人根本就没提钱,倒是认认真真指着那堆碎裂的鸟壳,从一颗鸟蛋如何诞生,讲到一颗鸟蛋如何成长为翱翔在天的鸟儿。

讲到最后,小儿忍了忍眼眶中的泪水,气哼哼道:"将本可以孵化的鸟蛋烤焦了吃,太残忍了!它们如此脆弱,一颗就是一个小生命,我不许你们以后再打鸟蛋的主意了!"

讲得如此动情,如此叫人心生怜惜,两人一仙下意识地齐齐点了点头,算是答应了。

就在杜芃芃心想终于要结束这啰唆的说教时,他盘腿一坐,仰天一看,低头继续道:"这一只小小鸟,要修炼上百年才能聚起灵丹,拥有一颗米粒般大小的灵丹后,还需再勤勤恳恳修炼数百年,稍有仙缘的,能得天人提点，才算修成正果，若是那仙缘极差的鸟儿……"

小豆花眼皮子一耷拉，脑袋就往刘楚君的肩头靠了过去。

一旁杜芃芃也觉得眼睛涩得厉害。

她正在心中吐槽这是何方仙家如此啰唆，不去学清阁当讲师真是可惜了时，忽地，身后传来一声惊呼："师父？！"

是楚楚仙子的声音。

杜芃芃脑子瞬间就清醒了，她回头一看，来者确实是楚楚仙子，她正捂着大斗篷，瞧着那七岁小儿，眼睛瞪得浑圆。

"师父？"杜芃芃惊道，"谁是你师父？"

楚楚仙子绕到那小儿身旁，指了指他道："这啊，我师父，六境天岭祈岭仙君。"

传说中那位动不动就玩消失的高阶仙君，一消失就百来年不见踪影的老仙君，竟是一个瞧着不足十岁的黄口小儿？

不能成为他座下第一大弟子还曾一度让杜芃芃郁闷寡欢，从而开启了近四百年的摆烂仙生，如今竟在这荒郊野岭的鸟窝子下让她碰上面了。

"你说这小孩儿样的是你那位仙龄七万岁的师父？"杜芃芃起身道，生怕下巴惊到磕地。

听杜芃芃在这儿自言自语，小豆花便明白该是又有神仙来了，她在刘楚君的示意下，搀着他也一同起身了。

对面祈岭仙君也起身挽袖道："七万岁怎么了？谁说仙君就一定得是白胡子老头了？"

语毕，他扭身从鼻腔中哼了一声。

那幼态的外表加上老成的动作及语气，外加身边都是几个已然成年的大人，显得他在其中更加矮小，多少就有些滑稽了。

楚楚仙子见自家师父神色不悦，便打岔问道："师父，我找您找得好苦呀。咱们岛上那棵栗子树没养成，但旁边那棵蔫黄的小野荔枝树竟成活了，且头一年便结了二百斤果，想将这好消息告诉师父您，但自上回一别，我快三百年没有见到您老人家了，您为何会出现在这里呀师父？"

"为师本想寻个清静地好好睡上一觉，游历一番后发现此树正合我意。"祈岭仙君转眼盯着杜芃芃等两人一仙，气道，"这才睡了不到百年，便被人三番五次打搅我清梦，为师太难受了！"

说到此，祈岭仙君便负气转身欲要走："为师要离开这个伤心地，另寻妙屋！"

就在仙君准备掐诀地遁时，一直未出声的刘楚君忽然眼疾手快，提脚往前跟跄一步，五指一揪，牢牢抓住了仙君一片衣角。

他弯下腰身，垂眼道："在下刘楚君，请仙君借一步说话。"

楚楚仙子："我师父现身了？"

杜芃芃："是的，金光闪闪，灵气冲天，多少有些激动了。"

"他拦我师父做什么？"

"不知。"

"有什么话还要借一步说？"

"有什么话是我杜大仙不能听的？"

正当祈岭仙君愣在原地，疑惑自己为何会被一介凡人给揪住衣角而想走不能走时，有两仙四目相对，眼珠乱窜，偷偷暗中传话。

随后，祈岭仙君便掐个诀连同刘楚君一起带走了。

至于他们去了哪里，杜芃芃和楚楚仙子无法探知，小豆花更是傻乎乎的，刘楚君叫她回去留宿之地等着他回来，她便一路摘着小花小草，哼着小曲回去了。

杜芄芄被仙索拽着，只能沿路跟在小豆花身后同楚楚仙子闲扯道："谁能想到，我掏个鸟蛋也能把六境天岭的仙君给掏了出来，你说你师父在哪儿睡不好，偏要睡鸟窝里，怎么就好这口了？"

"嘘，我悄悄告诉你，你别说出去啊。"楚楚仙子压低声音道，"我师父有个癖好，就是收集鸟窝，他游历世间所栖息过的窝，都会带回六境天岭藏起来，我也是在逛小市时听年长的仙家提起……"

原来祈岭仙君是人间数万年难得的仙缘极佳之人，自幼被遗弃在道观门口，被凡尘的道长所收养，刚蹒跚学步时便能在挂满鸟巢的树下打坐入定，对世间万物的感知异于常人，七岁时便金光绕身，在一片吵闹的鸟鸣声中飞升了。

"啊？"杜芄芄补话道，"我还以为他真身便是只雀儿呢。"

"有传言说我师父的凡身便是火雀转世入凡尘，否则一介凡胎怎会七岁飞升……"

这边八卦正聊得火热，那头刘楚君眨眼间便被带入虚空之境，一片白茫茫中，祈岭仙君背手而立，面色诧异道："你说谁叫你来寻我？"

"那位出手救我一命的仙家说他名江舟，叫我往北来寻一位仙君。"刘楚君挽起袖口，露出半截手腕道，"他说我想知道的，仙君您会替我解惑。"

瞧着那手腕上的黑色符线，祈岭仙君蹙眉道："侍魂识符，你便是用它找到本君的？"

"自入山以来它便在闪动，在我靠近那棵榕树时，它忽然就停止了，"

刘楚君收回手来，缓声道，"我便知道仙君一定在此处。"

祈岭仙君捏诀，在刘楚君手腕处萦绕上一丝灵力，片刻后那圈符线便脱落下来，如黑蛇一般沿着灵力来的方向去到仙君的指尖处。

随后，那黑线瞬间变为一页符纸夹在祈岭仙君两指之间，他定睛一看，曜黑的符文之上空空如也，什么都没写。

这是仙神间最隐晦的求助符文，一般不轻易使用，一旦用了，所求之事便是能波及六界的大事。

祈岭仙君小手一抖，扶额道："这都啥事，江舟这小子将自己赔进去不说，还想让我也来插一脚。你说吧，他到底想让我做什么？"

"他叫我拜仙君为师。"

"什么？"祈岭仙君双目一瞪，"本君家门之事，他江舟也要来插一脚？"

"请仙君收我为徒。"刘楚君忍着脚痛，双膝跪地道，"在我了却凡尘杂念后，望仙君能予我一次踏入仙途的机会。"

祈岭仙君眉头一跳，直觉这事不简单。他下意识地回绝："本君瞧你心思不纯，先前你上树叨扰，本君便施法叫你吃了点苦头，但你为让本君现身，便容许旁人再次爬树涉险，此一行为，可算有害人之心？"

"她有仙灵在旁庇佑，且我认为仙君并不会伤人性命。"

"你如何得知她有仙灵庇佑？"

"可听，可见。"

闻言，祈岭仙君这才细细审视面前此人，话头顿住片刻后，方才问道："如此说来，你这趟是专程来拜师的？"

跪地之人眸光微动，随后双手交叠于额间，伏地道："我刘楚君自入世以来，便只遭人害过，从未害人半分……"说至此处，他起身立指，"今日在仙君跟前三指立誓，今生绝不残害人命，不薄万物，一心向善，望及仙道。"

山林间松叶簌簌作响，日头逐渐西斜。

杜芃芃同好友的八卦话题已从祈岭仙君真身为何物聊到了地宫某位天官的私闻秘史。

忽地一阵微风迎面而来，随风响起的还有祈岭仙君一句："楚楚我徒，随为师回家收野荔。"

楚楚仙子正绘声绘色地同杜芃芃闲聊，收到传音后她话头一止，随后拍拍杜芃芃道："改日我再来找你。"

说着，她便起身，原地遁到了自家师父的镶金浮云上。

瞧着师父正静心打坐，她也盘腿坐下，并在心中默默寻思了片刻，实在憋不住才问道："师父，那个刘楚君找您说了何事呀？"

祈岭仙君眼皮微抬："他要本君收他为徒。"

"啊？"楚楚仙子略惊，"那您收下他了？"

"唉，神烦。为师探了探他的生灵，异常纯净，当时倒是想收他，可为师再往深了看，却什么都看不见了……"祈岭仙君两手一摊，心也不静了，"那看不见探不明的部分，是邪是魔还是仙根，连为师都无法得知，这可不敢胡乱收。"

听到刘楚君想当自己的师弟，楚楚仙子瞬间便想到上回杜芃芃所遇之事，好在师父也发现了蹊跷之处，她便顺带将上次杜芃芃那件事大体和师父说了说。

祈岭仙君听完后交代道:"凡尘的事我们不可干涉,但若是有邪魔作祟,我们也不好袖手旁观,你多注意他,有事及时报我。"

"好的,师父。"楚楚仙子点头应下。

刘楚君一瘸一拐地从松林里走回来时,杜芇芇正耐着性子在教小豆花如何煲出一锅鲜美鱼汤。

夜幕渐渐降临后,两人一仙围坐在火堆旁,待鱼汤揭锅后,小豆花熟练地盛上一小碗朝杜芇芇所在的方位自上而下,再由左到右地拜了拜,随后碗中的汤就消失了。

同一时间,杜芇芇手里多了个白瓷碗,里面盛满了热气腾腾的鱼汤。

小豆花接着给自己和刘楚君都盛了鱼汤。温热鲜香的汤汁自喉间淌过,刘楚君这才觉得身体有了暖意。

他深深吐出一口气,转头看向小豆花道:"豆花,我们明日就回家吧。"

闻言,小豆花在喝汤间隙问道:"楚君哥哥,那你的宝藏找到了吗?"

刘楚君弯眼一笑,火堆之上跳跃的红色火焰映在他双眸中,显得那丝微笑浅淡至极:"或许是找到了。"

"那我也找到宝藏了。"

"我们小豆花的宝藏是什么呢?"

"是你呀,嘿嘿。"

一旁杜芇芇白眼一翻,咬牙道:"给我打住啊,这么好喝的鱼汤我可不想吐了。"

夜渐渐深了,吃饱喝足后,小豆花躺在草席上睡得很香。

刘楚君和衣靠在树干一侧,微弱的火光映在那张英挺柔和的面容上,能清楚地看到他眼睛紧闭,但不知怎的,杜芃芃总感觉他好像并没有深睡过去。

刘楚君找祈岭仙君所谈之事,楚楚仙子已经传话告诉杜芃芃了,她虽不知道他为何想要拜师修仙,但她隐约觉得应该同他上回梦境中所发生的事有关。

他可能想学点仙术,单枪匹马闯京都为亲人复仇?

但这显然是不可行的,凡间纷争一向不可有仙神干涉,更别说是自己飞升后再回去找人寻仇这种有悖常理常情之事。

杜芃芃正想得入神,目光不自知地便落在那张脸上。

火光渐暗,在浅浅一层暖黄光影的映照下,那双眼睛缓缓睁开,漆黑的眼眸中除了闪烁的微弱火光,还有小小一道鹅黄色身影。

一人一仙,两双眼睛就这样突然地在这个平静的夜晚撞在了一起。

四目相对,杜芃芃一瞬间回过神来,脑子却如同卡壳一般丧失了运转能力,唯独余下慌乱的心跳声直冲脑门。

"你这般盯着我看,我睡不着。"

他浅浅一句,却如千斤重物砸于水面一般,在杜芃芃的心里激起无数骇浪。

杜芃芃难以控制地微微张口,磕磕巴巴道:"你……你你你,你……"

见她磕巴半天没再吐出第二个字,刘楚君挺身坐起,双手拢了拢衣衫,看着她继续说了第二句话:"我觉得今晚的月色不错,突然就想同你摊牌,不想再装了。"

杜芃芃一听,直冲脑门的除了心跳声,还新添了几分怒气。

她用力控制着自己的声音，终于吐出了几个字："你你你……你什么意思？"

对方并未回答她好不容易挤出的问题，而是看着她极其认真道："我有一个计划，想同你合作……"

至此，杜芃芃脑子算是终于转明白了，那个"装"字的意思，是他自始至终便一直能窥见她的魂身？

她咬牙打断道："合作？我现在特别想狂揍你，能不能让我先打你一顿再聊啊？"

"有关江舟，你真的不想听一下？"

呵呵，天大的事也得等我揍完再说。杜芃芃起身走过去，捏起拳头就给了他一顿雨点小炮拳，揍得他晕头转向，倒头就睡。

"我让你睡不着，月色如此迷人，赐你一场好梦还不简单？"

树梢忽地惊起一群飞鸟，腾飞于寂静的夜空之上。

第二日天光大亮，小豆花睁开蒙眬的双眼，先是瞧见神仙姐姐躺在自己旁边，却拿背对着她，再是楚君哥哥手脚不停地收拾包袱，也是拿背对着她。

小豆花慢悠悠挺身坐起，揉揉双眼道："楚君哥哥，我昨夜好像做梦了，梦里有人在打架，可凶残了。"

刘楚君背对着她，轻声回道："哦，哥哥也做梦了，但哥哥睁开眼就忘了，凶残的梦，咱们要快快把它给忘掉，以后都不该再想起来才对。"

"好。"小豆花抬手摸了摸自己的发髻，松松散散很是凌乱，于是说道，"楚君哥哥，你能帮我梳梳头吗？"

"啊，梳头啊，"刘楚君手上动作一顿，"哥哥梳得不好，要不你请你的神仙姐姐帮你梳一下?"

"不会,别叫我。"杜芃芃斩钉截铁道。

小豆花眨眨眼,道:"神仙姐姐,你醒了呀?"

杜芃芃背着身没搭理她。小豆花隐隐觉得哪里不对劲,但又说不上来,于是只能把目光再次投向刘楚君。

只见刘楚君的背影愣了片刻,随后,他缓缓转身过来,淡定说道:"那还是我来吧。"

小豆花看着走过来的人,那张脸突然之间好像变得不像楚君哥哥了,一双眼睛微微肿起,周围一圈均是紫红色,嘴角也是一片紫红,微微发肿。

她瞪圆了眼睛,问道:"楚君哥哥,你的脸怎么了?"

"呃……"刘楚君顿了顿道,"昨日夜里有山猪出没,我撵猪时不小心摔的。"

"哦,那你要小心呀,山猪可凶了。"小豆花傻傻地回道。

晨时的松林里,空气湿润,怡人心脾,风清鸟鸣间,隐隐夹杂着一句:"你俩才是山猪,你俩全家都是山猪!"

下山的路程比来时快多了,仅用了四天便回到当初与梁年年主仆二人分开时的那个留宿地。

这一路上小豆花精力充沛,背着小篓连奔带跑的,杜芃芃盘起腿来随她拖着走。

偶尔和刘楚君并肩时,刘楚君也会试探着同她聊两句,什么"天气挺好""这野果挺甜的""下山是不累哈"等等废话,杜芃芃连个眼神都没甩给他。

当晚，刘楚君准备将就着原来那个地盘留宿一晚，刚拾起一堆柴火来，便听到熟悉的呼唤声："刘兄！"

未见其影，先闻其声。

一声"刘兄"的余音消散完全后，他们才见梁年年扛着包袱从山上跑下来。

近了，梁年年爽朗笑道："哈哈哈哈，这番缘分真是巧到我都想拍手叫绝啊，看来今晚又能蹭刘兄拾的柴火……"

话至此处，梁年年突然顿住了。他近身仔细观察刘楚君片刻，疑惑问道："嘶，刘兄你这脸怎的青一块紫一块的？这是同谁打架了？"

梁年年包袱一扔，卷起袖子道："我就说要一道走，瞧你这一脸的伤，定是对方人多，我呸，是哪个杂碎……"

"不不不，不是，"瞥见一旁杜芃芃面色阴沉，刘楚君连忙打断道，"是有天夜里梦游，自己给自己打的，我从小便有这怪癖，偶尔发作一次，不打紧，不打紧的。"

追猪摔的这理由只能拿来骗小豆花，刘楚君也没想到竟还能在这座山里再遇见梁年年，是以，情急之下只能如此编造了。

闻言，梁年年上下审视他片刻，这才缓下气道："不能吧，你对自己都能下这狠手？"

此时正巧后面的阿祁背着小篓赶来，他见到刘楚君那被暴揍过一顿的脸，也喘着粗气问道："刘公子这脸是怎么了？"

梁年年回道："梦游，自己给自己打的，是个狠人啊。"

"嘻！"阿祁拍着胸口回道，"从前我们村里有个老汉也是夜夜梦游，身上随处可见的伤，寻了许多良医都无用，这病难治啊，但后来听说老汉娶了个媳妇,就再没梦游过了,若刘公子想治病,也得抓紧了。"

"啊……"刘楚君尴尬应道,"好的,好的,谢谢两位兄弟关心,咱们先生火吧?怪冷的。"

至此,这事才总算是过去了。

第二日,梁年年主仆二人决定同刘楚君和小豆花结伴下山,一路上梁年年讲他们进山后的所见所闻,讲得绘声绘色。

"刘兄,我猜我和阿祈这趟寻宝之旅定是有神仙福佑,我们在一个断崖后见到一只九色皮毛的鹿,就是《稗山花祭·思青集》中所描写的九色鹿,美到不行,虽说我们遇见的只是普通的小鹿,并未像书中所写的那样化身成倾国绝色的小鹿妖,但也算一饱眼福了,而且只有我和阿祈看见了,其他人根本没这福气。"

"是呀,我家公子回去都能吹上好一阵子了。"阿祈背着小篓开心道,"而且这次我们公子采到了很多珍稀的药材,连同行的小医官都夸他同药材极其有缘。"

梁年年继续接话道:"这躺真是没白来,我最想为我阿娘寻的那味药材也采到了两株。刘兄,我真的太开心了,你会不会嫌我话很多呀?"

"不会。"刘楚君发自内心地笑道,"听你说的这些,我也很替你感到开心。"

梁年年挠挠头道:"那就好,我有时候高兴就控制不住话茬,嘿嘿。"

几人一路聊一路走,梁年年的情绪很是高涨,能够看出来他对这次进山所得十分满意。

但大家似乎都忘了自古有老人言,遇到的好事不可随时挂在嘴边,说得多了，好运气便会从嘴巴里溜走。

于是，四人一仙在下山途中经过一处茂密树林时，忽然之间就从四面冲出七八个彪形大汉，手持狼牙棒，面佩三角巾，高喊："此树非我栽，此路非我开，但你要从此路过，就得留下买路财！"

这蛮不讲理的口号方落下话音，两拨人便互相瞅了起来。

这看上几个来回后，双方都觉得对方颇有几分眼熟，其中一大汉扛着狼牙棒往前凑了凑，眯眼盯着小豆花片刻，忽地想起什么，回身吼道："咦呀，又是上回那大姑娘啊，头儿。"

那位"头儿"往前走走，看清几人后，十分气恼地往地上啐了一口道："又是这几个穷鬼，老子若不是来抢劫的，这缘分还真得往拜把子那方向想想了。"

四人："……"

今日这事杜芃芃并不打算插手，一是这帮人上次也接触过，不是什么穷凶极恶之人，二是光天化日之下，她总不能再抓鬼界的小家伙来用吧？那太容易穿帮了。

杜芃芃环手站在一旁，同小豆花一番眼神交接后，她悠悠开口道："放心，你们太穷了，多半人大哥是瞧不上的。"

上回吃了话多的亏，这次刘楚君也不敢多言，瞧着一旁梁年年忍不住要开口，刘楚君看着他轻轻摇头，提醒其言多必失。

梁年年瞥见，便硬生生将到嘴边的话给憋了回去。

那位"头儿"将刘楚君一行人从左到右审视一遍后，蹙起眉头，颇为嫌弃道："快走快走，别耽误了哥几个做下一单生意。"

说完，他扭头冲身后的兄弟们喊道："哥几个再往小树林里藏藏，一会儿都给我把气势整满,别趴那儿睡着了啊!"

瞧着前面的壮汉们都将路给让开了,刘楚君连忙拉着小豆花,领着梁年年主仆二人提脚快速往前走去。

只是不知是紧张还是步伐太快,走在后头的阿祁忽然左脚绊右脚,"吭哧"一声摔在了一壮汉脚边。

阿祁背上的小篓惯性往前一翻,背篓中的物什全数撒漏而出,他心底一慌,忍着痛手脚并用爬起来,连忙将背篓给扶稳。

一旁梁年年反应也快,返身回来手脚麻利地捡拾着地上的药材。

"这都是些啥东西?"那壮汉蹙眉问。

梁年年捡拾的手一顿,随口谎称:"都是些山中野菜。"

听壮汉未再出声,梁年年拾起地上的东西重新放进背篓中,便搀上阿祁欲快步离开。

只是刚提脚没走两步,身后突然传来一声:"慢着。"

那壮汉跟上来,围着主仆二人细细观察了一圈,吓得阿祁紧紧抓住腰间的背带,生怕对方上手来抢。

观察片刻后,那壮汉将狼牙棒往肩头一放,道:"你俩,把衣服脱了。"

主仆二人面面相觑,都摸不清对方要做什么。

见他俩迟迟不脱,壮汉急道:"脱啊,愣着干什么。钱财你几个没有,但我瞧你俩这黄绸里衣还能换上两个子儿,怎么,舍不得给俺哥几个换两口酒钱?"

听着对方仅是要衣服,二人默默松了口气,梁年年边脱边小声道:"舍得舍得,这衣服穿半月了,你们只要不嫌弃便行……"

还在前面两步的刘楚君将小豆花背过身去,随后折返回来,他借着阿祁脱衣服的间隙顺手将背篓接过。

四人本想这下应当能顺利离开了，不想那壮汉挑着衣服走之前，看了看刘楚君手上的背篓，道："这个也给俺拿来。"

阿祁见状一急，脱口道："那就是点野菜，你们要了作甚？"

"野菜？野菜你急什么？"说着，那壮汉便要上前来抢。

阿祁连忙将刘楚君手里的背篓率先抢过，慌道："这个不行，不能给你们。"

这动静一闹，又引来两壮汉将几人团团围住，其中一人单手将阿祁如同拎鸡仔一般拎起，摔在地上怒目道："哥几个要什么不要什么，可不是你说了算的！"

背篓再次倾翻，瞧着散落地上的药材，阿祁忍着眼泪忍着痛，又爬着去捡。

一旁的梁年年咬着牙，忍了又忍，半晌才泄气道："阿祈，别捡了，给他们，咱们走。"说着，他便上前去搀扶。

阿祁眼泪一掉，道："可是……"

"各位好汉，这荒山野岭的，相遇便是有缘。"见状，刘楚君只好出言打断，他朝那些壮汉缓缓说道，"也就不瞒各位，篓中都是些治病的药株，你们拿去也无用。我方才想起，身上还有些碎银子，各好汉拿去买点下酒菜，往外奔波一天了，是该吃好喝好。"

他说着便脱下外袍，将腰间里衣上缝补的一块粗布给撕扯下来，小心地往手上一抖，随之"啪嗒"掉出两块碎银来。

"咦呀，瞧着你穷，没想到还有点东西。"

那伙大汉围过来就将刘楚君给周身搜了个遍，那外袍、里衣上缝补

131

过的每一块补丁中都藏着少许碎银,搜刮出来一看,还真不少。

清晨的日头已渐渐当头,披着茂密树林间洒下的斑驳日光,两男子衣衫单薄,另一位不止单薄,还漏风。

那群壮汉拿走了刘楚君的全部银子,虽是留下了梁年年那一背篓的药材,却在离开时注意到那边睁着大眼傻乎乎的姑娘,于是顺带拿走了她那一背篓的野菌。

杜芃芃抱手看着,吐槽道:"有肉有酒有菌汤,一群大男人还怪会过日子的。"

那头,刘楚君理了理自己勉强能挂上身的袍子,便招呼着大家重新上路。

梁年年和阿祁小心拾放好药材后,颇不过意道:"刘兄,今日多亏你了,待我回家后定会将今日你舍的钱财送还给你,只是这衣服……"

他有些不忍直视,顿了顿道:"要不,你不介意的话,我把遮袍撕来给你披一下?"

"不用了。"刘楚君上前道,"另外只是些碎银而已,倒不必你再跑一趟。"

"那不行。别的不说,今日若没有刘兄,我辛苦这么久为我阿娘挖的药材就没了。"

"那这样吧。"刘楚君停下步伐,想了片刻道,"你若实在过意不去,我近来家中有些杂事要安排,家里就我一人,有时间的话,我请你来帮我招呼一下。"

梁年年拍胸脯应道:"那肯定行!我别的不多,就时间多。"

第七章 放狗咬也得要回家

在人性这方面，虽说杜芁芁已有七百余年的仙龄，但此次受罚之前她从未长时间驻足过凡尘，一些关于情爱悲欢、亲朋往来的认知皆是从话本中汲取。

是以，从前小豆花出生没两年，杜芁芁见识过这户人家的贪贫奸懒后，有很长一段时间她是希望小豆花能命短一些，最好是在不与任何人产生情感牵连前死去，早日让自己魂归神位。

后来日子过着过着，瞧着小豆花虽痴傻一些，但亲人的淡漠她丝毫不在意，每日除了开心和吃，她最大的烦恼便是刘楚君开不开心，吃没吃饱。

这导致杜芁芁慢慢就明白了，人活一世，若不能改变现有的状况，那就只管开心就对了，毕竟能让自己保持快乐也是一项很厉害的技能。

回到花蛤村那日，天气骤变，云层压得异常低。

在得知小豆花不但空手而归，还倒赔一个背篓后，全家人便面无表情地从农田里洗手回家，将田间剩余的农活全数扔给了小豆花。

这次回村后，村里最大的变化是小豆花家隔壁的那块荒地，不到一月的时间便平地而起一户三开间的瓦房。

上好的青砖砌出主体，砖红的瓦片烧得锃亮，一片片排列整齐，虽还有许多细节处未完善，但是同小豆花家那土房子一比，仍然大气敞亮不少。

听说是从东南方向来的生意人，头一日重金买下土地后，第二日便领着百十号工人和数十辆马车的砖瓦木材，日夜赶工，进度神速。

这么好的房子就盖在自家隔壁，小豆花她爹眼馋之余又无力改变。

于是在小豆花干完活的当天晚饭，她爹看着桌上多出的一双碗筷，再看看大口干饭的小豆花,意味深长问了一句:"咱家豆花今年……快十四了吧?"

第二日,小豆花她爹便在附近几个村子里开始为小豆花张罗起婚事,并凭着这几十年来闲逛出的强大关系网,在第三天时便替自家小女儿挑中了隔壁村一个跛脚的教书先生。

村里人问他为何大女儿不急着嫁,反倒张罗起小的来了。

他挤眉瞪眼道:"你们懂什么,姻缘这事,有合适人选了,谁先谁后有何可计较的?况且人还是位教书先生,我早见过,长相尚且算斯文,家里房子虽说小了点,但住的也是青砖瓦房,我家豆花若能嫁过去,也算高攀了。"

"对方年方几何了?"

"二十有八。"卷起裤腿、脚踩细藤草鞋的中年男人摆着手道,"大个十来岁有啥关系嘛,这年纪大的会疼人,这方面我懂得很……"

正午的日头晒得人使不上力,村里的庄稼汉都聚在树荫下喝凉茶歇气,闻言,众人都哄笑着贺道:"恭喜恭喜,我们都等着吃席嘞!"

差不多同一时候,村口小河边走过一位膀大腰圆、身着玫色花衣的大娘,她甩着手里的帕子直奔刘楚君的马棚。

离家半月有余,走之前放满马厩的干草已经被红鬃马吃得仅剩些碎叶,马槽里的水也见底了。

刘楚君回家后的首要事便是打整马厩,而此时的他正在棚里给马儿修整马蹄。

只见那周身红艳的大娘扭着腰,笑意融融地站在马棚外乐道:"哟,这位小郎君可生得俊俏。"

刘楚君闻言手上一顿，抬眼尬笑一声道："您是？"

"这十里八乡，人人都称我一声'孙媒婆'。"

"您找我有事？"

孙媒婆拧着帕子笑道："哎，别如此拘束。我只是今日正巧路过，瞧着小郎君生得俊俏，便想来问上一句，你要好娘子不要？"

刘楚君："……"

孙媒婆瞧他不语，以为是年轻人害羞呢，便又挤笑道："男人家家的，大大方方些说，你若无婚配，可愿我替你寻位好娘子？"

刘楚君收回视线，继续着手上的活，缓声道："谢过婆婆好意，但我暂且无心婚配。"

"你先别急着回绝我。"孙媒婆回头往梨树林里看了看，低声道，"实不相瞒，是你村里村长家的独女儿看上你了！来前我也大致了解了你的情况，入赘她家，你最合适不过，否则以你这条件……"

孙媒婆皱着脸四处看了看，又道："啧，娶不娶得上大闺女还难说。"

不知村里谁家的小狗跑来刘楚君那片梨树林中，孙媒婆的话音方落，那小狗便汪汪直吠，随后林子里便响起一阵急促的脚步声。

刘楚君挺身抬眼，循声望去，却只捕捉到一道跑远的女子背影。

孙媒婆捂着帕子，笑出了一脸褶子："这动了春心的小娘子呀易害羞，却也最是撩人。这桩婚事呀，小郎君你尽管点头，余下的事我替你张罗了，如何？"

刘楚君低眸弯腰，手中短刃一来一回，多余的马蹄便"唰唰"落地。

他手上动作迅速，嘴上却不紧不慢道："我既说了我无心婚配，便就是九天仙女来了，我也是这番说辞，请回吧。"

孙媒婆瞬间拉下脸来，并狠狠跺脚道："不识好歹！"说完便扭着腰身，跨着大步走了。

前一天，刘楚君拒绝孙媒婆有多快，第二日他赶往小豆花家的步伐就有多快。

刘楚君在忙完家中琐事后，腾出时间去梨树林中将树上剩余的果子全数摘下，分筐背着挨家挨户送时，竟听闻小豆花的爹已经帮她谈好了婚事。

于是，他手上一抖，两颗梨子"咕噜噜"滚到地上，入了山羊的口。

顿了片刻，他背着半筐梨子，抽身便去往小豆花家。

借着送梨，刘楚君敲开了小豆花家的门，寒暄客套间再有意无意谈起了小豆花议亲一事，于是顺带就说出了自己的看法："是这样的，我觉得豆花姑娘如今还小，她还未及笄，此时议亲是否尚早了些？"

小豆花她爹依旧摆手否决道："这你年轻人就不懂了，今年定亲，明年再成婚，刚刚好的嘛。"

"定了亲这事便算是套牢了，若往后有更好的人家上门提亲，岂不可惜？"

"我挑的这桩婚，就是最好的了。"小豆花她爹十分自信道。

刘楚君立刻反问："何以见得？"

"对方应了我两头牛的聘礼，一头壮牛、一头耕牛，能拿出两头牛的家庭，那能差？"

"如今喂养牲畜，一是能在乡邻间借息，二是能向官府借款买养，如何能用两头牛来评估旁人家境是否殷实呢？"

小豆花她爹一愣，属实没往这块想，但他哑口了片刻，依然道："那不能够，再不济，那也是个教书先生，多少都是有口饭吃的。"

"教书先生就一定是有道德有品行，且具备爱护妻儿能力的人吗？"

"啧！"小豆花她爹眉头一蹙，没好气道，"就小豆花这副痴傻模样，我作为她爹也不能挑太多了，人家肯要她，我们全家都挺高兴的不是。"

闻言，刘楚君眸光一暗，缓声问道："我觉得豆花姑娘并不傻，你们可有问过她，这桩婚事她允不允？"

"自古女子婚嫁便是听父母命，何须问她？"她爹将刘楚君面前的茶碗收过，不悦道，"刘家兄弟，我家关起门的事，你是否管得宽了些？"

半盏茶的时间后，刘楚君拎着袍子从小豆花家夺门而出。

紧随其后的是条齐膝的花斑土狗，再紧随其后的是小豆花她爹，他扶着门框气到嘴抖，冲门外怒气冲冲吼道："你个臭拾破烂的想娶我女儿？呸，你就算再捡十辈子破烂我也不会把女儿嫁给你！"

再随后，半背篓的梨便从大门里"嗖"一声扔了出来。

一颗颗绿莹莹的梨子"咕噜噜"滚止路边田埂，被数个路过的孩童顷刻间抢了去，边走边吃，边传道："村口捡破烂的要娶懒汉家的傻姑娘咯！"

那边刘楚君都跑至家门口了，还被水坑给绊了一跤，紧追不舍的土狗立马趁机一口咬住他的衣角，任他如何用力都甩脱不开。

正当刘楚君摔在小水坑里同一条狗狼狈拉扯时，梁年年领着阿祁从远处跑来，往路边拾起一根长棍三两下便将土狗给打跑了。

"刘兄！"梁年年一把搀起好友，急道，"谁家的狗乱咬人？走，我同你上门理论去！"

刘楚君起身拍去衣衫的泥水，歇气道："无妨，无妨。他若不放狗咬我，我还心里没底呢。"

"啊？"

刘楚君弯起眉眼笑道："梁兄来得正是好时候。"

当晚，小豆花便从哥姐的嘴中得知自己要嫁给邻村一位跛脚的男子，她瞪着大眼问杜芃芃："嫁？我又不喜欢他，也不曾见过他，为何要嫁给他？"

"这得去问你爹。"杜芃芃跷着腿，玩着指头道，"他贪人家两头牛，便将你给卖了。"

小豆花从怀里掏出两条小鱼干，慢慢吃着说："那我可以让楚君哥哥也给爹两头牛，让我嫁给楚君哥哥吧，我喜欢他。"

杜芃芃瞥她一眼，咂嘴道："啧，我可听说你楚君哥哥今日上你家门，被你爹放狗给咬了。"

"为什么啊？"

"他要娶你，但你爹不同意，说他捡十辈子破烂也不会让你嫁给他。"

小豆花鼻头一酸，难过道："那我岂不是再也不能和楚君哥哥在一起了？"

这可太让人难过了，小豆花手里的小鱼干"啪嗒"掉桌上，孩子硬生生趴床沿哭了半宿才迷迷糊糊睡过去。

杜芃芃拎了件外衫给小豆花盖上，心里正乱时，墙角忽然传来响动，她扭头过去盯住发出声响的地方。

片刻后，半块松动的碎瓦片掉落下来，随后便没了动静。

杜芇芇起身捏诀，穿墙而过，便瞧见墙角蹲了一个人，于是脱口道："哪里来的小贼，信不信我捏死你啊？"

那人握小棍的手一抖，随即缓缓起身道："仙子晚好啊。"

杜芇芇自然知道是刘楚君搞的动静，否则她也不会开口说话。

她环手瞧着对面那略微尴尬的笑容，没好气道："深更半夜，偷窥女子闺房，原来有人费心挖洞，竟藏着这歪心思呢。"

"仙子误会了。"刘楚君连忙捧出袖袋中的蜜饯道，"只是夜里睡不着，想来此藏点好吃的给豆花姑娘。"

杜芇芇蹙眉瞅着他，也不往下接话。

"呃……其实，"刘楚君若有似无地感受到三分审视，于是缓缓收了笑，正色道，"实不相瞒，我是来找仙子你的。"

那日暴揍他一顿后，杜芇芇确实是气了好一阵，一方面是自己的心绪理不清，一方面是不明白江舟公子究竟想做什么。

她本想潇洒地说一句与自己何关，干脆就什么都别管别问了，可那日攻击她的强大魔气来源不明，被困在其中的那位蓝榅仙君又是哪方人物？

江舟公子为什么会为一介凡人拼上大好仙途？又为何要刘楚君跋涉千里来找祈岭仙君？

这一连串的问题日夜困扰着她，她拿不定主意，是以她这段时间都没怎么搭理刘楚君，但是今日他既找来了，干脆就听听看他究竟要说些什么。

杜芇芇将手往身后一背，端着道："说吧，什么事？"

"请仙子随我走。"

刘楚君领着她去了自家马棚，坐在那套寒酸的小木桌旁，他轻轻从袖袋中取出一个木盒推到杜芃芃面前，十分真诚地看着她道："仙子打开看看可喜欢？"

杜芃芃下意识地往后倾了倾身子，心道："怎么回事，这小子想贿赂谁呢？"

见她犹豫，刘楚君又将盒子往前推了推，笑道："不是什么别的，你打开看看便知。"

闻言，杜芃芃这才缓缓出手，指尖轻扣锁挂，随即慢慢推开木盖。

入眼的是一尊金光闪闪，铸炼精细的神像。杜芃芃表情立马端不住了，她双眼一亮，惊呼道："这是我的神像？"

刘楚君轻轻点头，含笑问道："喜欢吗？"

"喜欢，喜欢。"杜芃芃捧起神像，小手微抖道，"这我可太喜欢了……"

她们做灶仙的也就只能在凡人面前尊称一声灶王神，和上清天那些吃一方百姓供奉的大神官相比，那就是妥妥的云泥之别。

而这纯金铸造的神像一直是大神官们的标配，都是由一方百姓自发集资为所要供奉的神官铸造金身。

像杜芃芃这般只能吃独户供奉的地仙，没哪户人家会愿意如此大方地替灶王铸金身，就算偶有这样的人家，那口俸禄也轮不上杜芃芃来吃。

而她之前那尊神像还是第一次作为灶王神当差时，她仅有一个神牌伫在道观的众多神像中，伫了快一百年才被一家小门户那尚不懂事的女儿给不小心从供台上拽了下来，在那家父母不情不愿之下替她铸造的。

捧着自己仙生七百年来的第一尊纯金神像，杜芃芃稍稍有那么一丢丢合不拢嘴,她极力控制道:"这是你替我铸的?"

"嗯。"

"你哪儿来的钱?"

"先前你不是掐指一算我有箱银锭子吗?就用那个换来的。"刘楚君瞧着她继续道,"道观的观长还说,若虔心供奉,可立奉神令,如此你便会更加尽心地保佑我家宅安宁,万事顺遂。"

某仙大眼一惊:"你立了?"

"立了。"

杜芄芄举起神像一看,底座确确实实印着个红指印。

那何为奉神令呢?其实不论是受千千万万人供养的大神官,还是独户供奉的灶王神,能日日不断吃到同一供奉者的香火都是一件极不容易的事情。

很多人仅是在逢年过节,或者是诸事不顺时才会想起来拜一拜。

而和神像立下奉神令,便是立下了日日供奉的契约,每日清晨的第一炷香火都将永远供奉于她,日日月月年年,不遗不漏,直至死亡。

于神官来说,假若寻常的供奉能得的俸禄为一,那立过奉神令后所得的俸禄便是十,这近乎涨十倍的薪水,谁听谁不迷糊?

杜芄芄偷偷咽了咽口水,心里美得要命,嘴上却极其克制地"哦"了一声,道:"算你识相,如此也不枉本仙神像在你手里废上十年。"

"我并非有意欺瞒你。"见杜芄芄开心了,刘楚君才认真道,"我不知道在我身上发生了什么,家中那场浩劫让我惊觉自己与常人的不同,起初我尝试过同别人说真话,可他们却说我有病,没有人愿意听我说话,更没有人愿意相信我,我怕好不容易得到的安身之所再度失去,便不敢表现出任何一点有异常人的地方，于是如同谎话越撒越大一般，时间越久就越不知道该如何向你坦白了。"

说起坦白，杜芃芃两鼻孔就来气："你在稗牢山中突然把眼睛一睁，你认为那种坦白方式就很成功很有礼貌了？"

那晚险些没把她魂胆给吓飞了，虽说之前那小子的表现就偶有不对劲的地方，但奈何清醒时演技过人，不去演话本子还真是可惜了。

刘楚君话到嘴边一顿，想了片刻才又沉声道："那晚确实是被你盯得慌，且我也觉得有些事情是该同你说说了。"

刘楚君儿时依照江舟公子所说，一路向北而行，他曾经也独自去到过稗牢山，那时的稗牢山几乎无人涉足。

虽说也因此生长了许多珍贵少有的药材，但阴诡之气却极其浓烈，除了山中绿植茂密，地上所能见到的活物皆行动缓慢，有些甚至奄奄一息，他既然能窥见仙魂之体，自然是能看见那些污秽之物的。

他克制着恐惧在山中前行了三日，在险些命丧梦魇兽之手时，是他的小红鬃马将他撞醒了。

没有人是不惧怕死亡的，特别是还不想接近死亡的人。

刘楚君牵着小马离开了稗牢山，途经花蛤村时，便遇见了并非常人的杜芃芃。

他摸不清楚她的身份，但她看起来确不像是会伤害自己的样子，于是他便试着留下来，直到他听到杜芃芃同好友说，自己是她要照看的凡人时，他才放心地在花蛤村安家了。

杜芃芃自打有仙识开始便跟在江舟公子身边，他教她如何集天地之

143

灵修炼仙身，教她仙术，教她如何成为一个合格的地仙，其实不论从何种方面来想，有关江舟公子的事她都无法做到不闻不问。

"说吧，"杜芄芄捧着神像反复欣赏道，"你要说什么便快些说，本仙给你留耳朵听着，一会儿天亮小豆花醒了，可别怪我不给你机会。"

刘楚君道："那日在稗牢山，我曾问过仙君一个问题……"

在拜师之请被拒后，刘楚君依旧跪地未起，他仅挺直腰身，眸光闪动道："仙君造诣高深，我想再请教您一事。"

"何事？"祈岭仙君道。

"刘氏一族劫难，满门惨死，可是因我而起？我便是那不祥之身，是吗？"

祈岭仙君小小的身子幼态十足，可是面色沉着时却不似孩童般天真懵懂。

他用那双黝黑的眸子盯着刘楚君片刻，方才出口道："世间万物，皆有缘法，没有人是不祥的，你同他人相遇，是你的缘法，他人同你相遇，是他人的缘法，没有什么事是因谁而起，也没有什么人是因谁而死。"

"得到仙君的回答后，我想了许久，"刘楚君看着不自觉凝起眉目的杜芄芄，坦然道，"人活短短一世，何苦于纠结自身的问题，想做什么便做了，想知道什么便去寻找答案，想知道亲人为何会遭此一难，那便重返京都弄清楚，害我至亲的究竟是人是鬼。"

杜芄芄眉头蹙得更深了："你的意思是你遇难一事，不是单纯地遭亲支谋夺家产？"

"起初我以为是，我那三叔跟随我父母奔走了多年，照看生意也算忠心，谁也没料到他会突然下此毒手……"

刘楚君顿了顿，继续道："但当那位江舟公子出现后，他将我从歹人刀下救出，划破手指在我额心点了点，随后我便看见满院皆是浓黑的雾气，每一个歹人的眼睛都燃着黑色的焰火，如同地狱炼鬼一般，疯狂挥刀砍杀，他们根本就不是常人。"

"仙家血印？"杜芊芊瞪大双眼，满脸不可置信。

为什么江舟公子会同一个凡人结下仙家血印？放眼整个天界，上一个同凡人结血印的仙者早已因逆天道而神归天寂了。

杜芊芊惊了片刻后将神像放回盒中，询问道："你之前所说的合作，便是要我同你一道去京都？"

"是。"

"为什么？"

刘楚君面色微微一变，略带三分难为情道："怕死，有你在，我有安全感。"

什么？杜芊芊无语到满脸挤成堆了，心想这人莫不是对她有什么天大的误会吧。她如今这狗命还时常要好友相救，她能给谁带去安全感了？

正这么想着，忽然门口那小破门"哐"一声响，把杜芊芊吓一跳。像是小石子砸到了门上，可这么晚了谁人如此无聊？

刘楚君端上烛火起身开门，身子刚往外探了探，随即又一颗小石子自远处飞来，正正砸在他左边的额角上。

天幕微微泛白，门口不远处的梨树林子里，隐隐约约能看见一道水绿色的身影，刘楚君忍着痛眯眼想看清楚些，那边倒先开口了。

女子声音软软的，略带三分委屈："你真的要娶那个傻姑娘？她便是九天仙女也比不过的？"

问完，女子似乎是觉得此番夜敲男子房门的行为实在羞愧，便不等回答转身跑进了梨树林里。

杜芃芃在屋里一听，那火气"噌"一下就上来了。她起身走到门口，也探头气道："说谁傻呢？"

"抱歉。"刘楚君扯起袖口擦了擦额角的血迹道，"让仙子见笑了。"

杜芃芃抽身回屋，四下瞅瞅道："见笑倒没有，倒是这谁家的姑娘说话如此难听，明日我便让小豆花去敲破她脑袋……"

话音说至此处便骤然没了，刘楚君抬眼一看，房内已无身影，想来该是小豆花醒了。

小豆花家隔壁的新房瞧着快完工了，前些日子敲敲打打，忙前忙后的百十号工人如今也只余下二十来人在收尾。

就如突然进村一般，那些人走时也几乎毫无动静，花蛤村的村民们只觉得睡一觉醒来，那些工人便消失了大半。

也不是没有好闲事的人来打探过，但那些工人闲聊可以，一聊到关键问题就开始打马虎眼，反正房子是快建好了，是谁的大家却一头雾水。

三日后，一辆马车自颠簸土路上摇摇晃晃进了花蛤村，随后径直驶向即将完工的新房，赶马的车夫将马驱停后灵活跳下车，躬身将脚踏放置在泥地上。

有路过的村民立马驻足围观，小豆花的爹也从不远处跑来凑热闹。

只见马车内伸出一只手将轿帘由内向外轻轻拨开，一位身着灰蓝布衣的年轻男子躬身出轿，再拎起身前襟袍缓缓踩上脚踏。

落地后，该男子展颜朝围观人群一一拱手道："各位乡亲好，这段时间打搅大家了。"

　　这便是之前来村里重金买地的男子，买完土地，安排好工人施工后便又消失了。今日再度出现，村里人都还能认出来，于是热情寒暄几道后便逐渐散开了。

　　当天夜幕渐深后，一道身影自村口马棚的阴影处左顾右盼，随后快步溜至刘楚君的小破门前，轻叩了六下房门，片刻后"吱呀"一声门打开，男子便迅速闪进了屋内。

　　"公子，"来人进门后作势便要跪下，"是我对不住你……"

　　刘楚君连忙将他搀起，沉声道："春山，你我如今不是主仆，不可再行此礼。"

　　隐隐摇曳的暖黄烛光下，来人抬起头来，正是白日里乘车而来的年轻男子，他红着眼道："我不管，我终于见到你了，公子……"

　　"来，先坐下再说。"刘楚君搀着他去木桌前坐下，"我请你帮忙准备的东西还顺利吗？"

　　春山将一只抱在胸前的小木箱置于桌上，擦擦眼睛道："都准备齐全了，虽说现银这块催得急，但好在多逼了两回，京里那些掌柜的咬咬牙也都拿了。"

　　他将小箱推上前："银子都在这儿，其余一应物什明日辰时前能进村。"

　　刘楚君撑开盖子看了一眼便合上了，他抬眼轻声道："谢谢你，春山，这些年辛苦你了。"

　　自从在花蛤村住下后，每回去赶集，刘楚君都会往京都寄上一封书信，直到三年前收到春山亲笔回信。

当年刘氏大宅内乱,春山因母亲病重被刘楚君特准回乡下照顾母亲,早已离宅半月,这才逃过一劫。

"自公子离京后,我便再没去过学堂。"春山内疚道,"若不是三年前学堂修缮,我去搬砖时偶然发现公子的书信,恐怕直至今日我都见不到公子你。"

春山还在蹒跚学步时便被买来做刘楚君的伴读,两人年岁相当。

从前刘楚君只知道春山家是京郊乡下的,因不知道详细住址便只能将书信寄往两人一起念书的学堂,又因担心暴露身份,每次的书信上仅画有一只四脚蜘蛛怪,寄信地址落的是集市的米糕店。

儿时春山曾抓了一只大蜘蛛来问刘楚君:"公子,为什么它有那么多只脚?走路会被自己的脚绊倒吗?"

刘楚君取来一张白纸,边画边回道:"会呀,所以我给它画成四只脚,这样它走路便不会摔跤了。"

那是只有春山才能看得懂的书信,直到刘楚君收到回信后,两人才真正开始互通信件。而刘楚君在动身去稗牢山之前,便送信要春山亲自来一趟花蛤村。

"公子,你既决定回京都,为何又要这般着急在此地建房?"春山不解问道。

"村里人虽话面上偶有不善,但我作为一个来历不明的人,他们也容留了我十年。"刘楚君抬眼瞧着春山,声音暗沉道,"可京都除了你,我什么都没有了。"

春山闻言眼眶一红,心中徒生酸楚。

重见旧人,两人如幼时一般同榻而眠,虽床榻破小,但刘楚君却睡了十年来最安稳的一觉，整夜无梦，再睁眼时已天光大亮。

窗外淅淅沥沥下起小雨，房内已无春山的身影。

刘楚君刚起身打理好衣衫，便听见门外响起一阵杂乱的脚步声，随后有人"哐哐哐"敲门，喊道："刘兄，我来啦，快开门！"

门内木梢刚一抽开，梁年年便领着阿祈推门而入，眉目飞扬道："刘兄，那日你让我帮你寻的人，我回去后已经一个不漏全帮你寻好了，都等着你这边安排呢。"

瞧着两人鞋上的泥泞，刘楚君连忙将人领进屋内："辛苦梁兄了，快坐下，我给你们沏壶热茶暖暖身。"

刘楚君转身去烧水沏茶的空当，门外又由远及近响起一阵嘈杂声，脚步混着车碾，缓缓行至门前。

春山领着两辆拉货的板车停在门口，冲车夫交代道："将席子拉严实些，莫要让雨水浸到下面的货物里去了。"

他收起手中雨伞，还未进门便发现屋里多了两人，于是隔着门槛询问道："刘公子有客人？"

不知对方是什么身份，春山也不敢贸然唤公子。如此一问，刘楚君自然知道他的用意，于是拎着茶壶上前迎道："这两位也是帮过我许多忙的朋友，春山快进来。"

将春山招呼到身前，刘楚君朝小桌旁起身的梁年年两人介绍道："这位是春山，我行商时的生意伙伴……"

一番介绍后，一屋人相互都有了大致了解。

午饭后，乌云逐渐散开，日光自稀薄的云层倾泻而下，万物湿润，莹光乍溢。

春山招呼车夫将遮盖的草席层层卷开，露出板车之上整齐码放的数个大红箱子，一行人便赶着马车朝小豆花家缓缓驶去。

梁年年一路上开心道："我还是第一回陪朋友去提亲，怎的还突然有点小激动了，哈哈哈……"

"公子，公子，"阿祈连忙拉住自家主子，笑道，"你稍微克制一点，这路过的不知道还以为是你去提亲呢！"

泥泞的乡间小道上，越走日头越发灿烂。

刘楚君一袭湛蓝长袍，于腰间系上云秀腹带，将腰身勾勒得更加修长板正。

听朋友打趣自己，他倒也还算镇静道："我孤身一人流浪至此处，无父无母，更无兄弟姊妹，今日有你们相陪，实我之幸。"

"同幸，同幸。"梁年年道。

马车辘辘辘辘轧过小道，沿路吸引了不少村民驻足的目光。

平日相熟的老大哥会远远调侃一句："小刘兄弟，你打扮得这俊儿，谁家姑娘能不愿意嫁你嘞？"

换了一身新衣裳，刘楚君稍有不适地扯了扯袖口，应道："谢黄大哥吉言。"

春山一路跟在后头没插话，只悄悄抹了抹眼泪，心中感慨万千。

上次离别，公子还是个懵懂小儿，悄悄往他手中塞了两锭银元，如今再相见，公子却已是成家年岁了。

一路笑谈至小豆花家，梁年年请的喜婆早已在此等候，她拎着大红喜帕凑上前来："哟，梁公子，我同你说啊，这家的门我就没敲开过，本想着我先探三分口气,这不为难人嘛。"

刘楚君上前道:"无妨,请喜婆点一下聘单,直接叫礼吧。"

喜婆转眼过来将他上下打量一番,这才接过他手中的红折子,绕着马车一样一样点清楚后,扭着身子往门前一站。正要开嗓时,喜婆忽然收势往回一看,问道:"忘了问了,小兄弟你叫啥名来着?"

"刘楚君。"

喜婆摆正身子,抬起手中红折朝门内高声道:"喜鹊报喜,月老送姻缘咯!"

"一道喜,刘氏楚君,淑人君子,登门提亲!"

"二道喜,呈聘礼锦缎十匹,喜酒喜茶等一应吉物共八抬!"

"三道喜,聘金白银三十两!"

"三喜临门,略备薄礼求娶贵府小女豆花,特来叩门!"

喜婆话音一落,围观众人皆下意识地屏起呼吸,心中惊叹这么多的聘礼,多年来在这座闭塞的小村里还从未有哪家姑娘收受过。

众人目光紧盯着那两扇饱经风雨侵蚀的木门。

良久,木门"吱呀"一声挪开一条缝,随即从门内缓缓伸出一只颤抖的手朝门外招了招,道:"小刘是吧?来……进屋里来。"

话音落下,梁年年同阿祁会心一笑,随即掏出火折子点响两串长爆竹。

四周顿时红纸纷飞,在鞭炮的喜庆声夹带着围观村民们爆发的哄闹声中,刘楚君双手交叠于身前一拜,起身眼角含笑,迎着爆竹燃出的白烟及翻飞的红纸大步向前,推门而入。

第八章 好在你不需我哄

小豆花的爹在得知隔壁新房也为刘楚君所有时，在短短几天内对他的称呼已经从"臭捡破烂的"变为"小刘"，又从"小刘"变为"贤婿"，从臭到贤，可谓是迅速完成了一次质的飞跃。

这钱到位了，是订婚也不提，未及笄也不提，小豆花一家直接一步到位，忙请喜婆算大婚吉日去了。

这不禁让杜芃芃感叹，有钱真是好使啊。

花蛤村位于国境最北边，附近的村寨皆因道路闭塞，经济萎靡，大家穷得都差不多。

穷人家儿女嫁娶，多以牛羊牲畜为聘礼。

是以，刘楚君一个以拾破烂为生的人，竟能拉着锦缎白银来下聘，还在短短一月内平地而起一座新房，着实叫人眼红。

就连从前没少讽刺刘楚君不好好种点粮食，日日捯饬破烂和果树，吃人梨子还羞人的李大壮一家都上门来请教致富之术，更有人家还将孩子送来，想拜师学艺。

刘楚君疲于应付，便统一答道："乡亲们，这要想富，还是得先修路啊，至于孩子们，要不……还是先从养成随手捡垃圾的好习惯做起吧。"

新房子挂红当天，也是喜婆替两人卦卜的大婚吉日。

天微微亮时，刘楚君便换了一身喜服，独自去厢房将杜芃芃的神像放置于崭新灶台，随即指间夹上三炷香，口中念念有词的同时燃香插入香炉之中。

随着烧出的香花一团一团状若白莲，头香燃烬时，奉神之约立。

杜芃芃悬着两条腿坐在灶台边缘，顿时周身金光一现，随后便觉神清气爽，恍惚间仿佛能听见自己钱袋子里叮叮进账的声音。

她心中美滋滋，面上却嘴硬道："吃你这点俸禄也不容易，今日之前我得罩着小豆花，今日之后，我还得连你一起罩，你可给本大仙安分点，听见没？"

刘楚君含着笑朝她拱手一拜，不答反道："从今往后，还请仙子多多关照。"

那日新房宾朋满座，春山领着梁年年两人忙里忙外招呼，另有部分乡亲既是客也是主，忙不过来时都会起身搭把手。

小豆花傻乎乎坐在新房里闻着外面的饭菜香，饿得口水直流却又不敢动，于是饿着饿着就睡着了。

大家都忙得团团转，吃的吃，喝的喝，闹哄哄一片，倒显得刘楚君这个新郎君伫在院子里越发融不进去。

杜芫芫趁机隐去仙索遁到刘楚君身后，瞧着这番喜气洋洋的氛围，她悠悠问了一句："刘楚君，我还挺好奇的，你是真心喜欢小豆花才决定娶她的吗？"

"对我好的人，我自然是以真心待之。"刘楚君回身柔声道，"请仙子放心，小豆花如今已是我唯一的亲人，我会待她好的。"

当初司命将她投下凡尘时，为她选的便是一个爹不疼娘不爱，兄妹间争闹不断，在夫家当牛做马的命格。

光是听听就觉得悲苦，于是杜芫芫当场没忍住，在被抬入司命鉴前破口大骂道："司命小儿，你身披仙袍人模狗样的怎就不干点人事，待我杜大仙他日归来，看我取不取你狗命……"

她气还没撒完，便被司命当头一棒给敲晕了。

于是，她喜提仙魂一缕，日日绑在投生的小豆花身边，瞧着她痴痴傻傻，如何在人间受尽磨难。

幼时，小豆花总被村里孩子扔石头，嘲笑她又憨又傻，杜苁苁虽生气，并一直教她如何反击，却只能嘴上叫骂一番，她不可能为此现身去为难一群小孩子。

可自从刘楚君出现后，他点着烛台连夜制成的弹弓，打人打鸟命中率极高，惹得一群孩子追着讨要，可他却只给小豆花一把，还教她如何用力才能对目标一击即中，从此以后村里那群调皮蛋便乖了不少。

他一双手灵活巧妙，制出的小玩意新奇无比，全村只有小豆花想玩什么拿什么，一堆小孩无一不眼红，想玩便只能哄着小豆花方能摸上一摸。

在家里人为二斗粮食争吵不休，无人生火做饭，小豆花干巴巴饿上一整天时，刘楚君会在怀里揣着白面团子悄悄塞给她。

腌制一整年的腊肉也会在小豆花每年生辰时从房梁上取下，再炒上一盘山间野菜，小豆花能下三碗白米饭。

杜苁苁不用想便能知道，若无刘楚君，小豆花一定会成为家里人换取两头牛的工具，所以在既定的命数中，或许就连司命都未能预知到刘楚君这一变数。

深夜宾客散尽，小豆花白日里睡饱了，此时正顶着红盖头精神抖擞地同杜苁苁玩抓小人儿，一床的花生枣粒已经吃得仅剩碎屑。

在花蛤村，新妇踏进新房后便只能端坐在床上，除亲近的女伴外不能有人进出新房。

旁的人家嫁女儿，有姊妹会隔三岔五地偷送些吃的给新媳妇，但小豆花那几个姐姐恐怕早就将她忘至九霄云外了。

接近子时，刘楚君被哄闹的梁年年等人推进新房。

进门时，他的脚步还虚晃着，仿佛立马就要醉倒，待房门一关，他便挺直了身子，瞧着喜床的方向弯眼笑道："怎么样，我装得可像？"

小豆花顶着红盖头，那目光便径直撞进杜芇芇眼里。

梳戴整齐的大红发冠下浓眉星目，一身兰纹喜服裁剪得体，他就这样笑眼看过来，杜芇芇愣了。

虽说她这七百年仙生不大也不小了，但这在新房里瞧新郎君还属实是头一回，所以内心奔腾一下应当是正常现象。

杜芇芇如此想着，起身时略微不自然地挪开视线，未作应答。

那边，刘楚君也愣了片刻，随后不待回应便跨步过来，从宽袖中取出一包东西，放于桌面道："豆花快过来，哥哥给你藏了只烧鸡吃。"

"烧鸡？"小豆花音色一抬，随后又伸手指指头上的盖头道，"娘说要等你拿走这块布，我才能下床。"

刘楚君这才想起什么似的，恍然道："对，险些把这个给忘了。"

说着，他便拿起桌上的喜秤上前，弯腰挑开那块大红盖头。

小豆花忽闪着大眼甜甜一笑，随后光脚下床，拖着杜芇芇三两步跑去桌前坐下，开始徒手撕烧鸡。

刘楚君跟到桌前坐下，含笑嘱咐道："慢点吃，小心别噎着了。"

四周摇曳的烛火照映在满屋的红帘帷幔上，影影绰绰，衬得气氛格外温馨。

杜芇芇撑起手肘托脸瞧着进食的小豆花，眼神不经意间流出一丝……

母爱？

嘶！杜芁芁眉头一蹙,清醒了三分,她转眼看向对面同样撑着手肘托住脸的刘楚君,那眼神就如隔壁二嫂子看着自家新下的小猪仔能吃能睡的欣慰眼神一模一样。

再转眼瞧瞧一屋的红,杜芁芁突觉不对劲,脑中想起凡间一句话:"新婚之夜,洞房花烛。"

洞房？

"咳咳！"杜芁芁抬起头,手不自然地落在桌面上敲了敲,"那个……天上仙友约我今晚吃龙肝凤髓,你们慢聊,我先告辞了。"

话音未落,刘楚君一句"仙子且慢"还卡在嘴边,杜芁芁便起身掐诀,隐去腰间仙索后,须臾间便原地遁了。

小豆花吮了吮指尖,沾满油光的小嘴开口问道:"咦,楚君哥哥,你能看到神仙姐姐了？"

"啊,是呀。"刘楚君收过视线,瞧着小豆花道,"大抵是同我们小豆花待在一起久了,也会受福泽庇佑,如今竟能瞧见天神了。"

"嘿嘿！"小豆花傻笑着又揪下一只鸡腿,举在手中开心道,"我没有说谎吧,是真的有神仙。"

随着她话音落下的,还有从油叽叽的小手中脱落的鸡腿,小豆花惊呼一声"鸡腿",随后迅速低头想去捡拾。

却因距离未控制好,额头"哐"一声撞在桌角上,给孩子磕得眼泪花花的。

刘楚君连忙起身扶过小豆花,抽起袖口替她擦擦眼泪:"不吃了啊,咱们今晚先睡觉,明天再吃好吗？"

小豆花额头瞬间就红了一片,她晕乎乎地喊了一句:"好疼。"

刘楚君连忙凑上前替孩子呼了呼额头,随后又去灶房取来猪油给她抹上厚厚一层,以此防止第二日血瘀得太厉害。

他边涂抹边道:"别哭,哥哥知道你疼,我轻一点……"

而此时那位说着要去天上的女神仙去哪儿了呢?

因司命那下三烂的术法,杜芁芁自然是哪里也去不了的。她方才捏诀刚跨出房门,便有一道天雷径直劈下,准确无误地劈得她头冒青烟,浑身黝黑。

作为光荣登上第一届年度最穷地仙榜末的仙家,她是断然不可能再顶着这副惨样去地宫晃悠的。

于是,杜芁芁惨兮兮地蹲在新房门口的台阶上,回头瞧见窗户上倒影亲昵,闭眼听见房内的虎狼之词。

她立马两眼一闭,两行清泪自黝黑的面颊上淌过,心中感叹自家孩子大了,终归自己是要放手让人去的,终归有这么一天她是要牺牲自己成全旁人的。

于是,杜芁芁迅速掐了个诀闭去五识,打算如望门石一般在此坐上一整夜。

再于是乎,待房内刘楚君好一番折腾才将小豆花哄睡后,抬窗往外一看,昏暗月色下,台阶上席地而坐那一团乌漆嘛黑的东西给他吓一大跳。

仔细看清楚是什么后,刘楚君试着喊了一声:"仙子?"

那方毫无反应,于是他思索片刻,从兜里掏出两粒花生米朝杜芁芁扔去,凡物穿体而过,落在石阶上骨碌碌往下滚,可她依旧没有反应。

刘楚君缓缓关下窗户，片刻后推门走出，一身红衣披着月色走到杜芃芃身前。

瞧着她黝黑面容上流过那两行清泪的痕迹，他轻启唇齿，低声笑道："你不是要去吃龙肝凤髓吗？如何这般模样坐在门外？"

说着，他便躬身凑近，细细瞧了那张紧闭双眼的面容片刻，起身从宽袖中掏出木梳，轻轻将那头爹毛的发丝梳理顺畅，再同样抽袖替她擦去泪痕，口中碎念道："一夜哭两个，好在你不需我哄，但看你这样，我反倒更有些过意不去了……"

说着，刘楚君躬身将她拦腰抱起，缓步进屋，将她轻放于小豆花身侧，这才转身去关上房门，伏桌而憩。

离开花蛤村那日，正值立冬，虽无风无雨，却也干燥阴冷。

听说刘楚君带着小豆花赶往京都做营生，于是不少村民都前来送行。有条件的会送上一兜热乎的鸡蛋，没条件的也打包些粗粮豆子，足足塞了一马车。

临行前，小豆花她爹将刘楚君拉到一旁，低声交代道："贤婿啊，这到了城里，若寻着什么来钱快的营生，"他挤眉弄眼地往自家方向递了递眼色，"可得多想想家里。哥姐几个不怕苦，有能帮上忙的，贤婿你尽管说，我让他们到城里多少替你搭把手，啊。"

刘楚君同他寒暄两句后，便招呼乡亲们散了。

村口那片梨树林子是他费心琢磨了数年才培育出的树种，走前特意请托交好的黄大哥帮忙照看，灶王神像他已细心封装好，放于随身的包袱中，其余一些杂物也都全数清理过，可安心启程了。

梁年年主仆二人和他们同行至村口，分道前，梁年年辞行道："刘兄一行前去京都，路途遥远，万要保重，待我阿娘身体好了，我必前往京都寻各位。"

"请梁兄代我问你母亲安。"刘楚君双手交叠作揖后，又道，"梁兄还是先紧着自己的事情忙，不必因我而长途跋涉去京都。"

同梁年年说起自己要带着小豆花前往京都时，刘楚君便将儿时遭遇一五一十都坦白说了，怎料梁年年当即拍桌而起，满面气愤地表示要一同前行，助他上京夺回家产。

对于结识这个好友，刘楚君是心生幸意的。他能看出梁年年并非贫苦人家，但对方依然持有一颗淳朴善良的心，单纯仗义，不畏险路。

从前的刘楚君孤身无援，他渴望有比自己强大的力量来帮他一把，于是逢人便说自己家产被夺，想请人助他拿回钱财，可重金感谢，满村无一人信他。

如今他已从自己的内心得到强大力量，于是顺口一提，不曾想好友竟一字不疑，胸中愤恨不平的模样倒叫刘楚君还愣上了片刻。

虽说自己如今势单力薄，的确需要有人帮衬，但他亦不想拖累好友涉险，于是便总在回绝梁年年的好意。

哪想梁年年哈哈大笑道："我去京都也不是全因刘兄，撰写《思青集》的笔者必然也在京都，我定是要去一睹真颜的，若能求得亲笔提字，我就算去十趟也值当了！"

"呃……"刘楚君哑口。

一旁的春山爽朗一笑，插话道："梁公子竟也是《思青集》的书粉，着实有缘，若到京都，便来巫家坊十七号寻我们。"

两拨人又一番客套后两路分行了。

马车骨碌碌碾在黄土上,扬起灰尘无数,小豆花和杜芃芃安心坐在车轿中斗着蛐蛐,春山在轿外悠悠赶着马车。

当初陪刘楚君不远千里来到此地的红鬃马,如今已因年老行走缓慢,不再健壮,他牵着它慢慢走在马车一侧。

回望一眼身后,远去的村庄入目渐小,来时一人一马,如今他攒足了底气原路返回,这匹老马他本想将它留在此处,可思虑良久,他还是想带着它回去。

一路走来车程缓慢,上路近一月后,离京都还尚有三十余里路。

那日冷风呼啸,迎面刮来似是削脸一般疼,刘楚君预感傍晚很大概率会下今年的初雪,于是便早早找了就近驿站歇息。

果不其然,未过子时,大雪已覆靴。第二日清晨,大地白茫茫一片,驿站小厮从后院匆匆踏雪上楼,叩响房门。

红鬃马终是没熬过今年这场初雪,倒在了驿站马厩中。刘楚君领着春山踏出一条雪路,用板车将其拖往山林间安葬。

"公子,节哀。"覆土时,春山出言安慰,"它大抵是知道,往后的路有我和小夫人陪公子走,它眼合得很轻祥。"

刘楚君寡言了一路,直至黄土一层一层掩盖至与路面齐平,他方才垂眸道:"本不想叫它再奔波这一程,可临出发那几日,我能察觉到它的焦躁不安,便觉得它也是想回来的,只是遗憾最终没能领着它回一趟家。"

安葬完之后,两人原路返回驿站。

在驿站休整一日,翌日风雪渐小时,春山扬鞭赶马,马车在满山白雪中飞驰而过,不到半天时间,便驱进京都城中。

街道上的雪被推至道路两旁,穿着厚实的摊贩尽管被冻得缩头缩脑也不忘卖力叫卖。年关将近,除开时不时捏着雪团互殴的成群孩童,忙着四处采买的大人也不少。

小豆花掀开小窗的遮帘往外看了看,满眼新奇道:"神仙姐姐,外面好热闹呀。"

作为有过四百年摆烂仙生的女神仙,还拥有一位"吃"同道合的搭伙好友,什么热闹的集市她杜芃芃没见过?

从前逍遥自在时,来去皆是须臾间的事,还从没如此舟车劳顿过,杜芃芃兴趣缺缺道:"是挺热闹。"

不知何时下车的刘楚君从小窗外递了两根裹满糖浆的糖葫芦进来,小豆花开心得嘴都笑歪了。

马车沿着城内主干缓缓前行,后又拐过两条岔道口,最终停在了一条铺满青石的窄街之上。

"公子,到了。"春山下车稳住马儿道。

刘楚君掀开轿帘率先下车,返身回来将小豆花扶腰抱下马车,随后他下意识便朝后面的杜芃芃伸出双手,后者选择无视,撂裙一纵,便稳稳跳下了马车。

仰头一看,入眼的是二层高的小楼,木制的雕花衬得楼体古典大气,高挂的牌匾上印着金光闪闪几个大字:巫家坊十七号。

杜芃芃心想刘楚君这破烂捡的还挺能耐啊,这除了真金白银,固定资产也不差呀。

正这么想着,她便领着小豆花朝那边走去。

"哎,小夫人,"春山见状连忙拦道,"请随我来,往这边走。"

说着,他便往小楼旁的小巷里走去,边走边解释道:"以前这楼倒确是我们公子的,但为了去花蛤村盖新房娶小夫人你啊,已经变卖了,不过我拿余下的银子又在这后面置办了两间房,还带个小院,你和我们公子住呢,是足够了的。"

"拿京都的楼去换村里那三间破瓦房?"杜芃芃忍不住吐槽道,"脑子没坏吧?"

一旁小豆花却蹙蹙眉头,朝春山笃定道:"我叫小豆花。"

"哦。"春山点点头,"好的,小夫人。"

小豆花眉头蹙得更深了:"我说,我叫小豆花。"

"我知道了,小夫人,"春山再度点点头,"公子同我介绍过你的。"

"我说我的名字,叫小豆花。"

春山:"……"

这两人各说各话,扯半晌还扯不清楚,杜芃芃听得头都大了。

刘楚君跟在后头,忍不住笑道:"好了,春山,你同我一样,唤她豆花姑娘便行了。"

这都成亲了,还唤自家夫人作姑娘?春山挠挠头,一副弄不明白的模样。

将刘楚君这边安顿好之后,春山就先回了城郊的家。

大抵是这一月来赶路疲累,当晚小豆花在榻上玩着玩着便早早睡着了,杜芃芃隐去仙索遁至隔壁屋里,要说巧也属实是巧了些,刘楚君那厮正背对着她褪去外袍,准备宽下里衣。

163

杜芃芃愣住片刻，瞧着那片薄衫就要褪至腰际，她双眼一瞪，急道："哎哎哎，别脱！"

突然冒出的声音着实吓人，刘楚君虽手抖，但好在下意识抓紧了衣衫往上一提，回头缓声道："仙子找我……有事？"

"有啊。"杜芃芃脱口道。

刘楚君长指在腰间一绕，便将衣带缠了死结。他转身过来，试探说道："那要不，仙子下次还是走个门意思一下？"

闻言，杜芃芃还就不爽了，她快步走到门前，"哐哐"敲道："走门？是这么走不？"

"呃……"刘楚君立马摇头改口道，"不用，不用。刘某的房间仙子想怎么来就怎么来。"

他踱步到桌前，招呼道："仙子请坐下说，找我有何事？"

"坐就不坐了，"杜芃芃立在门边，上下瞅他一眼道，"把你那大袄子穿上，我们去一趟你家。"

"我家？"

晚间的街道上人群散去，仅有零星几个正在收拾货物准备回家的摊贩，寒气凛冽，无人关心路上谁来谁往。

刘楚君拢紧衣服，压低声音朝身侧道："今日第一次进城，仙子当真不再准备准备了？"

"准备？"杜芃芃随口应道，"准备什么？"

说完后，她忽然想起那日刘楚君所述之事，确实还挺蹊跷，虽说她今晚只是想去探个路，并不打算做什么，但万一遇到危险，她自保都悬，别提还赘着个手无缚鸡之力的凡人了。

杜芃芃当即便在通灵道给楚楚仙子传话。片刻之后，楚楚仙子捂着黑袍遁至她身侧，一双眼睛四处探查道："何事找我？"

"有事还得是我保命楚楚靠谱呀，"杜芃芃揽住好友道，"怎么来得这般快？"

楚楚仙子打个哈欠，绵绵应道："我师父命我去西伏山一趟，刚巧途经此处附近，便绕道过来了。"

"西伏山？"杜芃芃蹙眉道，"那不是魔界的地盘吗？"

"是的。我师父说那帮丑家伙近百年来乖巧得略微异常，叫我去打探打探。"

"啧，人家乖你们不给糖就算了，还偷偷摸摸搞这套呢？"

楚楚仙子哈哈笑道："不对，不对，用词有误，是命我去游历一番……"

这位仙子刘楚君也是见过很多次的，只是从前装着模样，便从未搭话过，她同杜芃芃往常八卦小酌时，刘楚君偶尔也会竖耳听听，那些仙界韵事有趣得很。

瞧着脚下有块凸起的石阶，刘楚君出声提醒道："两位仙子，小心脚下……"

话音还未完全落下，被提醒的那两位仙子便双双脚下一绊，朝前趔趄两步。见状，刘楚君赶忙闭上嘴巴，一时不知脚该往哪儿落。

好在只是绊了两下便稳住了身子，杜芃芃扭身回头，气道："嘶，提醒的意思是提前警醒，你早不说？"

"我也刚注意……"

不等他往后说，楚楚仙子出言打断道："两位？他能见着咱俩？"

165

"江舟公子曾在他身上结过仙家血印。"杜芇芇瞧着楚楚仙子几经变化的神情，继续答道，"是你想的那样没错，他从一开始就能看见我们，但他已向我解释并表达过歉意，所以……"

杜芇芇顿了顿，拽上好友说起正事来："今晚咱们得去当年的事发之地探索一番，我想弄清楚江舟公子到底想做什么，保命楚楚，你得帮帮我。"

"我什么时候没帮你了？"闻言，楚楚仙子也不多探究，拽上她霸气道，"走，带路。"

从城中主干走至一座水桥边，过桥后再拐进另一条主街，不用刻意找便能看见一座宽宏大院。

守门的石狮怒目瞪圆，高挂的四方匾额漆黑锃亮，上头浑圆四字：刘氏大院。

不知怎的，越是靠近那座宅院，刘楚君越发觉得凉意自脚底升起，手心瞬间湿冷起来。他驻足在大宅门前，仰头道："就是这里了。"

杜芇芇察觉到他的异样，出声道："你若不想进去，便先回去等我。"

"无妨，"刘楚君收回视线，抬手紧了紧领口，"两位请随我来。"

他顺着高立的围墙往北绕去，约莫半盏茶的时间，停在一道双开木门前，缓声道："从北门入，便是从前我们一家人住的兰苑，门后走过一段回廊，便能见浣翠湖……"

忽地一阵风自平地卷起，吹灭了刘楚君手中的火折子，黑暗中骤然响起一声瘆人的狗吠打断了他的话头，紧接着便从院内传来无数此起彼伏的狗叫声。

杜芄芄手一抖，拽紧了一旁楚楚仙子的斗篷。

"这群小畜生还怪机敏的。"楚楚仙子说着便抬手捏了团火球立在掌心。

谁都不曾注意到方才须臾的黑暗中，一丝动如游蛇般的黑线自门内闪出，顺着刘楚君的脚底快速滑入其衣衫之中，随后消失在后颈处。

刘楚君只觉得脚下瞬间虚浮起来，身子也颇有几分晃悠，于是便顺手撑在门前石柱之上。

火球一出，四周亮如白昼，杜芄芄转眼一看，近乎整个人都依在石柱之上的刘楚君脸色煞白，一副周身无力的模样。

不待她再有所反应，那头便软绵绵倒了下去。

"喂，"杜芄芄急忙上前一搀，"早说叫你回家你不听。"

楚楚仙子也上前来一同搀扶，她将火球悬于身侧，并上两指往刘楚君眉心探了片刻，没发现有何异常，于是不解道："几声狗叫而已，这就晕了？"

"算了，他在也帮不上忙，晕了正好。"杜芄芄道。

两人一顿商量，最后将目光锁定在远处小桥下，正裹着草席酣睡的一群流浪汉身上。

两仙架着手便将人给拖了过去，挑了个还算能入眼的地盘将人一放，杜芄芄再顺手拍了拍旁边的草席，嘱托了一句："大爷，暂借贵宝地一用，劳您照看他片刻。"

似是听到什么响动，那大爷动了动身，顺手掏了掏鼻孔，转个面继续睡了。

杜芄芄见状，本想再拍拍他，楚楚仙子却催促道："行了，行了，躺这儿就够安全了,盗贼都懒得往这儿瞅一眼,快走。"

嗯,有道理。杜芄芄起身扫视周围一番,放心地走了。

没了刘楚君这个凡人,楚楚仙子领着杜芄芄眨眼间便穿墙而过。

院内视线很是昏暗,本就散着微弱火光的笼烛还悬挂得极其稀疏。

绕过一段回廊,入眼的便是一汪清湖,杜芄芄往湖边扫眼一看,竟瞧见约莫有上百只黑犬在湖边逗留,有些正躺着酣睡,有些四处走动,一双眼睛在月色下散着盈盈绿光,乍一看还瘆得慌,她不自觉地便往好友身后躲了躲。

楚楚仙子也发现那边的异常,于是顺手将她护到内侧,低声道:"这群小畜生,方才不是还吠得挺欢快,这会儿怎的不叫了?"

"不知是什么人如此变态,"杜芄芄四下观察道,"养这么多狗就算了,还尽是些歆邪的黑犬。"

楚楚仙子领着杜芄芄绕开那群畜生,往回廊尽头那处小楼走去:"这凡世的人千奇百怪不说,就连境天的仙家也有养奇物的怪癖,前不久我还听闻上面某位颇有声望的女仙子,竟被自己养的蝎给蜇了七百年修为,实惨。"

"有些违天道的灵宠,生来就是养不亲的。"杜芄芄回道。

聊上两句便走到那座小楼门前,四周漆黑一片,从正堂一侧大开的窗户往里看去,仅能窥见一丝微弱的烛火忽明忽暗,衬得周遭气氛还怪紧张的。

杜芄芄踮脚往里张望道:"这里面不会住着什么不干净的东西吧,摄人精魂的绝色女妖?吃人骨血的邪恶大魔头?"

"少看点话本,多读书吧你。"楚楚仙子往她后脑勺一拍,上前道,

"是妖是魔，进去看看不就知道了？"说着，她便穿门而过。

杜芃芃还算手快，揪住她一片衣角，借着那阵一晃而过的灵气穿了过去，可以说是将节约的好品质发挥得淋漓尽致。

穿门而入，杜芃芃方才看清那丝微弱的火光竟是数十排由低到高，整齐罗列的牌位前长夜不熄的烛火所出。

而那些数不清的牌位前，一把桧木的黑椅正正摆在大堂中央，椅子上歪斜着一个老人，衣衫污糟，一头银丝凌乱不堪，正闭眼歇憩。

楚楚仙子四处转了一圈后，率先开口问道："这是凡尘之人为已故亲眷所设的祠堂？"

"是吧。"杜芃芃也四处走动，她停在第一排灵位前，低腰眯眼看道，"刘锶？"

目光粗略扫过前排灵位，灵牌之上的名字清一色皆是"刘氏"，杜芃芃正想招呼好友过来看，身后倏地响起一阵缓慢却叫人听着仿佛是自心肺间狂涌而出的咳嗽声。

杜芃芃吓了一大跳，连忙往楚楚仙子身边躲。

楚楚仙子也被骤然响起的声音吸引了视线，她踱步过来将那老头仔细审视一番后，凝眸道："这小老头还属实是不干净，这周身上下没个小一月不洗，都成不了这样。"

杜芃芃原本被那阵咳嗽给吓得有些紧张，听好友这么一说，便放松了不少。

她也转而开始审视椅子上斜靠的老人。除去周身污糟的衣衫，那张布满细纹的脸还算干净，他抬了抬眼，随即将手中滑落的暖炉重新握住，张口缓了缓气便又闭上了眼。

杜芃芃抬眼扫过四周，蹙眉道："这老头就是个寻常的凡胎生灵，可我总觉得他哪里不对劲，但又说不上来。"

"确实没什么异常的地方。"楚楚仙子应道。

她们又在祠堂内绕了两圈，依旧没发现什么诡异之处，楚楚仙子便领着杜芃芃掐诀遁了。

帮杜芃芃将刘楚君送回家中后，楚楚仙子还得赶去西伏山。临走前，她交代道："大仙，有事敲我，没事也闲聊，若有什么拿不稳的，等我回来啊。"

杜芃芃抱着一堆鼓得锃亮的灵囊，脸上笑开了花："怎么办呢，拿你这么多东西，干脆我杜氏以身相许吧？"

"我楚楚氏喜男，谢谢。"

话音未落，楚楚仙子的身影便消失在了门外。

第二日天光大亮，早起的小豆花已经学会了自力更生，烙了个菜饼准备端去刘楚君的房间，却敲门半响无人应。

杜芃芃正打算叫她破门时，春山拎着两个食盒进了小院。

"公子还没起吗？"春山走过来问。

小豆花点点头，道："想叫楚君哥哥，吃椿菜蛋饼。"

"我来叫吧。"春山将手上的食盒递给小豆花，"小夫人您先去吃着。"

小豆花也不听，提着食盒在门口等着。

待春山推门进去片刻后，焦急的声音传来："公子染了风寒，唤不醒，请小夫人进来照看，我去叫大夫。"

刘楚君同上回是一模一样的症状，畏寒湿热，昏睡不醒。春山请来大夫诊看后，抓了些驱寒的药，小火煨了让他服下，他才算是清醒了些许。

第九章 仙子可要保护好我

杜芄芄心里想，刘楚君这厮的身子也实在是太弱了些，但瞧着他一日清醒不过盏茶工夫，还要拖着那副弱不经风的身子去给她点上三炷香，便多少有些于心不忍。

毕竟若不是那晚大冷的夜将他扔在桥下，他或许就不会染风寒了。

是以，刘楚君昏睡的三日里，杜芄芄每晚都在小豆花入睡后遁到他的房内，暗自想着若能逮到灾病婆子，必要将她拖下打一顿，叫她明白这个家灶上供的可不是好欺负的主。

只可惜没等来灾病婆子，倒是杜芄芄撑在桌上瞌睡时，后背忽然察觉到一丝凉意，她猛地扭头一看，床上的人好好躺着，仅是眉间蹙得紧了些。

想必是又被困在梦魇中了。

杜芄芄起身在屋里踱步一圈，正想着要不要回去睡觉，却瞥见刘楚君额间红印一闪，那速度之快，叫人觉得如同眼花了一般。

她在床边驻足，正凝神观察时，那双紧闭的眼睛竟缓缓睁开来，眸中黑雾汹涌，没有半分人的意识。

好在有了上回的经验，杜芄芄这次早有准备，她驱出两个灵囊来护体，才没被那双眼睛给吞了去。

但好似感觉到抵抗，那股力量竟越来越强，刘楚君一双眼睛周围泛起黑雾，渐渐地，周身也有欲欲试探的黑气浮出。

杜芄芄只觉身体被撕扯得厉害，自己身前屏障的光芒也在逐渐变弱，正当她心里想着自己技薄气弱，看来又得去见那位蓝榴仙君了时，身后一股巨大的灵力将她猛然拽飞至门边。

"躲远点。"那抹小小的身影往她身前一站，手中蕴着强大灵力将整个床铺都裹挟起来。

杜芃芃心下一安，脱口道："祈岭仙君？"

这可是比保命楚楚还要强大的存在，人家这师徒二人属实靠谱，有事是真上呀。

只见祈岭仙君单手施诀，手上源源不断的灵力冲向刘楚君的身体。

他缓步上前，立于床榻旁，两指靠近刘楚君眉心，自上而下缓缓将灵气引至其心口，再猛然施力，那些欲往外涌的黑雾便渐渐散开，直至消失。

床榻上的人双眼缓缓闭拢，眉间蹙成的小山也散开了，似沉睡一般静静躺着。

四周恢复平静，祈岭仙君收势转身，朝杜芃芃沉声道："你这个灶神小仙，恐怕需要去找江舟问上一问，他与这个凡人之间究竟藏着些什么见不得人的秘密。"

"我？"杜芃芃两眼一瞪，余下的话还未出口，那抹小小的身影便原地遁了。

她没忍住，还是脱口道："您瞧我这样，像是能随意去涂灵险境找人的？"

回应她的仅有夜间窗外呼过的阵阵冷风，祈岭仙君的身影早已不知遁去了何处。

杜芃芃脑中也是一片乱糟糟的想不透，她回去在小豆花的床上睁眼躺到天亮，直到隔壁传来开门声。

经昨晚一事，清醒后的刘楚君大病痊愈，周身上下皆与常人无异。

杜芃芃一大早便凝眸蹙目,盯着他不放,追问道:"你真的什么都不知道?"

刘楚君刚洗了把脸,拧帕子的手一顿,思索道:"我……应该知道点什么吗?"

"昨日夜里发生的事,你什么都不记得了?"

"夜里?"刘楚君捏帕子的手一抖,"是我和仙子你的事?"

见他思索出三分眉目的模样,杜芃芃连连点头,道:"对对对,你好好想想,有没有点什么薄弱的印象?"

刘楚君拧干帕子擦脸,再将帕子入水浸湿,捞出拧干擦脸,如此反复间思索了好一会儿,才恍然道:"哦,我想起来了。"

瞧着杜芃芃那一脸"快说快说"的表情,他缓缓道:"我做了个梦,梦里仙子你要跳河,我很着急但我又拦不住,后来不知发生了什么,只见你从河中游至岸边,跑啊跑,最后也没跑掉,反而被一尾巨大的鱼鳍给拍晕在河岸……"

"好了,闭嘴。"杜芃芃打断,返身拉着剥鸡蛋的小豆花边进屋边道,"给你三秒,把这梦忘了。"

被破鱼拍晕?

那不是她杜大仙的风格。

想当初,她在地宫潇洒时,入她口的美味鱼干没有十万也该有九万九千九百九十九条了,她还能让鱼给拍晕了?梦里也不行。

午时,春山提了满满两大食盒的京菜赶来,在院中石桌一一摆开后招呼道:"快,吃饭了,今日我阿姐下厨,特意叫我带来叫公子好好补补身子。"

那满桌的好菜，惊得小豆花口水直流，她埋头狂吃了三碗饭。刘楚君同春山交谈间还不忘时不时提醒道："慢些吃，小心噎着。"

杜芃芃没什么胃口，坐在一旁给楚楚仙子发了条问候，但那边半响不应，于是便开始思绪神游去了。

直到听见刘楚君问了春山一句："刘昱近半年都未曾出过宅院？"

她拉回神思，竖耳听春山应道："是的，自从断了双腿后，他就很少出来露面，偶尔出来一次，瞧着也是一副病怏怏的样子，南北方水运的生意近乎都是他那位长子在打理，据我观察，近半年他都未露过面了。"

"不管他露不露面，都是该见一面的时候了。"刘楚君举筷夹起一块梅肉放进小豆花碗里，继续道，"春山，你明日便叫各书坊的掌柜来取《还灵》第贰话的手稿。"

"好，那第贰话，公子准备取个什么名？"

"就叫……"刘楚君落筷道，"《故人归》吧。"

从两人这对话里能得知，那晚杜芃芃同楚楚仙子撞见的破老头就该是这个叫"刘昱"的人，但这两人说的什么故人归，什么手稿是怎么回事？

碍于春山在场，杜芃芃不好发问什么。待春山收拾好食盒离开后，杜芃芃神色一凝，不悦道："你们什么意思？你叫我同你合作，竟还有事瞒我？"

刘楚君从屋里取了一把剪刀，站在院中矮树旁边修剪边应道："仙子想知道些什么？"

"你觉得你该说什么？"杜芃芃咬牙。

"呃……手稿这事，说来略有几分不光彩，"刘楚君手上一顿，转眼朝杜芃芃缓声道，"我想先搞点钱。"

杜芃芃眉头一蹙，问道："搞钱？搞什么钱？"

"从前攒的银子，这段时间都花得差不多了。"刘楚君手上继续修剪道，"我们还得在京都生活一段时间，总靠春山家里接济吃的，不是长久之计。"

"那你准备怎么赚钱？"杜芃芃问。

刘楚君接续道："卖书。不出意外的话，再安排一场签书会。"

原来这厮还有个隐藏身份，从前在花蛤村时，除了日常拾破烂，农忙路过的村民们总能见着河边或坐或站的一个人影，手上时常捧着纸笔在书写什么，那时还有人嘲笑他是不是想当着红衣骑骏马的状元郎。

同春山书信联系的这些年，他手上有了书稿，便会在赶集时寄往京都，再由春山印制后卖到各大书坊赚取书稿费。

刘楚君每回从米糕店取来信时，偶尔会有春山隔三岔五藏在一堆破烂里送来的银子。

难怪每回赶集，小豆花除了带回一兜鱼干，还能次次吃到热乎乎的蒸米糕，这人是有点不简单呀。

弄明白刘楚君手中钱财的来源，杜芃芃咂舌道："我还以为你那捡破烂的营生，当真是条致富大道呢。"

"仙子说笑了，若在此处拾些破烂，或许能勉强为生，"刘楚君弯眼一笑道，"但在村里，大家都是很勤俭节约的。"

那倒是，杜芃芃至今还能想起某人抠抠搜搜在补丁里藏满碎银的模样，那衣物缝缝补补都舍不得扔弃。

瞧他多年节俭攒下的银子，为求娶小豆花竟全数拿出来花了，杜芃芃还是颇感欣慰的，只是她似乎忘了自己那尊金身神像，那才真真是用门口那座小楼换来的。

翌日晚间，冬阳没入远山下，用过晚饭的人们都陆续出门闲逛，京都大小街道皆人来人往，摊贩吆喝声此起彼伏。

这番热闹景象小豆花从未见过。在花蛤村，日头落山时劳作的人们才陆续归家，朦胧的夜幕降临前，入目的景象是挨家挨户房顶袅袅升起的烟火气。

小豆花眼中新奇，虽说以前没少赶集，但街上摊贩都不多，人也皆是周围村子里的，面孔还尚熟，如今身旁走过形形色色的人还是让她生出三分怯意，一路随在刘楚君身后，转着眼睛四处观看。

路过一处煎饼摊，刘楚君问："我们小豆花想不想尝尝煎饼？"

小豆花摇摇头，难得在吃这方面拒绝了。

"嗯……"刘楚君沉思片刻道，"那你看到想要的就说，哥哥给你买，好不好？"

闻言，小豆花腼腆一笑，小心抓着刘楚君的袖口，将他带至一处售卖头饰的小摊前，指道："这里的姐姐头上都有这个，好看，我也想要。"

杜芃芃往前探了探头，瞧见各色的饰品，款式极多，新颖夺目，倒也难怪孩子喜欢。

刘楚君目光也落在那些饰品上，他眉目含笑，恍然道："原来我们豆花喜欢这个啊。"

在小摊前逗留许久，小豆花为自己挑了两套头饰，刘楚君当街便帮她把发髻上的发带换了下来。

小小的银色流苏轻盈晃眼，小豆花开心得摇头晃脑。

这期间杜芃芃瞧见有支灰青的簪子样式还不错，便多看了两眼，怎料下一刻，刘楚君两指一落一起，便将那支簪子拿起，抬至她发髻间比画片刻，柔声道："好看。"

他随即将簪子递给老板："这个也替我包起来。"

杜芃芃还尚且有些蒙，仙生七百年来第一次被男子送礼，就这样被这小子给送了？

她心下一乱，嘴硬脱口道："我可不要啊，假玉可配不上本大仙。"

"那我先收着。"刘楚君接过簪子，目光瞥向朝远处拥去的人群道，"待过几日有了钱，依照这个样式给仙子铸一支真的。"

"口气还真不小，"杜芃芃质疑道，"你如何笃定过几日你就有钱了？"

这声质疑的话音还未落，主街便有人从人群中快速跑过，口中还高喊道："君白先生的《还灵》第贰话在飞云书斋首发，欲购从速！"

不过盏茶工夫，街上人流便大量聚集在长街中段那座烛火通明的小楼处，里外均挤满了人。

大堂高架上摇扇而坐的说书先生单手拿书稿，口中高呼道："莫急，莫急，诸位莫急，精彩解说马上开始……"

杜芃芃从前和楚楚仙子化身在人间游历过一段时间，每日除开吃喝外，就数听话本的时间最多，在小楼要上一壶清酒和瓜子，外头大热的天，小楼里清风徐徐，人少清静，一坐便是大半天。

但那都是好几百年前的事了，不想如今这话本行业竟这般疯狂，来晚的人竟连门都挤不进去。

刘楚君领着小豆花好不容易挤到个门边的位置，杜芃芃嫌人多，便蕴了些许灵力，盘腿浮在小豆花头顶一侧。

片刻后，只听高坐的先生轻咳两声，高声道："今晚为大家奉上《还灵》第贰话——故人归的故事，这是君白先生继《稗山花祭·青思集》后的又一力作。

"上回我们讲到《还灵·永夜祭》中，那位刘家老爷夺财害命，狂杀一百二十一亲眷后，夜夜梦魇，内心极其煎熬，于是在家中竖立灵牌永夜祭奠。往下我要讲的，便是第二话《故人归》，当初有幸逃出的男主人翁十年后归来复仇……"

听到此处，刘楚君拉上小豆花挤出人群，打算回家。

杜芃芃不解，问道："这听得正精彩，好不容易挤进去，这就要走了？"

方才好一顿挤，大冷的天，给小豆花挤得额角都冒了细汗。

刘楚君抬袖给她擦擦，再顺手将其发髻上挤歪的头饰扶正，回道："从前不在此处，不知每回发书是何场景，今日我本就只是想看看反响如何。"

刘楚君转眼看向杜芃芃："故事总归是故事，仙子若想知道后续，只管等着便是，看我与他，究竟是他死还是我亡。"

杜芃芃一怔，一时竟不知如何应答。

起初，她以为只是江舟公子于心不忍插手救了一个凡人小孩，可后来她渐渐发现这刘楚君身上藏着许多谜团，已经不仅仅是凡世间恩怨未解的问题了。

而如今站在她面前的，也早已不是那个流浪至花蛤村，赶着马车只会捣鼓些破烂的人了。

在杜芃芃的仙生信条中,向来都是实力不够,能跑则跑,但这回她却硬气了,不就是私闯一趟涂灵险境吗?

顶多被打回原形,回炉重造罢了,总归还有口气,也算不亏。

她这般安慰自己一番后,在通灵道给楚楚仙子道了别,打算等晚间小豆花睡着后便出发去寻江舟公子,不料那边近乎秒回道:"等我一起。"

楚楚仙子许久未回消息,突然来这么一句,杜芃芃还一时反应不过来,缓了缓才问道:"你事情办完了吗?"

"没呢,但我得先回来了。"

"西伏山那边有异常吗?"

"有是有,"正聊着,楚楚仙子的声音就到了跟前,"但问题不大,我师父亲自过去了,我便回来一道同你去涂灵险境。"

杜芃芃看着身旁好友想了想,道:"还是我自己去吧,不然若叫神讯司发现,咱俩就被一窝端了。"

"你知道入口在哪个方位吗?"楚楚仙子略有几分嫌弃,"这事等我细细计划一番再行动,我先回天上一趟,你等着别瞎跑啊。"

说着,楚楚仙子便原地遁了。

第二日天亮,睡醒的小豆花精神极佳,见院中石桌上摆着份糕饼,便坐下吃了起来。

杜芃芃没睡下多久就被拽醒,此时正坐在一旁哈欠连连,她朦胧中瞧着那糕饼是新样式的,也想尝尝,可惜最后一块已经进了小豆花嘴里。

瞧见孩子脸颊上还粘了点糕饼碎屑,她便伸手拈来放进嘴里品尝,香是香,就是少了点,待改日叫刘楚君再买些来。

正这么想着，楚楚仙子忽地遁到一旁，坐下便问："那饼子她吃了吗？"

"吃了呀，"杜芃芃应道，"你买的啊？"

楚楚仙子拍拍杜芃芃，小声道："特意请迷魂仙子连夜做的，吃一口睡五日，舔一下迷三天，无毒无害，甚是好用。"

此话一落，小豆花眼皮便上下打起架来，刚睡醒没多久的孩子就这么又睡了过去。

见状，楚楚仙子冲杜芃芃满意道："这样咱俩去找江舟公子，就能放放心心地走了……"

她话还没说完，一旁的好友便双目瞪圆，瞅着她说不出话来，随后便一眼万年，两眼一黑，直愣愣地倒地了。

楚楚仙子将好友扶起，口中低声道："你自己要吃的，醒了可别怪我不带你同去。"

而这一幕恰巧让准备出门洗漱的刘楚君给看在眼里，他赶在楚楚仙子地遁前弱弱问了一句："仙子要去找江舟，能否带上我？"

楚楚仙子闻声回头，蹙眉道："给你两个选择，要么我一拳头将你砸晕，你们仨整整齐齐一块睡去，要么你把她俩好好抬进屋里，关好门，你选哪个？"

刘楚君默默别开视线，一副自己什么都没说过的模样，用无声来做了选择。

杜芃芃再度醒来已是三日后，是春山"嘭嘭"叩门的声音将她吵醒过来的。

身旁小豆花还在熟睡，她从榻上起身遁至院中，刘楚君正好抬开木梢，春山跨步进来兴奋道："公子，《还灵·故人归》的反响甚好，前两日你叫我同飞云书斋的掌柜商量下月十五携完结篇在他店中举办亲笔签书会一事，掌柜十分爽快地答应了，此消息一出，众多书粉都很期待……"

春山在石桌前坐下，缓了口气继续道："不过今日天一亮掌柜便叫我过去，说刘昱的幼子刘子行找到书斋，欲将整场签书会包下来，叫我们开个价，公子觉得多少合适？"

"果然……"刘楚君凝眸道，"是我料想中最好的结果。"

"就是不知那刘昱会不会露面，"春山颇感不安道，"刘子行说，若我们应了，便将地点定在刘氏大院内，不在书斋举办。"

刘楚君指尖落在桌面轻轻敲着，他沉思时，杜芃芃已经在一旁落座，并底气十足道："去就去，还怕他不成？上回大晚上的看不真，正好让我会会那小老头，看看他到底要搞什么鬼。"

闻言，桌面上不安敲动的手指停了下来，刘楚君低眉一笑，随后朝春山道："告诉他们，地点就在书斋不换，另外要价是白银千两，先给钱，不赊账，限本月底内将银子抬进书斋，否则下月十五正常举办签书会。"

春山虽吃惊于要价数额颇多，但也二话不说便赶去传话了。杜芃芃坐在一旁不解，询问道："那院里一群黑犬便让你不敢去了？"

"有仙子在，我自然是什么都不怕的，"刘楚君否认后又缓声道，"我只是不想叫对方占了先机而已，况且我也想试探一番对方的底线如何。"

"那你坐地要价，就不怕人家恕不奉陪了？"

刘楚君含笑应道："千两白银，对于刘家来说不过是牛身鸿毛两根，不重要的。"

"啧啧……"

杜芃芃咂舌间，通灵道传来楚楚仙子的消息，仅短短一句："一切顺利，等我。"

想起这件事，杜芃芃头顶的小火苗蹿得挺旺。

楚楚仙子既然想到要给小豆花下药，且在吃食里放了药，那为何不提前告知自己一声？

由此可猜想，楚楚仙子从一开始就没打算带杜芃芃去涂灵险境，就等着杜芃芃自己往小豆花的萝卜坑里跳呢。

而"一切顺利"这四个字，究竟是见到了江舟公子，还是没见到呢？

不到一刻钟，春山便带回消息，刘楚君所提的要求刘家全数都答应了，由此可知，这场本是由刘楚君一手谋划的会面，看来是对方显得更加急迫。

月底前，刘家按约将两担白银抬进书斋，刨去给掌柜的分账外，刘楚君只从中取了一百两留用，余下的他全都给了春山。

春山当场便拒绝道："公子挑灯熬上数月，一笔一墨换来的辛苦钱，不该是我拿，况且家中如今衣食尚有富余，我阿姐一家在城里的营生也不错，这些钱公子全数留下吧。"

"这些钱你拿去为家中置办些宅邸田产，以防有朝一日你的身份暴露，被刘昱一家断了吃饭的路子。"

刘楚君在屋里翻找一番，将上回买下的簪子拿在手上道："我如今前路迷惘，若将来哪天再遭了难，还是如这些年一般，全都得靠着你呀春山，所以你不必推诿，尽快去置办吧。"

刘楚君准备领着小豆花出门一趟，踏出院门前，他又回身交代道：

"对了春山,十五那日你便回家去等着,不用陪我去书斋。"

自家公子决定的事情,春山从来都是无法反驳改变的,他只得立在院中,看着那两担白银发愁。

刘楚君揣着银子,领着小豆花上街置办了两身新衣服,又去玉铺如约给杜芃芃铸了一支一模一样的簪子。

回家将玉簪供给杜芃芃时,他瞧着灶台烧烬的纸灰,慈眉善目道:"我细细一想,刘家如此爽快地应了我的条件,不会是想借机杀我灭口吧?"

杜芃芃反复捏看那支玉簪,冰润滑腻,果真是块好玉所铸。她懒懒应道:"你在书中将别人描述得那般可怖,也不是没有这种可能啊。"

"嗯……"刘楚君眉间一蹙,目光殷切道,"那仙子可要保护好我呀。"

果真是吃人嘴软,拿人手短,杜芃芃突然觉得那玉簪有些烫手了。

不等她应声,一旁小豆花倒是积极,立马扬声道:"楚君哥哥,我保护你!"

刘楚君闻言一笑,浅应道:"好,险些忘了,小豆花也是哥哥的保护神。"

西下的日光透窗而过,撒了几缕斑驳在他的侧颜上。

杜芃芃这么些年来,瞧着他从小儿郎如青竹般节节拔高,也就今日才瞧真了那张脸,英毅中眉目含波,鼻峰高拔,唇色浅浅红润,也难怪在求娶小豆花时会被旁的女儿家深夜砸门质问,也难怪小豆花初初一见便生好感。

瞧着灶前正生火烧饭的两人,杜芃芃不禁在心里冒出一个问题,若没有江舟公子一事,刘楚君只是刘楚君,只是一个普通的凡人,若他遇危险,自己可否愿意出手相救?

她呆愣了好一会儿，心中竟犹豫许久都没有结果。

可杜芃芃那时不知，很多要做出选择的事情若不能肯定地说不，那犹豫也算是内心给出的一种答案。

到约定那日，天刚蒙蒙亮，刘家便浩浩荡荡派了百余个家丁将书斋那座小楼给团团围了起来，还将周边想一睹君白先生真颜的围观群众全数撵走，活脱脱一副城中豪霸的模样。

书斋早在前一日便闭门谢客了，掌柜更是将大堂给清了场，独留四周一列列摆满书籍的木架。

刘家如此大的阵仗，若是此时进去，必要招眼，好在刘楚君半夜未闻鸡鸣便醒来在院中活动，小豆花因晚饭吃少了，夜中就给饿醒了。

于是，刘楚君点了个烛笼，领着小豆花上街吃了一碗夜摊上的馄饨，随后便偷偷从书斋后门溜了进去，两人一仙端坐在二楼包房，打了小半夜的纸牌。

一位身着锦缎绸衣的男子推门而入时，伏桌而憩的刘楚君才将将醒来，他虚眼朝楼下看去，正好能看到大开的门外站了许多清一色着装的人。

而此时的杜芃芃早已将周围探查过一圈，见人醒了，她站在一旁悠悠道："这阵仗，多少是有点那个意思呀，大丈夫能打能跑，我们现在溜还来得及。"

刘楚君缓缓起身，展腰低声道："仙子怕了？"

"天光都大亮了，我怕什么？"杜芃芃小腰一挺，道，"我是怕万一某人有个好歹，吃不到每日的头香就怪可惜的。"

闻言，刘楚君含笑未应，缓步走到廊间扶栏处向下观望。

许是以为那位君白先生还未到，楼下一众人等均未发现光线不明的楼上还站了一人。

刘楚君就这样在扶栏处站了许久，直到自门外缓缓推进一把四木轮的黑椅，那椅子上窝坐的老人倒比上回洁净了不少，衣衫穿戴整齐，一头银丝也梳理得服帖。

椅子缓缓进门，先前那名男子上前道："爹，那个什么君白先生还没出现，不会是拿钱跑路的江湖骗子吧？"

老人并未回应他，反而示意身后推椅子的仆从将其推到两列书架间，一双略显沧桑的眼睛在书架间寻了片刻，随即他缓缓抬手，将最近那册话本取到身前，默声翻阅。

他看的正是《还灵·永夜祭》。

刘楚君见状，又静静站了好一会儿，似是故意留时间给其翻阅。

良久，他方才缓声开口道："刘老爷重金包下此处，不知今日想要晚生亲笔落签几册话本？"

楼上忽然响起的声音吓了众人一跳，唯独黑椅上的老人闻声不动。

身着绸服的男子立刻循声望去，手上扬剑道："你……你是何时进来的？"

楼上早已有人，显然出乎众人意料，刘楚君自始至终都占据了上风。他沿着木梯缓缓下楼，不慌不乱道："重要的不是我何时进来，而是我何时能出去，晚生虽不才，但也不觉得那千两白银如此好赚，不然今日便给各位小签八百册……"

他停在最后一阶木梯旁，目光穿过镂空的木架，看向那把黑椅继续道："刘老爷觉得如何？"

那方静默片刻，随后仆从将椅子转过，椅上老人仰头抬目，一双略显混浊的眸，一双清亮含笑的眸，两人视线就这样隔着书架撞于一处。

老人松动的喉结动了动，声音略沙哑道："公子……贵姓？"

被问到的人直接略过"免贵"那套初级话术，精干简洁道："刘楚君。"

此三字一出，着绸服的男子立刻将手中长剑拔出一半，扬声道："你果真就是刘楚君！"

"这位公子此话何意？"刘楚君面带疑惑，不解道，"这不知道的，瞧着公子这架势，还以为我同你有何深仇大恨，竟听个名字便要拔剑相向了。"

这一番动静早就将熟睡的小豆花给吵醒了，她倚在扶栏处看着楼下的动静。杜芃芃也在一旁倚着，见状，略不满道："说话便说话，动什么武器呢。"

说着，她便食指微动，施法将那剑柄重重按了回去，同时朝身侧指使道："小豆花，上弹弓。"

得到指令，小豆花瞬间精神抖擞，掏出弹弓便将一粒花生米飞射到那人正眉心。

还顾不上疑惑为何长剑莫名其妙回鞘的男子，忽然又吃了一记花生米暴击，他怒目瞪圆，朝楼上喊道："你又是何人？"

小豆花眨眨眼，也不应话，就冲他傻笑。

"那是小生亲眷，"刘楚君代答道，"自小便憨傻了些，若有什么冒犯的举动，还请各位多多见谅。"

"你……"

那男子一腔羞怒之意还卡在喉间,一直未再作声的小老头便轻咳数次将其打断,随后吐气道:"子行,去门外候着。"

那位名为子行的男子气到险些跺脚,却又不得不听自家老爹的话,只能干瞪着眼转身离去。

黑椅缓缓从两列木架间推出,稳稳停在大堂正中央,老人低头翻着手中话本道:"很久以前,我儿子行有个堂兄,也姓刘名楚君,同他颇有过节,是以,方才失态还请小先生见谅。"

"如此。"刘楚君目光如炬,上前两步侃侃笑谈道,"想必你们刘氏那位楚君,该是京都城中锦衣玉食长大的,可惜晚生只是边北贫苦之地拾荒不足为生,才被迫入京讨口饭吃的可怜人罢了。"

老人嘴上长长"哦"了一声,如同山里撞钟久久不绝一般。半晌,他才合上话本继续道:"那今日就请小先生在我手中这册话本上留下亲笔吧。"

闻言,刘楚君也不啰唆,直接干脆道:"冒昧一问,刘老爷想要晚生落笔名还是本名?"

竟只要签一册就拿走千两白银?

杜芄芄倚着扶栏轻轻蹙眉,侧耳听那小老头轻咳道:"小先生随意。"

说着,老人便将手上的话本递向身后,仆从接过后径直走向堂上书案,将话本往书案上一放,朝刘楚君做了个请的手势。

既让随意,刘楚君便也当真随意,往桌上笔架中随意取了一支,笔锋恣意间便在话本内页留下"刘楚君"三个大字。

他挽袖收笔道:"门外石阶颇高,还请刘老爷小心慢走。"

仆从白书案上取过话本，转身走到黑椅一侧，见自家老爷并无要回话的意思，便心中了然，推着椅子朝门外走去。

见他当真要走，刘楚君往前追出两步，提声问道："花了一笔大价钱，刘老爷难道不好奇我的完结篇取作何名吗？"

骨碌碌前行的四木轮顿了顿，虽椅子之上的人并未闻声回头，但刘楚君直觉他在侧耳等待下文，于是便押着重音，一字一字道："它取作《还灵·还灵》……"

刘楚君看着那道窝在黑椅中的背影，虽无法探知其面上表情有何变化，但却能清晰看见搭在扶手之上的苍老五指逐渐扣紧。

他嘲弄般扬起眉目，自胸腔轻嗤出声，随即如同胜者一般挺拔着腰背朝门口一拱手道："慢走不送。"

顿上片刻，四木轮重新滚动起来，屋内随行的家丁见状也尾随而去。

只是在临门一步时，黑椅上的老人竟忽然间回头，他不看刘楚君，他的视线从一众随行家丁的身影间隙中穿过，落向扶栏处小豆花所在的方向。

小豆花并未注意到那道目光，她看向楼下的刘楚君，正挥着手里的弹弓傻笑。

可杜芃芃却瞧见了，虽知道老头看不见自己，但她还是伸出两指朝他戳道："看什么看，再看小心给你眼抓瞎。"

话音落下，老人方才回过头去，领着一众人等浩浩荡荡离去了。

刘楚君立即上前将门梢扣上，朝楼上招手道："快下来，我们从后门走，晚了一会儿人一多就不好走了。"

189

果真没一会儿，见刘家的人撤了，便陆续有人围到小楼前，想等君白先生出门时一睹其真颜，只可惜本尊早已溜至正街，融入到早市的人潮中去了。

回去的路上，杜芃芃一边散晃，一边调侃着刘楚君："若不是今日所见，我还真不知道你这嘴皮子如此能说，你同那小老头倒当真是，一只小狐狸，一只老狐狸，揣着明白装糊涂的功夫真是难分伯仲。"

虽说他全程都在否认此刘楚君是彼刘楚君，可言语行为中却又将自己便是彼刘楚君表现得明明白白。

而那小老头更是厉害了，全程一副"我知道但我就不说破"的模样。

最可怜的莫过于那位吃了小豆花一记花生米的公子哥，"蠢"字险些刻在了脸上。

"其实，说来惭愧……"

刘楚君慢下步子与杜芃芃平行："方才那些言辞，我早在心中演练过无数回，从前我便想过，若有一日与其相见，不论他们说什么，我又说了什么，我绝不张口认下我的身份，这样他们便不好明目张胆地冲我下死手……"

他目光落在杜芃芃身上，问道："仙子觉得，我这个保命手段可还有点道理？"

杜芃芃也未想到他竟是为保命，但好说不说，今日对方本就没有要动手的想法，此时她只能不走心地夸道："还得是你优秀。"

京都的早市多是酒楼菜馆的人在采买，也偶有贪便宜的大爷大娘混在其中，杜芃芃逛了一会儿便嫌吵，于是叫刘楚君带着她们抄近路回家了。

临近家门口时，远远便听见一阵喧闹声。

杜芃芃定睛一看，竟是两道颇感熟悉的身影？

路边那栋挂着"巫家坊十七号"匾额的小楼近日似乎要重装开业了，看样子像是一处茶馆，新来的店小二不知此楼是从刘楚君名下买过来的，于是便轰赶门口两人道："去去去，不认识什么春山、楚君的，别耽误我们掌柜的开门做生意。"

梁年年领着阿祁往后退了退，抬眼看着那块大匾额，道："没错啊，春山兄弟说的巫家坊十七号，不该是我眼花了吧？"

他说完又往后退了退，拉着阿祁道："阿祁，你看看，那是十七还是十土？"

"是十七呀，公子。"阿祁苦着脸，赶路累到想倒地睡上一觉。

两人正说着，便听见一声叫唤："是梁年年呀！"循声望去，竟是小豆花一路蹦跶着过来了。

最先认出两人的便是小豆花，她拖着杜芃芃往前跑去，刘楚君跟在后面不禁加快了步伐。

见面一顿寒暄后，刘楚君将两人领进小院，见梁年年坐下缓过气后，他才询问道："梁兄怎的这番着急入京来？"

梁年年抿了口茶，道："前些日子听说君白先生要弄个什么签书会，我便同阿祁一路快马加鞭赶来，不曾想好不容易赶进城来，竟听说那场签书会竟被一富人家给包场了，既无缘得见真颜，我便想着来寻刘兄一趟。对了，"他四处看看，又道，"春山兄弟怎么不在？"

"他近来在忙家中的事情……"刘楚君抿嘴沉思片刻，接着道，"梁兄若实在喜欢那位君白先生，我倒是想起春山有位打交道的朋友，手中资源颇多，或许能要来两卷亲笔落款的话本，若真要到了，我便叫春山给梁公子送去，如何？"

闻言，梁年年两眼放光，险些开心得原地跳起来。

因赶路实在太累，主仆二人借着刘楚君的小床便酣睡过去了。

杜芃芃颇有点想不通，便逮着刘楚君问道："人家这般喜爱你的话本，你为何不告诉他你就是那个君白先生？何必还要大费周章给人家送什么亲签本，多此一举。"

"本就不是什么光彩的事，我不想再叫旁的人知道。"刘楚君收拾着石桌上的茶盏，缓缓道，"自古文人墨客皆有他们自身的风骨，高雅亮洁，字里行间皆在教世人如何修炼心性，养德向善，我所著的第一部作品是为引阳气入山，驱赶阴鬼秽物，而第二部作品则是为了操控可畏人言，引蛇出洞……"

他清洗茶盏的手没停，口中却顿上片刻，方才垂眸道：

"我笔下是随处可见的处心积虑与强权杀戮，不过是被一时追捧的茶话笑谈罢了。"

杜芃芃眉间一蹙，叹气道："唉，人怕清醒猪怕壮。"

她拍拍刘楚君的肩头，想了片刻又补充道："你这方面得向小豆花多学习，是人也好，成神也罢，都不如心中无忧，只管开心来得潇洒。"

"仙子说得对。"刘楚君手上一顿，抬眼笑应，"真好，听仙子一席话，感觉离快乐又近了许多呢。"

杜芃芃也是在说完那句话后突觉耳熟，细想三分，原来是曾经一同参加上仙小考的仙友见她一边打盹一边强撑眼皮研习术法，于是便用此话来开导她，于是她不只是离快乐更近，简直是如脱缰野马般突然就懈怠下来。

　　快乐到家一阵子后,突然在开考前一日发现曾经开导自己的仙友一直在偷偷内卷。

　　等她幡然醒悟过来,却只能眼巴巴看着苦心教诲她快乐最重要的仙友成功飞升上仙。

　　想起这茬子事后,杜芃芃又连忙补了一句：

　　"呃,适当快乐……适当啊。"

　　刘楚君托着清洗好的茶盏回屋,嘴角留笑,未再应话。

第十章 是他的福运真人

临近年关，杜芃芃日日盼星星盼月亮，终于在一个月黑风高的夜晚把楚楚仙子给盼来了。

两仙见面的第一眼，便双双脱口道："大仙，你胖了！"

"楚楚，你怎的瘦了？"

杜芃芃一听就不干了，好姐妹竟将"胖"字说得如此直白，可埋头一想，刘楚君有钱了是真舍得上供，烧鸡烧鸭烧大鹅，打卤酱香醋溜汁，日日换着花样地伺候，能不胖吗？

反观楚楚仙子，原先白嫩的圆润小脸，如今竟泛着几丝枯黄之色，下颌都瘦出轮廓来了。

杜芃芃一咂舌，本还想责备她丢下自己独自去涂灵险境，如今一个字也说不出口，只想赶紧将她喂得圆润些。

杜芃芃跑进灶房将吃剩的半只烧鸡端来，想着再给她煲口汤，于是张口问道："身上有蘑菇吗？"

"没有。"楚楚仙子扯下鸡腿塞嘴里，含糊道，"不知是不是因近来奔波，我身上许久未长蘑菇了。"

楚楚仙子腾出手来冲她招呼道："你快别忙活了，我吃鸡就够了。"

"也行吧。"杜芃芃过来坐下，手肘撑起下巴瞧着好友问道，"你去涂灵险境见到江舟公子了吗？"

楚楚仙子摇摇头："没有，但我发现他留下的隐蔽记号，依照那些记号中的指示，我找到了这个……"

她摊开手，从掌心献出一枚马球般大小的鸟蛋："这颗蛋很奇怪，摔不坏也不孵化，我拿灵识探瞧过，里面瞧着就似一只闭眼酣睡的小雏鸟呢，这就是一颗寻常的蛋。"

浮于楚楚仙子掌心之上的那颗鸟蛋，周身蛋壳亮白无瑕，一眼瞧着，薄得近乎透光，好似一捏便会破碎一般，怎会说摔都摔不坏呢？

杜芄芄观察片刻，脱口道："要不……烤一下看看？"

"啊，这都成型了，"楚楚仙子脸一皱，于心不忍，"做不成烤鸟蛋了吧？"

"它要动了，觉得烫，咱就立即熄火。"

闻言，楚楚仙子觉得可以一试。但大家也都知道，她的师父祈岭仙君就是个重度鸟控，如今让她行烧鸟蛋之事，心里多少还是有些发怵的。

于是，楚楚仙子两指并拢，指尖蹿出团小火苗的同时，口中念念有词："对不住了，师父，我就浅烧一下，不算残杀哈。"

夜色下，月明星稀，两仙口中的浅烧，一烧便烧了两个时辰，烧到哈欠连连，耐心全无，那颗鸟蛋依旧洁白如初，毫无变化。

楚楚仙子一怒之下熄了火，将蛋往地上一摔，气道："破蛋，要你何用？"

正瞌睡的杜芄芄吓了一跳，立马清醒过来，安抚道："不要就不要，咱先睡觉，不管它了啊。"

将好友稳住后，杜芄芄猫着身子在院中一盆栽后将蛋捡起来，随手擦擦便揣进了怀里。

京都的这个年关极其热闹，辛劳了一整年的人们难得放下手边的事，只为那数日团圆而大肆采办年货。

在采买之余，各街坊间谈论最多的该数城中富商刘氏幼子的婚事提前。听说是其父刘昱身子又不好了，这才将本定在年后的婚事提来腊月里办,意在冲喜。

冬日难得艳阳天,食过早饭后,刘楚君正领着小豆花为来年能吃上口甜枣而努力在院中挖地种树。

小院门未上梢,春山急匆匆推门而入,声色隐忍道:"公子,刘宅当差的庆来今日辰时被发现惨死于后山,周身上下……没有一块完好的皮肉……"

庆来和春山是同一批买入刘宅当差的,当年春山因聪慧被选作了伴读,庆来分在内院修缮绿植。

那件事发生之后,春山捡了一条命,便匿于市井中谋生。庆来未受牵连,因而一直在刘宅当差,从春山口中得知刘楚君还在世后,他只是帮着透露过少许刘昱的状况及行踪罢了。

这仿佛是在拿一条人命警告他利用话本将刘氏命案传成茶余饭后谈资一事,威胁他最好不要轻举妄动,他们那样的人,想拿走谁的命轻易到如同宰杀一头牲畜。

刘楚君握着农具的五指紧紧扣拢。他想过若春山有朝一日暴露了,担忧自己保护不了春山,也担忧过小豆花日日同自己随行是否会受牵连,却从未想过那个他近乎已经忘了长什么模样,但一直默默帮助着自己的人,有一天会以这样的方式死去。

"本想过个好年的,"刘楚君低眸沉声道,"可有人偏不让。"

他预想过那一天将会发生些什么,但没想到来得这样快。

从昨日夜里便开始隐隐不安的心神,此时反倒落了下来,刘楚君神情冷然道:"春山,你最后再帮我送个东西进刘宅,今日连夜便出城吧,去花蛤村待一段时间,我会抽空给你去信的。"

春山自然是不肯离开的,但不等他说话,刘楚君就转身回屋去,独留一个背影给余下的人。

原地未动的两人一仙均是叹了口大气,小豆花平日虽不理事,但这回她好像也明白,自己的楚君哥哥很难很难,于是眉头蹙得紧紧的。

杜芃芃这段时间都在琢磨一件事,江舟公子现身刘宅的那个晚上究竟发生了什么?刘楚君口中所说的那些迷人心魄的黑雾又是什么?

她将自己这几百年来熟知的、见过的、听说的术法皆想了一遍,企图找到什么法宝或者妙诀可以将发生过的事情重现。

直到有一天晚上,世人皆睡她独醒,她独自坐在院中望月时,忽地脑中闪过一个念头,往细了说,应当是闪过一只吃饱了撑着,"叭叭"往外吐噩梦的小梦魇兽。

杜芃芃一拍大腿,如梦方醒般在院中往返踱步,正思索着上哪儿抓只魇兽急用时,楚楚仙子气喘吁吁现身在院中石凳上,口中吐槽道:"这天书官当真是如传闻中一般难缠,不过是偷阅他两宗密卷,竟足足追了我近八千里路!"

"你看人家密卷作甚?"杜芃芃踱步过来坐下。

"谁想看啊?"楚楚仙子解释道,"只不过是翻阅寻常天书时,一不小心就把里面那玄机界给破了,他们真该好好加固一下那结界,不过我跟你说……"

楚楚仙子突然小声道:"上回我俩吃的永善仙君莫名被贬下凡的瓜,让我在密卷里瞧到了细节,竟是因桃色秘闻,你是不知道,当时我瞥见另一方名字时,真真是吃了个大惊。"

杜芃芃来了兴趣，连忙追问："快说是谁，让我也惊一惊。"

"改日我再同你细说。"楚楚仙子颇不厚道地结束八卦，正色道，"那日你叫我去寻解锢之术，我翻了许多天书都没见到你身上这类型的，后来我就去找了司命……"

原本杜芃芃还陷在吃瓜吃一半的抓心挠肝里，听好友说起此事，她立马转移了好奇心，追问道："然后呢？"

尾音方落，便听见房门"吱呀"一声开了，随后，小豆花半合着眼，脚步虚浮地往茅房去了。杜芃芃一紧张，赶忙四处摸了摸自己，没有消失，也没有霹雳，她双眼一亮，惊呼："解了？"

楚楚仙子点点头："对，解了。"

"司命亲自给我解的？"

"是这样的。"

杜芃芃笑脸一歪，心想这厮莫不是转性了？正准备夸他两句时，楚楚仙子悠悠道："我说用你那座仙岛做交换，让他给你解锢。"

"还好我忍了忍，不然就夸出口了。"杜芃芃脸一垮，心疼自己辛苦攒了几百年的钱就这么没了。

怎料，楚楚仙子又补充道："不过他嫌位置太偏，没要。"

"能不能，"杜芃芃一咬牙，"一口气说完啊？"

"他没要你的岛，他说你这人虽酒胆包天，但好在鱼干熏得不错，于是他要你历劫结束给他熏两百年小鱼干。说完了。"

强盗还只抢劫钱财，从不奴役于人，他司命竟比人间恶鬼还讨嫌。

杜芃芃气结，嚷道："是他疯了，还是我疯了？让我杜大仙给他熏鱼干？还熏两百年？"

"别急啊。"楚楚仙子目露精光道,"现下咱们先答应了他,往后这熏与不熏,选择权不就在咱们手里了吗?就算是一条不给他熏,他又能奈你何?"

"咦……"

此话一听,妥妥一个大歪理啊,不过现下确实她没损失什么便恢复自由身了,人情世故这块还得是保命楚楚会玩。

胡扯两句,杜芃芃才想起正事来,于是同楚楚仙子说道:"对了,我想拿魔兽去刘宅里溜一圈,看能不能吃到一些同当年事件有关的噩梦,你说这法子可行不?"

"只要当年参与那事的人没死绝,那便可行。"

"你有相熟的仙友养魔兽吗?"杜芃芃问。

楚楚仙子随口应道:"我就有啊,那日我将你困住,回来后发现你不在,但一旁却躺着个小家伙,我便顺手收来养着玩,还挺乖的,日日吃了睡,睡了吃,长老大个儿了现在。"

"楚楚,"杜芃芃两手将她一环,开心道,"你可真是我的保命仙人,不对,应当是要啥有啥的好运仙子,待我回天,一定日日为你洗手作羹汤,好好报答你一番。"

"嘿嘿。"楚楚仙子傻乐道,"不过有个问题,魔兽吃了噩梦后,我们怎么看那些噩梦是什么内容?"

"暴打它一顿,让它自己吐出来。"

"啊,这不好吧……"

瞧着楚楚仙子一脸不忍的表情,杜芃芃哈哈笑道:"骗你的,我们一路跟着它,在吃的时候,梦境会如走马灯一般快速从梦者的脑子里迸出来,只要不走神,看个大概是没问题的。"

"你成长了啊大仙,竟学会骗人了……"

一番逗趣后,楚楚仙子唤出魇兽陪杜芇芇去了刘宅。

正值深夜,静谧与黑暗是催生世人内心惧意的良药,小魇兽极其慵懒地扬着蹄子在刘宅四处散晃,迟迟不下嘴。

两仙子猫着腰跟在后头,眼睛牢牢盯着那小家伙,生怕错过什么细节。

跟了一会儿,楚楚仙子挺直腰背,直呼:"我这一把老腰折腾不起了,好几天没放它出来,按理说也该饿了呀。"

杜芇芇拍拍好友,连忙将手指放于唇边:"嘘,快看……"

此时的梦魇兽正好跳上一男家丁的床榻,鼻翼间嗅上片刻后,小口一张,一缕泛着浅淡湖蓝色的灵丝便缓缓没入家丁额心。

片刻后,无数银丝般的梦灵搭成小桥,将家丁梦境全数送进魇兽的口中。

杜芇芇定睛看着,快速闪过的画面是一个身穿布衣的妇女手举菜刀,对该名家丁狂追不舍,而这家丁则是一边大呼"夫人淡定、淡定啊",一边快速从巷子里跑过。

楚楚仙子单手抚着下巴,总结道:"嗯,会跑,不硬刚,是个好男人。"

紧接着下一个,是幻想自己被秽物缠身,在山林间疯狂奔跑后失足落崖的,还有溺水的、放火的、刑台上血腥四溅的,千奇百怪的梦里唯一相同的便是带给梦者深深的恐惧感。

就这样满院子绕到了第一声鸡鸣响起,加上吃太多,小家伙一个饱嗝打出的三个梦境,她们拢共看了七十七人的梦境。

从这些梦境中东拼西凑,才算是将那夜发生的事给捋出了个大概。

楚楚仙子沉默了许久，口中才恍然道了一句：

"原来竟是藏在了此处……"

那日的刘氏大宅，笼灯是明亮的暖黄色，廊梁之上十步一挂亮如白昼，廊下却尸横满地鲜血汩汩。

起初，动乱的持刀家丁仅砍杀了数人以威慑局面，大多数兰苑的仆从均被围在庭院内，由专人看守。

那幢小楼外，烛火忽明忽暗，一男子站在门前台阶上，与阶下的人在激烈争吵着什么。

虽是一晃而过的画面，杜芃芃还是认出了阶下持刀的人便是刘昱。

而小楼内丝烛未燃，借着昏暗的月色及照映进来的火光，身穿洁白绸缎里衣的夫人匆忙将年幼的刘楚君从小隔间的矮窗递了出去，同时压着略颤抖的声色交代："君儿，去奶娘的屋子抱上妹妹，跑去东墙，前些日子你是不是在那里发现了个狗洞？"

幼年刘楚君一双大眼泪汪汪地点点头，却不敢哭出声来。

那夫人忍着泪继续道："君儿不要哭，你带着妹妹从那个洞里爬出去，找地方躲起来，阿娘一定……一定会来找你们的……"

后来，血溅满了小楼内外，刘楚君小小的身子抱着不到两岁的女婴在廊下跑过，周遭乱哄哄一片，女婴却依旧睡得安详。

七岁孩子的身体没有多大的力量，只能用尽力气两手将妹妹勒在身前。她大抵是知道，怀抱她的是熟悉的兄长，无论如何颠簸，也未哭闹过一声。

只是两个孩子如何能躲过满院搜寻的家丁，他们被逼着往北边跑，跑至北门的湖边，那壮如黄牛的提刀男子一把将刘楚君怀里的婴孩夺过，随后抬脚将其踹入深不见底的湖中。

喧闹杂乱的哭喊声中骤然响起女婴清脆的哇哇声，湖面溅起的巨大涟漪一圈一圈将刘楚君卷至湖心，随着他越来越无力的挣扎，湖面荡开的涟漪越来越大、越来越久，直至湖面重新趋于平静。

他的身体慢慢僵直，朝湖底坠去。

在失去意识的前一刻，他听见有道婴儿的声音环绕在耳边，不是妹妹的，那声音虽如婴孩，却诡异至极，一遍一遍地在他耳边环绕："杀了他们，杀了他们……"

在光线昏暗的浣翠湖边，来来往往奔走而过的人们并未发现平静的湖面缓缓升起一具躺平的男童身体，他周身绕满黑气，双眼紧闭。

本是清澈的湖水也变得混浊，源源不断从湖底深处浮起黑紫浓雾。

"他们杀了你阿爹阿娘，"那稚嫩却诡异的声音一直绕在他耳边，"你阿娘永远都不会来找你了……

"你睁开眼看看，看看这些嗜血的魔鬼如何挥刀杀人……

"你快看啊，那把沾满鲜血的刀就要挥向你无辜的妹妹了！

"醒过来……醒过来杀了他们……

"只要你杀了他们，一切都将恢复成原样，只要你杀了他们……"

那双紧闭的眼骤然间睁开，尚且清明的双眸，却看见那具小小的身体通身是血地躺在一堆血泊中，一动不动，稚嫩的小脸就如方才安睡了一般，只是那脸上沾满了鲜血。

浓浓的黑气须臾间便蕴满了眼眶，那双曜黑的眸子渐渐失去了亮色，越来越多的紫黑雾气托着那具身体立于湖心上方，犹如地狱之魂临世。

203

"杀了他们……快杀了他们……"

一阵阵尖锐的婴孩叫喊如千斤重石敲打着他,他觉得头疼剧烈,仿佛要炸开一般。终于,他忍耐不住,立在湖心之上的小小身体爆发出一声怒喊。

无数成团的黑雾自湖中向四周迅速散开,撞入提刀人的身体,那人便瞬间双目失神,没了半分人气,撞入手无寸铁的仆从体内,成群的人便如惊弓之鸟四下狂奔,跌撞、踩踏、挥刀、杀人。

遍地鲜血汇成细流,缓缓流入湖中,满湖的雾气更加地躁动难抑,真正的杀戮就此开始。

躁乱中,江舟公子一袭白衣自天幕落下,他双手驱使灵力将整个湖面压制住,随后抽手并两指,引出的灵力如涓涓细流缓缓没入临近失智的孩童眉心。

湖边的芦苇丛中忽然跌坐下一个孩子,他目光惶恐地看向浮于湖面的刘楚君,口中喃喃道:"阿君堂兄是鬼……是不祥的妖魔,他要杀了所有人……要杀了所有人!"说着,他便要起身跑向院中那群失智砍杀的人群中。

江舟闻声看去,心中不忍,便只好分心施诀,化出一阵强风将那孩子拍晕在地。

江舟公子随即咬破手指,引出鲜血并入灵力中,一齐缓缓没入刘楚君眉间,结下血印,再自心口凝聚更强的灵力,如皓月之光一般洒于整片湖面,黑与白相融相交,缠斗许久后,湖面缓缓静了下去。

那双眼失神的孩童也渐渐褪去周身黑气,软绵绵地立在半空。

江舟公子倾身上前,将孩子打横抱起,轻落于湖边,随后拍拍他的脸,将其唤醒，仔细交代道："你从北门出去，门口有匹小马，骑上它往北边一直走，去一座叫稗牢山的地方，找到名叫祈岭仙君的神仙，拜他为师方能护你平安，若是他不肯收你为徒……"

江舟公子顿了顿，掐诀在刘楚君腕间系上一根黑丝，仅闪过一下，那黑丝便消失不见了，他继续道："他若不肯收你，你便将此符线示与他看，可听明白了？"

周身湿透的孩童睁着一双懵懂与惧意的眼，愣愣地点了点头。

见那抹小小身影消失在北门外，江舟公子再次驱出全部灵力，将满院的黑雾归于湖心，随后稍显吃力地将那些邪物压在湖底。

做完这一切，江舟公子从掌心幻出一只周身洁白的蝶，方落下一个"护"字，便被自云边赶来的神讯司六神官给带走了。

满院魔气消尽，他们不知江舟公子做过什么，便给他安了个插手凡人命数的罪名。

那只蝶便是撞在杜芃芃肩头的白兰蝶。

杜芃芃了解了整个过程后，垂头丧气道："我想不明白，为什么江舟公子不坦白说出所有事情，有邪魔在凡间肆虐，我们做神仙的如何就不能插手了？"

"或许他有什么难言之隐吧。"楚楚仙子沉声道，"不过，你知道邪魔九婴吗？"

杜芃芃心下一惊："你说那邪祟是邪魔九婴？"

"是的。先前我去西伏山探查，发现魔界镇压的邪魔九婴少了一个，没想到竟是被江舟公子禁在此处了。"

楚楚仙子缓缓道:"这邪物是数万年前天界同魔界大战上百回合,才同魔尊签下协议镇压的,可九婴少了一个,魔界竟未上报天庭,其心不正。我便将此事禀明了师父,师父去了西伏山后,猜测这邪物恐怕是想借身合体,如若让其合体成功,那仙魔之间必然会掀起一场大战,导致六界动荡。"

联想到前前后后发生过的事,杜芇芇更是一阵心惊,她蹙眉问道:"借身?这邪物选中的身体,不会就是刘楚君吧?"

"很大可能就是了。"楚楚仙子应道。

杜芇芇扶额,她顿时觉得自己执着于让刘楚君供上她的神像是件错事,这可是邪魔九婴,是她一个小小灶王仙能对付得了的?

她顶多能替他揍一顿灾病婆子,将倒霉仙人赶远一些,平时偶尔使个小手段报复一下欺负他们的人。

杜芇芇暗暗想着,也不知现在解除奉神之约还能否来得及?

翌日,刘楚君领着消失了一段时间的梁年年主仆二人踩着斜阳归来,三人坐在院中石桌上,将各自手上的东西凑于一处。

"十七、十八……"梁年年一一清点道,"刘兄,我这里拢共是三十八位掌柜签了约书,阿祁没有你的玉玦,仅说服了七位掌柜签下约书。"

刘楚君粗略看过一遍,由衷地冲两位好友致谢道:"近日辛苦两位了。我伶仃一人许久,能结识你们这般真诚宽厚,至善有义之人,是我刘楚君的福气,无以为报,若还有幸见面,必会报答二位的帮扶之情。"

"刘兄言重了,我们不过是帮你跑腿罢了,多的也帮不了你。"梁年年挠头笑道。

刘楚君将桌面上的文书一页一页整理在手中，整理到最后一页纸张时，从小院外走进来一位头戴斗笠的男子，他从怀中掏出一页纸，递出道："公子，还有一份小西市左家掌柜的约书……"

那页纸就这样静静递了许久，未有人接过。梁年年主仆二人互相递了几波眼色，瞧着情况不对劲便也不敢随意插话。

刘楚君低头看不清眉目间有何情绪，只是手上不停地理着一沓文书。静默良久，他方才淡言道："若那日便出了城，你此时该出现在花蛤村了吧？"

"公子，"春山坚定道，"我不想走，我家在此处，为何要走？我要同公子一起去刘宅。"

刘楚君从鼻腔内叹出一口气，道："也好……"

春山面上一喜，以为自家公子终于同意自己留下。怎料，刘楚君顿了顿，又补充道："如今梁兄二人也可启程回去，小豆花也该回家去看看了，你们四人结伴同行，相互间有个照应。"

眼看春山还要说什么，刘楚君利落打断道："好了，春山，你们能帮我的都已经帮过了，余下的事情，你在也帮不上什么，且还可能有遇险的情况。

"虽说曾经你我为主仆，你理应多照顾我一些，可如今你是你，我是我，咱们是同等的人，就算是尚为主仆，我的命是命，你的命也是命，善良醇厚可以，大义相助也无错，可人始终要将自己的安危列在首位，我不想再有人因我而失去性命了。"

春山一时无话可说。

见此情形，阿祁也抢在自家公子前应道："那就望刘公子多加小心，我同我家公子等你好消息。"

能做的他们都做了，阿祈自然也不愿意自家公子被卷入危险之中。

拗不过刘楚君，几人只好上集市买下两辆马车，当天简单收拾后便沿城中主干径直驶向城外，小豆花以为是去郊游，一路上笑呵呵的，甚是活泼。

瞧着马车缓缓驶上城外的黄土大道，杜芇芇立在一旁悠悠道："啧，就剩你孤家寡人一个了。"

"怎么会呢。"刘楚君肩背微微松弛下来，面上一笑，如辉月般沁目，"我不是还有仙子你吗？"

杜芇芇生怕被美色给诱惑了，赶忙别开目光，心道："我谢谢你啊，就是不知道我能不能也走一走，我这命虽小，但也挺值钱的。"

京都的年关已经热闹了有小半月，这里的人们在年前都有祭拜的习俗，在城外二里地的清月山上，自腊月十五起便日日有集会，人们在三清观里拜三尊，盼着辞旧迎新，来年接好运，财运福运姻缘运，各有所求。

十六那日，刘楚君起了个大早，披着朦胧的晨光在灶前点上三炷清香，随后敲响隔壁房门，轻声问道："仙子醒了吗？"

巧在杜芇芇刚从地宫回来不久，她跨着大步穿门出来，应道："你都敲门了，我不醒也得醒啊，何事？"

这大清早的火气稍微有点盛了。刘楚君收回顿在门前的手，笑容略微收敛几分道："今日三清观有集会，仙子可想去逛逛？"

三清观集会？这凡世人们所求的太多，那杂乱的声音八成就如三千乌鸦般聒噪，天上那三位大帝能不能听见是一码事，能听清才怪了。

虽无多大兴趣，但杜芫芫夜里去地宫溜了一圈，发现自己的大名还是挂在最穷榜单的末位，心情瞬间就不好了，此时去集会上凑个热闹似乎也还不错。

"去呗，"杜芫芫两手一背，往前边走边道，"等我叫上楚楚。"

还没走出院门，楚楚仙子的消息便到了，她说道："我去南吾仙长那儿借个宝贝，你自个去玩吧，改日空了带你去三境天走一趟，听说那里有个貌美仙子新开了个酒楼，风评甚好。"

去的路上，杜芫芫嫌弃某人走路太慢，想地遁吧，又觉得稍微自私了点，于是催啊催，催得某人脚下生风，一时辰的路仅两盏茶工夫便到了，脚下险些冒了火星。

清月山上，半个山头都挤满了人。

杜芫芫虽逛过的集市不少，但也从未见过如此人头攒动的场面，口中连连感叹："啧啧啧，这么多人来祈愿朝拜，一日进账能抵我三年了吧，那观里伫着的能不富裕吗？果然不是我这等底层劳苦小仙所能比拟的。"

刘楚君坐在山腰的石阶上歇气，听她如此说，便笑道："仙子怎知自己有朝一日不会立庙受万人朝拜呢？"

"我可没这能耐。"杜芫芫虽偶尔嘴欠，但历来是知足常乐的，她悠悠道，"我能吃你这口香火就很知足了，我可得盼着你活久一点，吃上这口奉神香也挺不容易的。"

刘楚君笑而不语，一阵凉风袭过，头顶数以万计的红木牌"叮咚"作响。

山腰那棵巨大的老槐树遮天蔽日，已经屹立此处上百年，被人们寄予了许多美好的寓意。

来到此处的人,不论是否进三清观祈福,都会在此求个红木牌,写上祈愿后高高扔起,若是被枝叶挂住,便寓意神灵听见其所求,必定会如其所愿。

是以,相比山头的三清观,倒是此处更为热闹些。

杜芄芄挺好奇这些人都在求些什么,于是捏了丝灵力一跃而上,稳稳坐在一干粗枝上,看着树下的人源源不断往上面扔牌子,她一边避让一边挑着有趣的看。

"这位小公子要买块红牌吗?"似是瞧着刘楚君一直仰头朝老槐树上看,一旁支摊的老大爷沙哑着声问了一句。

刘楚君拉回视线,转头道:"不必了,大爷。"

"今日兮姻神君下凡来听愿,这样的好时机可不是时时有的,"大爷抚着胡须笑道,"小公子满眼的喜爱之意都快藏不住了,若是看中了哪家姑娘,便许个情投意合的愿吧。"

在此处支摊多年,生了一双看遍无数男女隐晦爱意的火眼金睛,这位大爷瞧着很是自信。

刘楚君对上那双看透太多的眼睛,却只是弯唇一笑,道:"让大爷见笑了,只可惜我已有家室。"

话落,他仰头看向槐树上那抹四处窜动的身影。杜芄芄起初是觉得有些祈愿还怪有趣的,便多看了一会儿,后来竟有个小孩站在树下,她心想一个孩子能求什么?

于是,她便定睛看了看他手上那块木牌子,只见上面用歪斜的小字写着:"希望今日逃了学堂来此游玩一事不让阿母知道,求神仙显灵,救救孩子！"

杜芃芃"扑哧"一笑，见那块牌子就要挂上树枝，她反脚一踢，只见那块缀着红布条的小牌子忽然之间转了方向，在树枝间停了停，又直直掉落下去。

瞧着那孩子瞬间苦了脸，杜芃芃拍手道："神仙可不保佑你不挨打啊，回家哭着写课业去吧孩子。"

更有一扭着腰肢的女子，牌上写道："求隔壁二牛早日休妻，娶我入门。"

杜芃芃又一脚给踢了下去，仗义道："破坏人家庭，我第一个不准，不好意思，只能给你踢了。"

诸如此类的不正当愿望，杜芃芃前前后后踢了有数十个。

正坐树上歇口气时，她往下一看竟对上一双黝黑明亮的眼睛，眼尾含笑地看着她。

杜芃芃还以为刘楚君四处逛去了，没想到他竟一直坐在树下。

如此幼稚的事情被他全数看了去，杜芃芃多少有些挂不住脸，于是朝人尴尬一笑，换个方向继续踢去了。

好不容易得来的快乐，可不能让人给影响了。

刘楚君见她跑到另一面去，这才收回视线，转头朝大爷问道："今日可求平安吗？"

见来活了，大爷眯眼一笑道："平安此愿，日日可求。"

刘楚君掏出两块碎银买下一块木牌，提笔在上方工工整整写下"平安"两字，也未提谁人名，独有两字。他扬手一抛，红穗稳稳挂在杜芃芃身后那枝粗干上。

杜芃芃开心够了,便拍拍手一跃而下,她问一直坐在石阶处的刘楚君:"你怎的不上山顶去拜拜?"

刘楚君起身迎去,笑问:"拜什么?"

"拜神仙啊。"

"求神不如求己。"刘楚君领着她往山下走去,"况且拜什么都不如给仙子供只烧鸡来得稳妥,因为你就在我身边呀。"

嗯,有道理。可杜芃芃转念一想,略微不对劲,她问:"那你来这儿干吗?"

"凑个热闹,看看人间烟火气。"

待回到小院,满院狼藉,房门大开,屋内如同被盗匪洗劫过一番,就连院外都仿佛被人掘地三尺,满地黄泥,刘楚君精心养护的绿盆碎了一地,那棵前不久才种下的枣树也被连根拔起。

杜芃芃两眼一瞪,惊讶间又恍然明白了什么。她问:"你不会是知道今日要遭此一事,才出门避灾的吧?"

"那倒是也没有。"刘楚君踮脚绕过一地碎瓦,朝灶房走去,"我想着他们总该会来,但不知是哪天,本打算接下来日日都出去避一避,没想到今日赶巧了。"

闻言,杜芃芃眉头一蹙,跟着他去了灶房。

只见那座青砖搭砌的小灶上方刻意切出两砖的空位,里面置放着杜芃芃的纯金神像。

在凡间流传着一句话,偷盗仙家神像者,永世入畜生道。

但经过杜芃芃一番观察,屋里除了乱,也没丢什么东西,本身来者就不是为财，反而像是在找什么。

刘楚君弯下身子，小心抬出杜芃芃的神像，那神像下方竟压着块破布，他取出后缓缓地揭开，那破布中所包的竟是那日他清点过的文书，一张未少。

"仙子真是我的福运真人。"刘楚君捧着破布夸道。

杜芃芃尴尬一笑，心道但凡你将那东西包认真点，也不至于别人瞧都懒得瞧上一眼。

第十一章
很开心你来我身边

接下来几天，刘楚君领着杜芃芃满城转悠，一日都未归家。美名其曰是为避免让仙子遭到凡夫俗子的叨扰，实际上他自个儿玩得最是开心。

投壶、捶丸、射箭，他挨个玩，杜芃芃心痒想试试，却奈何自己这魂身根本幻不出人形，总不能叫周遭的百姓看着那壶自己在投，箭自己射出去了？

也就只有听戏文话本时她能听上一听，包船游湖时她能欣赏一下美景。

夜里静谧，游船上相互间距离也小，为了不叫船夫听见自己自言自语，刘楚君自己坐上船头摇桨。

杜芃芃坐在后面，手中端着酒杯小酌道："还得是人间繁华锦烂呀，软红香土迷人眼。"

"天上没有这般热闹吗？"刘楚君回头问道。

"有是有，甚至比这还热闹……"

不说天上各宫时不时搞个小宴，那繁华程度也不差，若是碰上什么坐镇一方的神君遇上喜事，那流水宴能摆上十天半月不歇，吃的用的摆放的，无一不是精挑细选的好宝贝。

杜芃芃晃晃手中杯盏，继续道："只是大家都端着，生怕做出什么不合乎身份的举动，沦为天界笑柄……"

她可不就是那个活生生的例子，一不小心没端住，成了个穷嗖嗖的大笑柄。

刘楚君摇着船桨，小船从城中河道缓缓划过，他接话道："我倒是觉得旁人笑话不重要，自己开心恣意就好，只是你们做神仙的，日日月月年年如此，可会觉得孤独？"

"孤独啊,怎么能不孤独呢?"杜芃芃将酒一饮而尽,后半句"有钱就不孤独"还没出口,便被打断了。

盈盈水波反射着周遭楼亭散出的光,如满天星火般映入刘楚君的双眸,他停下手中船桨,回头看着她道:"若在万万年孤寂岁月里,能有个人陪在身边,倒也时时都算好日子了。"

杜芃芃瞅着他,心道这小子说什么呢?

清酒一杯杯下肚,花生粒也吃尽了。醉意上头时,杜芃芃俯身趴在船边,又想起榜单那糟心事,口中一遍遍重复道:"笑柄,我就是那个天界笑柄……"

深夜的石板街道上,偶有还未睡的流浪大汉三三两两聚在一堆闲聊,其中若有一人看见一男子弓腰走过,两手还放于身后,做出背人的姿势,都会如同看笑话一般看着那人,再顺便拍拍身旁大汉,一起在昏暗月色下嘲笑取乐。

而某仙子却不知道,曾在一个醉酒的深夜,她竟将某人变成了全京都流浪圈中的笑话。

腊月二十二,距离除夕夜不过八天,刘家幼子刘子行那场早便订好的婚事盛大举行。

楚楚仙子也从南吾仙长那儿归来,并成功借到一麻袋的净魔草,打算悄悄种在刘家那片湖的周围,经年累月地榨干那些个妖魔鬼怪。

"这也能行?"杜芃芃质疑。

"能啊。"楚楚仙子十分自信道,"只要给我机会种上草,拿捏它那就是小菜一碟。"

见杜芃芃依旧满脸质疑，楚楚仙子这才哈哈笑道："大仙别急，我师父说了，这只是九婴中的一个，没有那么可怕，另外他在西伏山牵制着剩下那八个，是不会让他们有机会合体的，怕就怕它四处侵袭人的心智，毕竟这年头，谁还没有点爱恨情仇了，是吧？"

"是……吧。"杜芃芃缓缓应道。

如今她也没有别的法子，有祈岭仙君和楚楚仙子相助，已经是天大的福气了，整件事中反而是她没能力帮上什么忙。

晚宴时分，宾客至。刘楚君领着两位仙子往刘宅大门口一站，周遭人来人往，独他一人有些招人眼。

瞧着朝刘楚君走来的老管家，杜芃芃有些心虚道："你要不走个后门，溜进去？"

"无妨。"刘楚君低声道，"今夜我对付人，你们对付鬼，完事后就在此地集合。"

话音刚一落，那老管家走近道："这位公子可有婚帖？"

甫一问完，那双老眼往下一动，看见来人腰间所挂之物，忽地眸中一惊，随后缓缓拱手，躬身退开。

刘楚君抬脚往大门内走去。

杜芃芃挽着楚楚仙子的手跟在后头，只是刚跨过一只脚，她便觉得不对劲，于是看向好友，道："我们为什么要走门？"

"对哦。"楚楚仙子也恍然道，"走门不符合咱们仙女的气质。"

随后，两位仙子双双收回脚，移步到旁边，穿墙而过。

刘楚君一袭墨色长衫在刘宅的长廊里闲逛了一会儿。院中是挤攘不开的宾客,偶有几个路过的小女娘会忍不住偷偷看他两眼,遇见年长些的家丁,瞧见他腰间的玉玦,无一不惊讶着速速离去。

约莫盏茶的工夫,便有一队仆从过来将他拦住,为首的那位朝他拱手道:"这位公子,我们老爷请您后院一见。"

一切都在意料之中,刘楚君在仆从的指引下走进那幢竖满灵位的小楼。

杜芮芮却注意到之前湖边狂吠的那些黑犬今日竟毫无踪影,她拉住身侧好友,问道:"那些畜生呢?"

楚楚仙子摇摇头表示不知。

两位仙子继续往湖边探去,片刻后,杜芮芮看着那片及膝的芦苇丛,惊得双眼一瞪,直呼变态。

上百只黑犬的尸体垒摞其中,大多已经死绝,四肢僵硬,如弃物一般堆积在草丛中。

此时她们已经顾不上其他了,楚楚仙子拍拍好友以示安慰,随后便在小楼旁的湖边手脚麻利地种草。杜芮芮则稳稳心神,一边帮着种草,一边留意小楼那边的动静。

小楼里依旧仅有灵牌前的烛火散发出极其微弱的火光。走至今日,刘楚君望向那纵列整齐的牌位,倒也还算镇静。

他缓缓走上前,看着黑椅上窝坐的背影,冷声问道:"这满屋的灵位,烛火长夜不熄,三叔可有觉得心安了几分?"

闻声,那佝偻的背稍微挺直了些,那方声音沙哑,不答反问道:"说说吧,你想如何杀我?"

"你怎知我一定要你的命?"刘楚君淡淡道,"我想人活到三叔这一步，恐怕是活着比死了还难受，对吗？"

烛火阴娆，那方静默不语。

刘楚君往前一步，继续道："百余条人命，那些痛苦的嘶吼与黏稠的鲜血，亲人狰狞的面孔，一字一句的质问与不解，日日夜夜出现在梦里，扰得人永生不得安宁，这不比死更让人煎熬吗？"

宽阔的大堂内静谧了良久，黑椅上的老人才缓缓出口，声音低沉嘶哑，犹如无力的游魂："你苦心编撰故事，将家主玉玦示于众人眼下，联手数十家寄运商铺叛变刘家，就只是为了让我愧疚？"

"是。"刘楚君笃定道。

他将阿娘塞进他怀里的玉玦小心藏了十余载，便是为了有这一天。他将玉玦一笔一笔画于纸上，同那话本一起送到刘昱手里，就是为了让他日日想起故人亡魂，长夜难安。

刘昱控制着黑椅转身，一双混浊的眼牢牢盯住那道身影道："刘氏百年的基业，无数城池上千家货铺，没了那数十家，有何影响？"

"你不是派人去搜了吗？"

刘楚君掏出早就准备好的文书，举在手中道："官府成立京河押运司，就算如今仅有一户货铺与之合作，久而久之，官运更加安全保守，且要价低廉，你又如何保证，你刘家那几千家货铺不会弃你而去？"

大堂再一次陷入静谧之中。

良久，刘昱才缓声道："我只想问你一句，刘氏祖辈三代的大好基业，无数先辈南北奔走，呕心沥血才创下的基业，你真的要将其毁于一旦？"

"寄运行长久以来混乱不堪，一层一层拿完利便不做事的中黑户，压榨完货铺还要转而压榨平民百姓，官府插手管控是大势所趋，与我何干？"刘楚君厉声答道。

刘昱忽地低吟狂笑数声，随后又倏地停住，抬眼道："那你来找我做什么？"

"我要替那些无故死去的亡魂问你一句，你为何能狠心将刀砍在他们身上？"刘楚君控制着情绪，咬字清晰道，"我要让你睁眼看清楚，你罔顾手足之情、背离人道、费尽心思拿这日夜煎熬换来的家业，是多么的虚无缥缈，时间可以拿走，大势也能拖垮，我要让你有生之年，看着自己什么都未得到的模样，永远陷在愧意中。"

"我原是不想杀的……"那双眼睛忽然软了下去，刘昱低头看向自己的双手，满头的银丝沧桑至极，"可是有无数声音在敲打我的头，那可怖的声音一直……一直在叫我杀，杀了他们，杀了所有人……我很痛苦，我害怕，无数双血淋淋的手总是要来将我拖下地狱……可是……"

他忽然顿住，低下的眼倏地抬起，眼眶泛着血色，艰难地吐出几个字："可是……引起杀戮的魔，不是你招来的吗？"

曾经长达十年的时间，刘楚君细想过发生的这诸多事情，也一度怀疑过是自己这不祥之身才为亲人招来祸灾，甚至认为所有人都是因他而死。

可如今他想明白了，他看着那个眼眶刹血的老人，回道："你若是敬护兄长，不生这谋夺之心思，魔又如何会缠上你？难道不是你先动了杀念，祸乱宅院，才引来魔戮的吗？如今你夜夜难安，难抵愧意，竟想着让别人来背你这孽债……"

"愧？"刘昱再次低头，将双眸埋进一头银丝中，他看着自己的手，以极其诡异的姿势扭动着颈部，语气逐渐癫狂道，"不过是杀人而已，何为愧？"

四周紧闭的大堂内忽地卷起一阵冷风，摇曳昏暗的烛火下，灵位前摆放的话本倏地被吹开，纸页"哗啦"作响。

"你故事倒编撰得好，百灵还魂，嗜血偿命，"黑椅之上的断腿老人竟缓缓地站了起来，他佝偻着身子，森然的双眼黑气缭绕，"我倒要看看……"

他反手一挥，铺天盖地的黑雾卷着狂风，将高立的灵牌全数扫翻在地，癫狂道："一群死人，如何来叫我偿命？"

刘楚君脚下不受控制般往后退去，他定定地看着那方，低声喃道："来了……"

小楼这边静谧得异常，但湖边种下的净魔草却隐隐闪起了光亮，湖面也若有似无地腾起雾气来。

杜芃芃心道一声"不好"，离她不远的楚楚仙子立马停手道："他现身了，大仙，你快过去看看！"

杜芃芃迅速捏诀闪到门前，却刚好与倒退出来的刘楚君撞在一起。

灵堂内一片狼藉，看着慢慢逼近的魔化的刘昱，她将刘楚君往身后一拉，道："快走。"

驱出两个灵囊立于身前，杜芃芃一手起势，一手驱使灵力，心中默念术法口诀后，周遭顿时灵光骤现，轻盈缥缈的灵力闪着暖黄光芒，如流泉般涌入大堂同那些凭空涌出的黑紫雾气缠斗于一处。

随着小楼那边动静骤起，湖面上的黑雾也逐渐腾出。

楚楚仙子一边留意那边的动静，一边迅速将麻袋中的净魔草全数种下。瞧着四周微微闪动的灵草开始逐渐压制湖面的魔气，她终于腾出手从袖袋中掏出一颗金色的鸟蛋，往空中一抛，同时口中念道："三灵子，现！"

话音落，那颗鸟蛋自空中破开，三道金光闪向湖面周边，随即出现三个身着金衣，眉心敝着红印的灵童。

他们各执一边，自掌心拉出一张金色巨网，缓缓盖于湖面，将那些欲进出的黑雾牢牢压在网下。

见状，楚楚仙子再从袖中一掏，这回掏出一颗蓝色的鸟蛋，但师父好像没告诉过她这个怎么用。正想着这颗蛋主治何物时，忽然蛋在掌心自己裂开了，随后一柱蓝光冲天而上，缓缓向小院的上空散开。

"这宝贝好，自我能动性非常强啊。"

楚楚仙子说着便将手抬高，顺带还驱出些灵力来助头顶的结界快速形成，以防那邪物冲出此院，伤了更多人。

小楼那边，随着灵囊渐瘪，杜芃芃开始有些应付不住刘昱身上源源不断涌出的魔气。

就在她要重新驱出新的灵囊时，刘昱趁机挥掌，一团黑雾如脱弓弦箭直冲她心口，随即整个魂身被击飞半尺远，重重摔在院中。

一口老血自口中喷出，杜芃芃捂着心口咬牙道："这老家伙还真是不好对付。"

她再次驱出两个灵力充沛的灵囊，但重新起势的过程肯定得再挨他一招，正想着咬牙忍一忍，忽地眼前闪过一道人影，刘昱的下一招便正正打在那人影的背上。

杜芃芃只感觉他的胸口重重压在自己身上，随后耳边清晰地听到他喉间翻涌，一口鲜血吐在了身后的草丛之上。

"你来添什么乱？"杜芃芃心下一急，脱口道，"不是你说的你对付人，我们对付他吗？"

刘楚君撑肘翻开身子，擦了擦嘴边血迹道："总叫你护着我，于心不忍。"

"走开，别再过来了。"

杜芃芃话虽说得硬，但瞧刘楚君那副嘴角呷血的模样，心里竟莫名一揪，眸中还是藏进了几丝担忧。

她驱出灵力反手一挥，便将身旁的人送至远处的芦苇丛中，随后起势再次同那周身魔气越来越浓郁的老头缠斗在一处。

楚楚仙子注意到这边的动静，但她结着结界无法分身，只能焦急地等待上方的蓝光将最后一处缺口给填满。随后，她瞬间收势，飞身赶去援助杜芃芃。

有楚楚仙子相助，杜芃芃处于下风的局势逐渐扭转过来。

站在远处的刘楚君擦去嘴角的血迹，他眼睛牢牢盯着小楼的方向，不自觉便蹙紧了眉目。

紧张的局面中，谁都没有注意到一抹小小的身影从北门偷偷溜进了院中，穿过长长的回廊，她瞧见小楼的方向光线四溢，便沿着湖边一直走去。

直到她看到那抹熟悉的背影，口中一句"楚君哥哥"还未喊出声，她便瞧见一身红衣的男子双手握着短剑朝那抹背影袭去。

"刘楚君，我杀了你！"

那人的怒喊声将刘楚君的视线拉了回来，电光石火之间，他根本来不及躲闪，只是寻声回头，入眼的便是挡在他身前的小小身体，以及一袭大红婚服的刘子行双手握剑，深深捅在小豆花腹中的模样。

刘子行握着剑柄用力往回一抽，脚下虚晃，不自觉步步后退。

他看着满手的血，颤抖着哭声道："刘楚君，你到底对我阿爹使了什么妖法将他变成这般模样……"

汩汩鲜血染红了小豆花腰腹的裙衣，她缓缓倒地，小手却用力抬着，想要刘楚君拉着她，好像她只要拉住他，他们就能离开这个可怕的地方。

刘楚君想过自己今夜可能会命丧此地，他也做好了就此死去的一切准备，可他唯独没有想到，此时应该在花蛤村，在父兄的聒噪声中痴痴傻笑的女孩，为何会出现在他身后，为何是以这样的方式，出现在他身后……

但大家似乎都忘了，小豆花从来都不傻。

她只是生来便缺了一魂，她不精于计算，不擅长人情世故，容易专注且一根筋地认死理，如同认定刘楚君后，便毫无心眼地跟在他身边。

去花蛤村的路程还没走完一半，她便觉得不对，于是如同倔牛一般非要回京都找刘楚君，春山拗不过她，便只好让梁年年等人先走，自己护送小夫人回来。

待回到小院后，瞧见满院子狼藉，让本就不开心的小豆花更加焦躁不安，她避开春山偷跑上街，满城游走后，似是寻着了杜芇芇的气息，便独自溜进了刘宅，出现在她心心念念的楚君哥哥身后。

刘楚君跪地将小豆花扶在怀中，慌乱间扯下袍襟用力按在她伤口处。

他仿佛忘了如何说话，仅是双手紧紧捂着那汩汩往外溢的鲜血。

见误伤了旁人，刘子行握剑的双手微微颤抖起来。

他想转身跑,却迈不开步子,只好硬着头皮一咬牙,握着剑再次袭向刘楚君,并在口中一直重复喊道:"杀了你,我要杀了你这个妖魔……"

刘楚君嘴角还挂着血迹,他红着眼猛地抬头,那满目的怒意倒震得刘子行脚下一软,突然顿在了原地。

只是不等在场之人再有所反应,自小楼方向飞速袭来的黑雾便将刘子行重重打倒在地。

已经完全被魔婴占据了身体的刘昱在对付杜芃芃她们的空当,飞身悬于半空,他抽手将刘子行勒住脖颈高高悬起,口中凶恶道:"本尊看中的身体,还轮不到你来杀。"

随后,他一挥手,刘子行手中的短剑脱手飞出,径直插向了自己的心口。

短剑穿心而过,刘子行似乎也不相信,自己竟是死于亲爹的手,于是双目瞪圆,狠狠砸在地上,死不瞑目。

靠在刘楚君怀中的小豆花身子渐软,她用力睁着眼睛,看着他道:"楚君哥哥,我们回家,小豆花想吃……想吃甜枣……"

她看见小院中被连根拔起的枣树,明白在京都永远也吃不上甜甜的蜜枣了。

可是花蛤村的果园里还有一棵长了六年的大枣树,年年结果,她的楚君哥哥都会做枣干蜜饯,储存在土罐中,慢慢吃上一整年……

小豆花慢慢靠向刘楚君的胸口,揪住他衣衫的手也缓缓松开。

若是不细看,若是忽略那些浸透了衣衫的鲜血,她就像寻常睡着了一般,翌日辰时的第三道鸡鸣声起,她就会起床满院子蹦跶。

手中紧紧抓住那片湿透的袍襟,刘楚君环顾周身,着红衣的刘子行胸口溢满了血，芦苇丛中上百只的黑犬尸体堆积成小山，怀中的小豆花闭了眼，腰腹依旧在往外流血。

刘楚君红着眼看见自己手上、衣衫全是血，身边也都是鲜红的血……

他想起儿时生活在这个院子里，他总是染病，如同着了魔一般，每次一病都是卧榻不起，昏睡数日后又神奇地自愈。起初他病过两回，奶母为给他取老家偏方，在回去的路上被山匪乱马踏死。

后来他长大了些，约莫一年病上一回，他便觉得自己好了，闹着要去山中猎兔，后来，陪他进山的三名家丁皆被黑熊咬死。

再后来，阿爹、阿娘、幼妹、庆来、小豆花，还有那近百名无辜枉死的院中奴仆……

刘楚君红着眼，略微无助地捂住脑袋。他忘了他方才是如何掷地有声地反驳刘昱，他再一次陷入了自己不祥之身的惶惶愧意中。

随着他渐渐临近失智边缘，湖中被金网压制的浓雾越发地活跃，而小楼那边同杜芃芃她们缠斗的老头也越打越强。

杜芃芃身上的灵囊渐少，楚楚仙子也渐显吃力，她没想到封住湖面的魔气，这老家伙竟然还有如此强的战斗力。

楚楚仙子随即注意到那边刘楚君身体的变化，心中顿感不妙，只好朝杜芃芃喊道："我先顶着，你去看看刘楚君那边发生了什么，万不能让他被魔婴给侵了意识，否则就算是我师父也阻止不了九婴合体。"

杜芃芃心中莫名慌乱，她找机会脱开身，须臾间便遁到刘楚君身后，看见血泊中的小豆花，她急忙上前查看。

小豆花鼻翼下已没了气息，而跪坐于一旁的刘楚君周身魔气缠绕，额间红印忽明忽暗，仿佛即将被撕裂，有什么东西要冲破印记一般。

杜芃芃唤了数声他的名字，跪坐在地的人却抱着头，无丝毫反应。

"刘楚君，这些都不是你的错，也并不是因你而起的，"杜芃芃朝他喊道，"是那个老头他多半想占了你这副身子祸害人呢，你千万要坚持住，听见没有？"

她上前想将人扶起来，哪想手还未碰到刘楚君的肩头，那黑雾便迅速凝成无数细丝朝她袭来，如敏捷的蛇头一般将她逼开数步之远。

瞧着那双眼睛在短时间内萦绕上曜黑的紫雾，周身的魔气由内向外迸发得愈加浓郁。杜芃芃当下无计可施，想起从前逛小市时见到有手艺人竟将仙器打造成一条巨型鱼干的模样，那时觉得很是新奇便花钱买下了，平时除了偶尔拿出来把玩，也没真正用过，此时她忽然想起那条大咸鱼干敲起人来应当会甚是顺手。

于是，她赶忙从囊袋里一掏，两手将鱼干高举过头顶，随后朝刘楚君后颈猛力一敲，成功在其黑化前将他当场拍晕。

再转眼看向小楼那方，楚楚仙子近乎是节节败退，驱出的灵力也多数被黑雾缠绕住。

杜芃芃见状抽身上前助她。楚楚仙子却将她推开，口中吃力道："大仙，我们好像弄错了……"

楚楚仙子自半空中扭头看向身后湖面，那些黑雾不知从何时开始便不温不火地在金网下试探，反倒是刘楚君的身体就算晕了过去，也仍旧在源源不断迸出魔气，为那老头助力。

"这邪物的魔灵不在湖中，而是在刘楚君的身体里。"楚楚仙子双手驱使出更强大的灵力来应付着老头，同时朝杜芃芃说道，"你立刻将他带离此地,去找南吾仙长,看他可有办法破魔界此局。"

闻言,杜芮芮心中虽担忧好友,但根本没时间让她犹豫。她转身落地,抓起刘楚君一只手便将其扛起欲要逃出那圈水蓝色的结界。

似乎觉得胜券在握,那老头竟发出一阵阵诡异的"咯咯"声,他将楚楚仙子击退半尺后,瞬间冲向杜芮芮,浓黑的魔气又强又准地袭向她的后背。

杜芮芮扛着刘楚君扑倒在地,胸口一股暖流自下而上涌出,她捂着胸口"噗"地吐出一大口鲜血。

那鲜血艳红温热,与往常不同,她吃痛间用两指探了探心口,小豆花走了,她的灵丹回体,魂魄全数归位,此时她的身体,是真正的仙体。

她连忙起身,欲要出招再战,却被楚楚仙子抢先一步缠上那老头。楚楚仙子冲她喊道:"快走,速将刘楚君带离此处……"

杜芮芮一咬牙,转身扛上刘楚君便要走。

只是那发狂的魔婴又如何会让她们如愿带走那具身体,那瘆人的咯咯声越来越刺耳,随着那震耳的婴孩笑声,刘昱铆足劲朝楚楚仙子心口一击,强大的魔气打得她脚下虚浮。

前些日子楚楚仙子独自前往涂灵险境,方入境不过一炷香时间,便被神讯司的神官给绑去受了三日火雷刑,仙灵本就受损,此时更是抵抗不过片刻,便被强大的魔气破开身前屏障,自心间重重一击,如同枯叶般坠落在地。

还未跑出结界的杜芮芮还来不及回看一眼,身侧的刘楚君便被一团巨大黑雾给卷走,托在了半空。

杜芮芮看向身后的楚楚仙子,她的心口被魔气重袭,体内灵丹正在慢慢消失。

"楚楚！"杜芇芇返身折回，托起好友便朝她心间输送灵气，"你等着，你等着，我这就请祈岭仙君来救你……"

楚楚仙子抓住她输送灵力的手，摇头缓气道："你老姐姐我这回认栽了……"

杜芇芇不许她说话，抽手继续不断给她送入灵力，可很是奇怪，楚楚仙子的身体竟然在排斥她的灵力。

杜芇芇不信邪，一遍又一遍尝试，直到心口发热，一口鲜血自喉咙涌出，顺着脖颈流下，染红了胸前的衣衫，也染红了江舟公子留下的那颗通体纯白的蛋……

只见那颗蛋透着莹莹白光从杜芇芇的衣衫中滑出，随后银光乍现，薄如蝉翼的蛋壳破裂开来，其中一缕白烟缓缓自杜芇芇额间没入。

另有一尾周身透白的大尾巴鱼跃于她胸前佩戴的长尾红穗前，小心试探着。

被掠走的记忆如洪流般涌入脑海，原来千年前，杜芇芇是六界万年难出一朵的仙菇，在三笼林历经上千年风霜后，修出了灵识，而楚楚仙子便是承托她的那块朽木。

彼时，江舟公子刚刚升任地宫宫主，作为江源氏的后人，他除了统领众灶王仙一职，还背负着守护上古燮族神脉的使命。

而燮族一脉在历经数十万年的光阴洗礼后，如今六界独余下蓝槛这么一个孤苗。

于是在两万年前，因他族中神姊蜕神失败，天界便更加小心呵护这支独苗，天帝甚至亲下口谕，要众仙神尊称其一声蓝槛父神。

燮族神脉就像是这天地留给世间生灵的馈赠，他们初次现世就已是神体，且拥有世间最纯净的生灵，无须修炼纳气，他们的身体本身就是一个取之不尽用之不竭的灵源之地。

可天地给了他们一副优越的身体，却也留下许多弊端。

蓝槛自降世以来便独自幽居九境天岭整整九万年，只因他自身灵力过于强大摄人，凡是修为稍微不到位的仙家靠近他，便会被其无意间摄走自身灵力，严重时，被摄灵的仙家大概率会原地殒命。

是以，天界向来流传着一句话，父神所经之路，生灵万物避让。

他们是凌驾于所有仙神之上的纯净生灵，同时也是一道枷锁牢牢禁锢着他们自己。

他们心中不能徒生任何杂念，只能如神祇一般受众仙神敬仰，在天地需要他的时候，奉献出自己强大的灵力，度化万物。

若想得到体验世间七情六欲的机会，便只能在不知何时降临的再生劫中完成蜕神之变，拥有对自身灵力收放自如的能力后，才能走向万物。

而蓝槛却在完成蜕神之前动了杂念，这才让从西伏山逃出的魔婴有了可乘之机，侵了生灵。

尝到天界神脉那纯净生灵的甜头后，邪魔九婴便生出夺取父神灵体的心思。

在天界，生灵受侵的仙神若不能成功化去魔障，便会被绞入噬灵轮，千千万万年永无天日，不说修仙成神，就连入魔道苟且的可能都没有了。

可偏偏蓝槛父神无尽的灵力可度万物，唯独度不了自己。

于是身为江源氏后人的江舟公子便打算云游六界，寻找净魔之物。

"江舟，你孤身下界，无人助你，我总觉得不安，不若便将此事向天庭司禀明，好叫他们相助于你。"

身前白雾蒙蒙的一层屏障，犹如厚厚蚕茧将包裹其中的幼蚕护在至纯至净之地。

江舟将目光尽力落向发声之处，冷静应道："神脉生灵受魔物侵扰，且不说旁的仙家能否帮得上忙，若是此事在六界走漏风声，处置但凡有偏差都极有可能引起动荡。何况守护神脉本就属于我族分内之事，再有……在我这里您的声誉更需保全。"

话音方落，屏障之内便响起"扑哧"一声清灵的笑声，一时间反倒显得江舟紧蹙的眉目刻板严肃了。

那方好一会儿才悠缓道："你父亲从前在我身边当值时，从不像你这般处事板正，江舟，我的声誉一点儿都不重要的。"

缓了缓，他边想边慢慢道："本就是我先动了贪念，想尝一口戏文里描绘的薄皮汤包，有一阵子想得我夜里入梦都是汤包，明明在梦里咬了一口，我却不知道那到底是什么味道；我还想看看九境天岭外的风景，想看看除此处之外的世间风光，想与万物同存，更想体会何为情欲……"

众生将他捧于高位，他便只能站在高处，源源不竭地被汲取灵力，如若有一日众生发现不能再从他身上得到好处，反而还会遭受侵害，到时，能将他摔下神坛的人物也不在少数吧。

江舟心中默默想着，并不敢说出那些不好的猜想，周遭一时陷入静默。

良久，见江舟不应话，那方又轻声道："终归是我将这些贪念生在了再生劫降临前，本就有错在先，又何惧指责呢。"

顿了顿，见江舟还是不应话，他只好自己幽幽缓口气，交代道："去吧，若遇难事，以六界为重，不必顾虑我。"

至今为止，整个天界有所记载的书籍中，能净魔的唯有南吾山独生的净魔草，可这东西净化过程尤其缓慢，大多数用于被魔气沾染过的物品或地盘的净化，这草自然被江舟排除在外，直到在三笼林遇见那朵顶着巨大菇头的仙菇。

妖魔之气盛行的三笼林，竟长了一朵修出灵识的小蘑菇，且不说蘑菇成精都不宜，更别提在险象环生的妖魔之地修出灵识。

江舟公子当下便发现，那朵小蘑菇不仅能同妖魔之气同生，还能将周遭妖气、魔气吸收炼化，归化为能滋养自身的灵气。

于是，他便将她摘去九境天岭，准备好好将她养成，希望她能在蓝榲父神渡再生劫时起到作用。

后来，小蘑菇在百谷灵泉初见父神蓝榲，只一眼便看呆了神。

从前生灵万物避让的蓝榲第一次如此近地被观察，也是第一次如此近地观察谁。

他惊讶地发现那朵小仙菇竟能靠近自己，且不被自己所伤害，于是他九万年来第一次尝试伸手，第一次碰到了除自己以外的活物。

那菇头软软滑滑的触感让他很是喜欢，于是，他渡给小蘑菇源源不断的灵力，将其小心养在一朵花苞中，日日看守，日日盼着她睁开眼睛。

不过月余，她便修出了身形，变成一个小小的仙子。

后来，在湿滑的孤栈上再次相遇，他跟她说："我很开心你能到我身边来。"

在她苦恼于为自己取名号，捧着天书咬着笔头朝他请教时，他说"我行其野，芃芃其麦"，唤她一句芃芃仙子，希望她茂盛生长，永远愉悦于世间。

他是她化形后见到的第一个仙者，他一袭蓝衣纯粹，眸光柔亮，温言谈吐，好似亲近他是件自然而然的事。

后来，她也时有机会去外头散逛，接触过其他仙家，便更觉得眼前这位的品性实在可贵。

她忍不住时会夸他："蓝楹仙君，你真好看。"

"嗯……"他挑拣着来年准备酿酒的梅子，轻缓应道，"你们寻常说的好看，具体是指什么好呢？"

"人好，心好，生得……"她挑出一颗光滑圆溜的梅子把玩道，"也好，如这梅子一般，有长得周正，连核都白嫩得能掐出水来的，也有面上瞧着好，内里却腐得污糟不堪的。"

他好似从话里听出了另外的意思，于是便停下手里的动作，认真问道："是外面的小仙君们不好相处吗？"

"也不是不好相处……"

杜芃芃从袖中布袋掏出一捧榛子和小榔锤，垫着一旁的石块就开始敲打，剥出细白的核肉后，她顺手往旁边递过去。

蓝楹摇头示意不要，随后便接过榔锤替她敲起榛子来。

杜芃芃将果肉收回往嘴里一扔，手上剥着裂开的榛子，嘴里继续絮叨道："大家都和和气气的，就算听闻我是个无名散仙，相处时也礼数周到，但我总觉得疏离得很，后来我才明白，原来是大家心里装的东西又多又杂，为了维持那份仙家体面，干脆就不再与谁去交心了。"

233

"或许众生本就生性复杂,与谁往来都有缘法相制,你也不必急于一时。"

"缘法相制?"杜芃芃瞧着他笑道,"这么说来,你我相识也是缘分到了?"

蓝榅细长的指尖捏住小小一颗榛子,榔锤"啪嗒"一敲,坚硬的榛子壳便碎成了小块,他将裂开的榛子放在杜芃芃手心,笑回:"是呀,芃芃仙子。"

再后来,江舟偶尔会带她去凡间游历,不论是晴天还是下雨,她怀中始终抱着那把湛蓝油纸伞。

她在凡间吃过许多地方的美食,却唯独喜爱南方沿海小市里一位老师傅熏烤的鱼干,椒香酥脆,她磨了老师傅许久才得到秘制配方。

回到九境天岭,她好不容易一番折腾才将火生起,却转头就将念了一路的配方给忘了。

蓝榅挽起袖口捧着柴火,笑吟吟道:"首先是食材的选取,要保证鱼干入口的软硬口感,就得静心挑选半个指头大小的鱼儿,用香砂、良姜、白芷……共十三料腌制一日,香柳枝熏烤三日,再晾晒月余,如此便能存放许久不腐,想吃时随时可取之食用。"

"咦,这你都知道?"杜芃芃面色一喜。

蓝榅笑回:"我虽困在伞中,不可见不可说,但我是能听的呀,你念了一路,我自是会替你记住的。"

"蓝榅仙君,你是真能处啊。"杜芃芃赶忙将火烧旺,开心道,"今日这熏鱼干若成了,有我一半就有你的一半。"

倒腾了许久，看着熏烤出来的鲜香鱼干，杜芇芇等不及晾晒便动手吃起来，她顺手捧出一些递给蓝楹，道："你快尝尝。"

对方犹豫片刻才从她手里取走一条，缓缓送入口中细嚼了许久。杜芇芇瞧着他，两眼满是期待地询问："味道如何？"

见他面露难色，眼中迸出的情绪不解中又夹着些许失望，杜芇芇连忙追问道："不好吃吗？"

蓝楹摇摇头，眉间一皱，回道："没味。"

"怎么会呢……"杜芇芇说着便又吃了两口，那香味直冲脑门，怎么可能会没味道。

瞧她一脸不解，蓝楹轻遮面部将鱼干吐出，解释道："我向来是尝不出食物味道的，这小鱼干你熏烤了许久，倒让我浪费了。"

也就是那时起，杜芇芇才认真审视了一番眼前这位蓝楹仙君。

被困在九境天岭也就算了，还无人能近他的身，这便导致他只要一出现，这里的生灵全都避让得远远的，平日里不仅没个说话解闷的，就连吃东西都品不出香味。

有一次凑巧听香樟树仙人说，蓝楹已经好几万岁了，那他岂不是几万年来都是这般寡淡度日，这说话解闷事小，听听戏文小曲也爽快，但吃东西这方面，食之无味就属实过分了。

于是，杜芇芇便趁着出去游历时留意了许多能治味觉的好法子。

约莫小半月后，她揣着一堆大小不一的银针出现在九境天岭时，蓝楹正立在一块高若瀑布的巨大棋盘前，两手执着黑白子对弈。

"来，过来，"杜芇芇招呼道，"让本大仙替你扎两针，保不准明日就能吃香喝辣了。"

闻声，蓝榀立马回头，目光锁在那抹鹅黄色的身影上，眸中情绪犹如千年的冰湖被破开一道裂隙，喜悦由深至浅，直到笑容挂了满脸。

他反手将棋盘挥开，耳中根本没留意那方说了什么，只是回身迎去："小仙菇，你去哪儿了？"

"去拜师学艺呀。"杜芫芫拉着他往屋里走。

"这回学了什么菜系？"

"不学菜，"杜芫芫将他往榻上一按，"学医。"

蓝榀端正坐着，脑中思索三分道："医术吗？那也不错，九境天岭藏有许多六界的医书，你若想看我都一一找来给你。

"但我好似听说过一件很令人惋惜的事情，说从前有位医术了得的先生，一生中治好了上千人，但最后因为无法亲自为自己医治顽疾而痛苦离世，你说要是当时能再有一位同他一般医术高超的人，可以互相诊疗就好了，我说这个的意思，是想说我能不能和你一起学……"

他嘴上不停地说着，目光却随身前那双忙碌的小手在自己身上四处游走。

直到胸前那层薄纱里衣被掀开一个口，他才打住之前的话头，眸光不解道："芫芫，你在做什么？"

杜芫芫动作利落地将那层里衣对半拉开，随后边掏家伙边道："快躺下。"

"躺下作甚？"

"医者无胡言，有病不多问，你只管听我的就行。"

她说着便掏出一捆布卷，置于一旁玉桌上缓缓展开，里面大大小小的银针不下百根。

蓝榼看了一眼，心中了然，想必是此趟出去学了什么，要拿他练手呢。

如同往常学了新菜，回来必会寻食材反复练习一般，蓝榼只好将自己当作一把野芹乖乖躺下，睁着一双清明的眼看杜芃芃手执医书，指间捏长针，眉间轻蹙的模样。

略微发凉的手指在他裸露的肌肤之上四处游走，片刻后，她止于一处轻按道：“这是风池穴，可辅治嗅疾。”

指腹轻扫之处，犹如绽开的花苞初逢雨露，蓝榼被那阵奇怪的酥麻感弄得周身僵直片刻，他屏住呼吸，忍着想躲又不想躲的奇妙之感，不等落针便试探问道：“我们这样不好吧？”

杜芃芃放下书，于指尖蹿出一团小小的火焰，随即执长针细烤片刻，瞄准找好的穴位缓缓落下去，口中随意应付道：“不好？哪里不好？”

"我感觉……不好。"

"扎疼你了？"

"倒也不疼。"

那一根细小的银针没入皮下，还不及林间松叶扎得人痛痒难耐。

只是他从未在旁人眼前如此袒露过自己，那四处摸索的指腹也扰得他心口燥热不安。

似是瞧出他心中所想，杜芃芃一边摸索着下一个穴位，一边念叨："在凡间呢，从医者一生救死扶伤，男女躯体在医者眼中并无区别，就算再隐晦难堪，若想要活着都得找大夫出手，所以你放宽心，照此针法扎上三日，你准能吃香喝辣了……"

说话间，杜芃芃已摸索着在他前臂扎下数针，就在她沿着腰腹往下继续寻找穴位时，那只扎了银针的手忽地握住她的手腕，随即温声阻止道:"芃芃,我觉得不太舒服。"

杜芃芃立刻停下手中的动作:"哪里不舒服?"

"你先帮我把针取下吧。"他扭过了头。

杜芃芃在一侧看不清他的神情,只感觉声色听起来略压抑。

虽说此时取针便前功尽弃了,但见他紧绷的下颌,她只好麻利地将那些银针一根根取下,取至后颈最后一针时,她才发觉他耳后涨红一片,刚想开口揶揄两句,转眼却看见他眉间紧蹙,双目进着少许黑雾,全然不是平日里那派清平温和的模样。

"蓝榶仙君,你怎么了?"杜芃芃连忙放下手里的针,想上前搀他起身。

见她过来,蓝榶迅速起身,合拢衣衫的同时转身背对着她,随即轻咳道:"抱歉,可能需要你暂时离开一下……"

好似是呛到了,不等话音完全落下,他便猛咳数下。

杜芃芃见他立即抬手捂嘴,像是有血从指缝间流下,从身后看去隐约能见数滴血迹落在长袖上。

杜芃芃下意识往前两步,关切的话还堵在喉间,便见他腾手一挥,眼前结界如蚕丝般一层一层将她隔出屋外。

这景象属实吓到她了,可气的是现下是个什么状况还没弄清楚,江舟公子便二话不说将她扔进了山脚下的树洞,足足关了两个月。

没吃没喝,就在她感觉自己早晚要被饿死在六尺宽的树洞里时,江舟公子终于出现了。

迎着外头的天光,杜芃芃仰视到那张肃穆至极的脸,吓得不敢怒不敢言,心中嘀咕许久后才小心问道:"蓝榶仙君他……可好些了?"

"仙君？"江舟蹙目看她，似是有话呼之欲出，却又将话头顿了回去，片刻后稳声道，"想来是我不对，就不该带你到这儿来。"

当初是他说天上有多好多好，一心要将她摘来，如今这话又是何意？

杜芇芇突觉委屈，却又不敢多言，只得稳了稳情绪，小声解释道："蓝楹仙君食之无味，我不过只是想替他施针几日，看能否恢复……"

"他的身体，不是你一个刚化形的散仙偷学几日医术便能随意医治的。"

也不管他还有没有话，杜芇芇忍不住插话道："那他到底是怎么了，你也没说啊？"

"他动了不该动的念头，魔侵逼得他生灵遁入梦墟，何时能醒连天都未知。"

"念头？"杜芇芇一个起身，脑中闪过那片涨红的耳根，心下顿然忐忑起来，"什么念头？不会是……那方面的吧？"

自修出身形以来，她去凡尘游历的次数多到自己都记不清，如今自然也不再是一个懵懂无知的初生小仙，凡间那些情情爱爱的话本子她可没少看。瞧着江舟默然不应，她惊得险些没站稳，堪堪问道："我害的？"

"那不然，"江舟盯着她，像是在咬牙，"难道是我？"

好家伙，这是对她生了歹念啊，可七情六欲属人之常情，怎么就连想都不能想了？

杜芇芇底气足道："这……这从医者救死扶伤，男女无别……"

"他非病患，你也不是医者。"江舟打断她，拂袖离去时肃声交代道，"我今日来是要告知你，往后你便在山下活动，没有我的允许，不准再上山。"

239

第十二章

我还是喜欢你呀

仙君难当

江舟一句话就让她成了无家可归的散仙，东晃晃西溜溜，她就如此在人间和九境天岭的外围闲晃了近百年。

那日人间大雪，杜芃芃好不容易寻了处静谧的小树林准备清修些时日，奈何菌菇不耐寒的属性，天寒地冻的，冷得她直哆嗦，根本无法静心修炼。

她裹着袍子回到老巢，没想到一向气候舒适，从未有过节气之分的九境天岭竟也在大雨瓢泼。

路过山脚的楠木时，杜芃芃敲了敲树干，问道："怎么下雨了？"

"不知，不知。"楠木精怪抖抖枝干，连声怨道，"下好一阵子了，再如此暴雨下去，我这养了百年的老寒腿怕是又要被浸朽咯！"

杜芃芃毫无准备，一入境便被淋了个透。

树上躲雨的红莺鸟瞧她如此狼狈，咯咯笑道："山上的姐姐们说，万年前此处也乱过节气，听说只要是掌管九境的那位情绪有动，一日之内从狂风骤雨、风雪暴乱到暖阳高照也属正常。小仙子，你何不在人间多待些日子呢？"

"抗不住冻啊，"杜芃芃顶着湿淋淋的袍子应道，"那雪厚得都快压腰了。"

同那些个精怪聊上几回合后，杜芃芃径直往自己的树洞走去。

虽说那六尺宽的树洞仅能勉强容人躺上一躺，但好坏是个能遮风避雨的，偶尔回来时她都宿在洞中。

这些年当个散仙，风餐露宿地攒灵力不容易，但奈何雨实在太大，杜芃芃又不舍得浪费灵力幻个能遮雨的出来，于是便顺手揪下路边一扇蕉叶。

只听那芭蕉精怪尖着嗓音叫唤道:"哎呀,又是哪个黑良心的薅我头发?"

赶在它睁眼之前,杜芃芃连忙心虚地一溜烟跑了。

顶着那扇蕉叶,她才总算是能将眼睛睁开了,但一路走来,越是靠近树洞,她越是觉得周遭不对劲。

太过于静谧了,就连硕大的雨珠砸在林间的声音都小了许多,平日林间那些尚未生出灵智的鸦雀聒噪声也消失了。

大雨瓢泼而下,杜芃芃微微抬高头顶的蕉叶,目光穿过连绵珠线,最终落定在树洞旁抱膝而坐的那道身影上。

靛蓝的衣袍在一片灰雾朦胧中粹得扎眼,她看不清那张微低的面容是何神情,但却能清晰看到那砸得人生疼的雨珠在他周身避开。

那一刻,她明白了,这周遭不是静谧,而是群兽四散,万物生灵统统避让后,他所存在的世界的模样。

她第一次在看到一个人时,脑中想到的是"孤寂"二字,也终于知道为何从前见他时,心中总是隐隐冒出一股想靠近的冲动。

那如瀑布般的棋盘前自己与自己对弈的身影;

千万年间酿的好酒一坛又一坛堆满整个别云阁楼,偶尔坐在楼外的桃树下将酒坛子数过一遍又一遍的身影;

阴雨连绵时,立在廊下小心伸手,仰头看房檐水滴在距离掌心一尺时避开,一站便是数日的身影……

"蓝楹仙君,你这棋局的走向与我在别处看到的不同,很是新奇,你教教我吧,我学会了,咱俩就能一起博弈了呀。"

"好清甜的酒啊,可是蓝楹仙君亲手所酿?这等佳酿放在此处落灰实在可惜,你若不喝,可否赠我几坛?你是不知,前些日锦鹤仙子邀我共饮,那酒又苦又涩,还辣嗓子,我要拿你这酒去找她们显摆显摆……"

"你在看什么?咦,这雨竟不往你身上淋,蓝槛仙君你是如何做到的?好厉害呀,如此岂不是就再也不愁下雨了?"

起初他虽嘴上说见到她心里高兴,但每每她凑到他身边滔滔不绝时,他也总会略显局促,好似是不知道该如何接住她的话茬。

那时候,他话少,只会在她来讨酒时把酒坛子擦得锃亮,再小心将坛子递到她怀里。

后来,在日复一日的相处中,他渐渐自如了许多。

在她能去凡尘游历之后,很多时候变成了他追在她身边要她复述一遍在凡尘的所见所闻,陪着她一起搭土灶,一起烧火烹菜。

跳跃的火光映入双眸,他笑盈盈地说:"原来烟火是暖洋洋的,真舒服啊。"

她记得在廊下时问他是不是从来不愁下雨,他收回手,清亮的眸光看向她,温声问道:"你不喜欢下雨?"

她点了头,从此九境天岭就再也未落过半个雨星子,直至此时,倾盆的大雨竟浇得她心里软绵绵的。

"蓝槛仙君。"她远远喊了一声。

那身影闻声一怔,随后抬眸,目光寻着那声叫唤稳稳落在雨中那抹高抬蕉叶的身影上。

他就这样看着她走来,静静地未搭话。

杜芃芃顶着芭蕉叶跑过去,近了方才询问道:"你怎么会坐在这里?"

"我问过江舟,"蓝槛缓缓起身,声色中夹带着几丝许久未开口说话的涩哑，"他说你在这里，我便过来了。"

"来多久了？"

"忘了，"他顿了顿，又道，"也或许是我没记过。"

杜芄芄已经躬身进了树洞，许久没回来，洞内一派绿意盎然，她随手揪开些杂草，再挥手幻出桌椅，朝尾随其后的蓝榅招呼道："此处简陋，你且先随便坐坐吧。"

蓝榅环顾四周，似是小叹了一声，方才落座道："是我不好，害你屈居在此，我会同江舟说，让你回……"

"哎，你可别跟他说。"杜芄芄连忙打断道，"山上山下，反正都不是我的家，有个能遮风避雨的我已经很知足了。"

闻言，蓝榅眉目微蹙。

当初她来此处时还尚未修出身形，是他寻了九境天岭最大最好的一朵萱草花，将她小心托养了月余，灵气如雨露般源源不竭地渡入花苞之中，而她也未叫人失望，长得很好。

那一月的日日看护，小心浇灌滋养，最终出口时却仅有一句："你在此处幻形而生，那这里便是你的家，往后都不会再有谁能赶你走的。"

"你说了能算？"杜芄芄从袖中布袋掏出一颗梨子，一口下去咬得生脆。

那边倒没思索，紧着就应道："能算。"

如此调侃他一句，杜芄芄自在不少，只是她没再纠结于此，转而问道："你没事了吗？"

蓝榅端坐在桌前，他将问题斟酌片刻才明白她所问为何，于是浅浅笑应："没事了，暂时安全。"

"这么长时间，你去哪儿了？"杜芃芃随意聊着，音色却不自知地黯然下来，"江舟公子说你遁入梦墟，不知何时才能醒，我还以为再也见不到你了。"

瞧她一口一口咬着手里的果子，清透的汁水滑过手腕，蓝榿赶忙抽出随身的帕子递过去："我也不知道那是何地，只记得一直有团黑黑的影子在追我，跑啊跑啊，实在太累了，索性就找个地方藏起来，若被找到了，我便再跑再藏，如此反复了许久。"

"你身上为什么会有这么多奇奇怪怪的事情？不能出去，不可近身，食不知味，还有……"似是剩下的话不好出口，杜芃芃连忙止住了话头。

蓝榿看着她，等了片刻，见她不再往下说话，方才应道："族亲历代皆需要应劫再生，大家都是如此过来的。"

"行吧……"杜芃芃想了想，又问道："那你是怎么醒过来的呢？"

"我逃着逃着想起你来，就不想再躲下去，便也不害怕它了。"

"你为何要想我？"

"因为……"蓝榿沉吟了片刻道，"我感觉我们很久很久没见面了。"

"那你又为何想要见我呢？"

杜芃芃连番追问，问得桌前端坐的身影整个顿住了。

瞧他一副不知该如何再接话的模样，杜芃芃把剩下的半颗梨子从嘴边挪开，目光稳稳地看着他道："蓝榿仙君，你喜欢我吗？"

外头的雨变小了，不知是从哪一句话开始，豆大的雨珠越落越小，此时周遭顿然静谧，能隐约听见雨滴稀稀拉拉砸进枝叶间的声响。

四目相对，她从那双眼睛里看到一丝闪躲，随后便见他垂眸，轻声应道："我不知道。"

这话说得，多少就有点差强人意了。

杜芃芃眉目一蹙，手里的梨子往桌上一放，随后伸手将他眼睛捂住，冷不丁地就往前凑去。

温软相触，她鼻翼间刚感知到的那抹气息倏地便止住了。

清莹的梨汁沿着咬开的齿痕滑过果皮，湿哒哒地在桌面浸开，仿佛在那一瞬间，那抹甜渍渍的清香也在他唇齿间展开，诱得掌心都冒了汗。

树林间起了风，吹得枝叶哗啦作响时，杜芃芃轻轻拉开些距离，将手往下移至他的胸腔，最终停留在快速跳动的心口处："才不看你躲躲闪闪的眼睛，我要和这里确认一下答案。"

触着那片"嘭嘭"跳跃的地方，她抬眸又问："喜欢吗？"

"你……"蓝楹张了张口，却是反问，"方才吃的果子是什么？"

杜芃芃蹙起眉头，虽搞不懂他这奇奇怪怪的回应，但还是脱口道："秋梨啊。"

"我好似能尝出它的味道了。"

"啊？"杜芃芃蒙了片刻。

"好像是甜的，"蓝楹忽地起身，转身就走，"山上也有果树，我去摘……"

见他要走，杜芃芃才明白过来他这是在找借口想躲，于是连忙抓住他半截袖口，随即缓缓道："我在凡尘听过不少凄美的话本，因未互述心意而造成许多分离，所以……蓝楹仙君，喜欢那么难能可贵，不要藏起来。"

"那你呢？"蓝楹停下脚步，却未回身，"你的心意是什么？"

杜芃芃松开手,脑中快速闪过自己这短短两百年仙生,虽说看过听过的故事并不少,但感情这事她依然是说不明白的。

不过她唯一能想清楚的是从前和蓝樾仙君相处时,虽从未往这方面想过,但她确实是开心自在的,不像当散仙的这些年,她寻个地方躺下,一躺便是数月。

因为知道没有人在等你,也无人可诉说所见所闻,所以连行动都变得极其散漫,少了许多生气。

所以她想,如果你心中念起谁,想到要和他时时相见,不论将来会发生什么,能和他一起度过漫长日月也还不错的话,便能称之为喜欢吧。

只是不等她开口回应,眼前那道背影忽然就变得紧绷起来,抬脚间的慌乱和替他扎针那日躲闪时如出一辙。

见他就要跨出洞口,杜芃芃一个闪身将他拦住。

对视上那双隐隐进出黑雾的眼睛,她强忍着心中忐忑道:"先前我一直不明白江舟公子为何要带我来此境,这百年间我好像也猜到了一些……"

她说着便在掌心蕴满灵力,缓缓覆过他的双目,由上而下覆至胸口,瞧着那些黑雾从蓝樾仙君体内涌出,如发丝般跃动在她手掌周围,随后渐渐被莹黄的灵光裹覆,再自她掌心没入。她喃喃道:"瞧吧,我果然没猜错……"

话音方落,她便觉双目涨得厉害,随后脚下虚晃半步,两眼一黑,直挺挺地倒了下去。

随着心口一次又一次跳跃而袭来的,是不知隐匿于何处的无尽寒意,它们将他的欲当成是发起吞噬的信号,挑准时机便会同他的意念展开一场殊死博弈。

当散着莹黄的光靠近他时，那些近乎要冲破他身体的魔物忽然变得警惕，感受到那股归化的力量后，顷刻间便隐匿得毫无踪迹。

蓝楹手快地将那副向后倒去的身子稳稳揽住，黑雾四散的眸光中升起几丝担忧。

"她的修为实在太低了。"洞外陡然响起声音，是感知到蓝楹灵体异常而赶来的江舟，他目光落在杜芃芃身上，冷静道，"虽说菌菇修仙本就不易，但我没想到，她修炼的速度竟远远赶不上同期的仙者，今日归化这点魔气都能晕过去，将来恐怕也指望不上了。"

树洞四周迅速凝起层层白雾，形成结界。

蓝楹身在其中轻轻叹了口气，缓声应道："江舟，我想你该是明白我的，我等的太久太久了，就算是独自面对，我也盼着能早日受再生之劫，趁我还没有那么贪恋这世间前，神归大寂也不会留有过多遗憾……"

作为江源氏的后人，江舟是不可能放任神脉自生自灭的，于是他又一次踏遍六界，终于在再生劫降临前，于清茗河境寻到名为赤白双尾的珍稀灵兽。

虽说这大尾巴鱼没有归化魔气的属性，但作为六界的稀有灵兽，最稀缺的属性便是能无比霸道地为与它缔结灵约的主人避害。

于是，江舟做好了万全的准备，小心将那尾大鱼养在九境天岭的翡月湖中，就等着蓝楹应劫时，用此灵兽助他将魔物引出体外，将其降伏。

然而在这万全之策里，却唯独漏了一处。

那日九境天岭万物休憩，清风阵阵，杜芃芃被那一口魔气给齁得小睡了月余，她醒来便开始寻找蓝楹仙君，想将先前没说完的话给续上。

可四处皆不见他踪迹，于是饥肠辘辘之下，她又正巧路过翡月湖，瞧着平静的湖面，心中厨艺之魂跃跃欲试，便埋头一个猛子扎进河里，琢磨着捞一兜小鱼来熏点存货慢慢吃。

不料四周静谧片刻后，河面骤然汹涌澎湃。

感知到境内有异，蓝槛匆匆赶来时，便看到巨型的双尾灵兽自河水中一跃而起，迸发着红白光芒的鱼鳍直直拍向那抹渺小的身影，一招制胜，将其拍晕在湖岸。

好巧不巧，刚醒来，腿还不利索的杜芷芷在晕过去前噗出一口鲜血，零星几滴血迹随着水渍涌入赤白双尾鳍腹的灵眼。

蓝槛未经思索便飞身至湖边将她抱起，匆忙远离了那只受惊的庞然大物。

只是谁都没想到，万年的灵兽就这样与灵力低微的小蘑菇仙缔结下灵约，大概鱼自己也没想到，它纯粹只是想教训一下那只陡然冒犯它的手，没想到就这么把自己给卖了。

再生劫未降临，又损失了赤白双尾，连指望不上的那朵仙菇也被拍晕了。

江舟无计可施之下只得将蓝槛的生灵施法禁锢，想了法子悄悄将其一魄送下凡尘投生为凡胎，以此避开魔物隔三岔五地纠缠，且凡人之身是无法承住魔物侵体的，也算暂时的缓兵之计。

杜芷芷再次醒来时便失忆了，准确地说，不是被鱼鳍给拍失忆的，而是被大尾巴鱼强大的灵力给摄走了精魂。

那时的杜芷芷因灵力低微，尚且无法与缔结的灵兽相匹，随时有被

249

灵力反噬的风险。

蓝楹翻遍了九境天岭的藏书才寻到方法将赤白双尾剥离,他禁锢了白尾和杜芃芃那一缕精魂交由江舟保管,随后又将赤尾锁于她所佩戴的锁囊之中,并嘱托江舟,若她醒了,万要多加照看。

做完这一切,蓝楹才放心将自己交由江舟安排。

而往后的几百年间,再度醒来后的杜芃芃没了那近两百年的记忆,便以新飞升的地仙身份随着江舟从头开始修炼,直至她成为灶神。

七百年来,投生凡胎的蓝楹将人世七苦不知经历了几个轮回,江舟为不让那魔物趁机夺灵摄体,只得在无计可施时让凡胎死于非命,再入轮回。

直到杜芃芃被贬后这一世,若最终刘楚君挺不过,会是谁抢在魔婴之前将他杀死?

如同十年前刘宅被杀戮笼罩的那个夜晚,整个兰苑被结界护住,结界之内黑雾四起。

刘楚君双眼紧闭悬于半空,源源不断的魔气自他体内迸发出来,涌进刘昱那具苍老的身体中。

片刻后,如交换一般,又从刘昱体内不断涌出魔气没入刘楚君的身体。

属于杜芃芃的最后一缕精魂归体,她环顾四周,看着半空中被雾气裹挟的两道身影,又转眼看向倒地的楚楚仙子,她感觉头痛欲裂,双手止不住颤抖,只得用尽全力扶起地上的好友。

楚楚仙子灵丹被魔气催裂,周身已无灵力供养仙身。杜芃芃双目泛红,拼命给她渡灵力,可她的身子一直在抵抗灵气入体。

杜芊芊连连摇头,慌张道:"为什么,为什么会这样……"

"大仙,遇事不要慌。"楚楚仙子虚弱地推开她的手。

"咱们做朽木仙人的,向来只能以自身灵力供养仙菇,毕生最大的荣耀呢,便是能种出一朵好蘑菇,这几百年有你陪着,我很知足了,你且攒着些力气去对付那老头,我可不想回炉重造个八百年,睁眼还得为这老家伙四处奔波……"

自她们相识以来,楚楚仙子总是以长者的身份在她最需要帮助时施以援手,也能在她遇险时第一个感知到危险,首当其冲地来到她身边,可明明自己比她早化形了数百年啊。

杜芊芊看着好友仙体渐渐消散间,还不忘抹开嘴角的血迹,扯着力气冲她交代道:"你可得替你老姐姐好好揍那老头一顿,还有啊,别忘了叫我师父来替我收点木渣,重新养养,这徒弟还能要……"

听着这话,杜芊芊那不争气的眼泪"哗啦啦"往下掉,她死死抓住好友的手,仿佛只要她不松开,就能一直握住一般。

"早知道这样,我就算死一百回也不要你来蹚这浑水……"杜芊芊哭着喃喃道。

随着时间分秒流逝,最终她手里什么都抓不住了,她再也听不到那声"大仙",也再没人能陪她去小市逍遥,插科打诨了。

胸前的锁囊已经躁动了许久,那条巴掌大小的白尾鱼绕着跃动的红穗子转来转去。

杜芊芊抹去脸上的泪水,仰头看向上方两道黑雾笼罩的人影,哽着声音道:"老家伙,都是你害的,你还我楚楚,还我小豆花……"

她说着就将锁囊取下,捏出灵力将它驭于身前,那条小白尾鱼赶紧跟上，用力摆动着尾巴游向锁囊。

那一瞬间，周遭红光与白光交织乍现，约莫能遮下小半个院子的大尾巴鱼从小小的锁囊里跃出，通身一半白一半红，已合体为赤白双尾的灵兽。

一仙一兽飞身上空，搅动着整个结界内略显猖狂的魔气。

寄身在刘昱体内的魔婴见状，挥手拢过更多的黑雾护体，往后退开两步还不忘放狠话："低阶小仙，竟也敢吃我的魔气？"

杜芃芃两手起势，周身灵气四散，所经之处，黑雾尽数消散。

她一听这话就浑身不舒服，于是咬牙嫌弃道："吃你？我还嫌恶心呢。"

说完，杜芃芃便一心同他缠斗起来，一时间整个结界内跃动着各色光影，唯独一时被冷落的刘楚君静静悬于半空，双目紧闭。

直到天际黑幕聚于小院上方，一道道惊雷劈过结界，直冲刘楚君的面门，他骤然睁眼，周身黑雾翻涌。

见状，杜芃芃心头一惊，是燮族神脉的再生劫临世了。

而刘昱也更加癫狂起来，用诡异尖细的声音狂笑道："我等这副身体等了近千年，这些凡人的身子实在是太弱了……"

黑云层压之下，刘昱竟趁杜芃芃不备脱开缠斗，朝刘楚君袭去。

她还算反应迅速，单手掐诀，立刻现出结界将其拦下。

紧接着，借着大尾巴鱼源源不断供给过来的灵力，杜芃芃双手归于胸前，凝聚周身全力缓缓起势。

周遭气流倏地停滞片刻，随后那些相互交织吞没的光影缓慢跃动着，立于半空的三道身影各立一方，杜芃芃周身不断外溢灵气，如柔软丝绢一般散着莹黄光芒朝另外两道身影缠绕去。

随着越来越强的灵气绕体，刘昱的身子渐渐被撕扯得虚化，周身黑雾也如散沙般散开。

唯有刘楚君那方还萦绕着散不尽的黑气，他似乎很痛苦，双眸中满是挣扎，额间的红印忽明忽暗，在撕裂与封印间反复转换。

但仔细看去，除了那周身的黑，他的指尖还隐隐绕着两丝蓝光。

无数光影交织间，魔气与灵力在刘楚君周身缠斗不休，他直立的身子衣袂翻飞，随着时间分秒流逝，指尖的蓝丝越绕越多。

自天幕劈下一道惊雷，周遭白光骤然，刺得杜芃芃瞬时两眼一闭，释出的诸多灵力陡然收回体内，她只觉双腿一软，便轻飘飘倒下了。

那条大尾巴鱼还算仗义，稳稳将她托住，安然落地后才缩回她胸前的锁囊中。

脱出刘昱身体的魔物见大势已去，缩成一团便要从天雷劈开的结界奔去。

此时双目清明，周身蓝光大现的刘楚君反手一挥便将那缺口补上，那些残余的魔气犹如瓮中之鳖，四下逃窜，最终消失无影。

满院狼藉归于平静，一道金光自天边骤来，小小的身子落在院中，外披的金衣道袍破了几个口，头上的莲观也微微倾斜，瞧着也该是刚结束一场缠斗。

那孩童的身子挺得板正，朝刘楚君拱手一拜道："恭贺父神，安然度过再生劫。"

说罢，他收走地上那半截朽木，迅速遁了。

祈岭仙君始终觉得自己是被江舟给摆了一道，莫名其妙卷入这险些祸及六界的浑水，还损失了一位座下大弟子。

后来他细细回想时，忽然暗拍大腿，他曾经竟错失了一个能将神脉收入座下的大好时机呀！

那天，三道惊雷劈天过，整个天界都抖了三抖。

众仙神惶惶不安，皆在担心那神脉独苗挺不过天劫，后来听说蓝楹父神成功渡劫，刚准备展颜大笑，又听说此次渡劫，因魔界邪物干扰，父神险些没挺过。

南北两位神君皆不是好惹的主，六界安定时，他们互相不服彼此，时常约着打架，这回却难得方向一致。两位神君竟约着一起将魔界那些隐瞒不报的城主挨个揍了一顿，再顺手将剩下那八个魔物给镇得严上加严。

那父神险些没挺过天劫，最后是如何挺过的呢？

"听说是位不知名小仙倾力相助，祈岭仙君也出手了，还殒了唯一的弟子，唉，可惜……"

地宫新一年度的榜单放榜，两个吃瓜小仙一边看榜一边闲谈："什么不知名小仙？当真没有名字？"

"好像……叫杜芊芊？"

是的，就是"年度最穷地仙榜"上的那个杜芊芊。

两个小仙细细看过一番，生怕自己看错了眼。而她们身旁正好站着一个裹着斗篷的仙子，她看着榜单上的名字，心中无比凄凉。

因蓝楹父神成功渡劫，刘楚君自然就成了短命鬼，断了香火的杜芊芊再次上榜最穷地仙，很快她就要被剔除仙籍，陪着楚楚仙子去回炉重造了。

杜芃芃回到从前在地宫的小屋，裹着有楚楚仙子那木屑香味的斗篷什么都不想做。

她是在九境天岭醒来的，一睁眼便看见身着蓝袍的身影立在床头看着自己，那张脸映入双眸，晃神间她以为是刘楚君，可转念一想，刘楚君的衣物，没有补丁都叫人看不习惯。

那方眸光清亮，看着她缓声道："小仙菇，你终于醒了。"

清脆亮耳的声音和被困在结界中的蓝槭仙君一模一样，也和她走失了几百年那缕记忆中蓝槭仙君的声音一模一样，站在她面前的是众仙神尊称的蓝槭父神，不是刘楚君。

"这是何处？"她起身问。

杜芃芃身在一处内殿中，四方伫立的夜明珠比她头还大，莹莹白光充斥着每一个角落。

蓝槭上前迎着她，轻声回道："你不记得了吗？这是以前你住的屋呀。"

想来是穷太久了，就算曾经在这儿住过，此时看着那比镶金还气派的屋子竟也生疏得很。

杜芃芃下榻往屋外边走边道："我要回地宫。"

"你就在这里不好吗？"

"不好。"

"为何？"蓝槭疑惑道，"在凡间时，我们不也一起生活的吗？"

杜芃芃蹙眉："你又不是刘楚君，况且他供奉我，那叫职责，不叫一起生活。"

"我如何不是了呢？"他追在杜芃芃身后反问道。

杜芃芃大步跨出殿门，不答反问："你家门在哪儿？我要出去。"

那日拗不过她，蓝楹亲自将她送回了地宫。

杜芃芃裹着楚楚仙子的斗篷，心中越想越难过，她本一直以为江舟公子是第一待她好的，他在时，连楚楚仙子都要往后排一排。

没想到他先是将她带到九境天岭，后领着她日日教诲要她踏实修炼，竟是想将她养肥了，好要她去帮父神渡劫。

果然，自家的孩子自家疼，也只有楚楚仙子才会处处护着她。

正独自难过时，小门被"吱呀"一声推开，杜芃芃将头探出被窝一看，没好气道："擅闯女仙家闺房，你还讲不讲仙德了？"

对方也不客气，进屋就落座在床边，直愣愣一句："你想好了，你若不同我回九境天岭，我便要在此住下了。"

杜芃芃刚想掀被而起，但想想自己马上也要回炉重造了，便懒得管他住哪儿，于是她悠悠应道："你且给我个和你回去的理由。"

蓝楹半低下头，眸光落在她些微有些凌乱的发髻上，默了许久，方才缓声道："起初在凡尘时，我拾到你的神像，那时是想捉弄你一二，觉得你气急败坏却又打不着我的样子很是好玩。

"后来山道遇匪，你揪着一堆小鬼来替我们解围，那副又凶又霸道的模样突然让我觉得有你在身边，我很安心。

"从前终日惶惶不安，没合过一个完整的夜，自你入梦来过，往后梦中再现什么丑陋的家伙，我都没再怕过，那时候我便想，你肯定是我的福运真人，要好好寻个时机，将你留在我家里。

"但你是仙子，我一介凡夫俗子又能留你多久呢？所以我去寻祈岭仙君也藏有私心，那时我便想若能有缘入道，或许便能同你在寻常日子里，时时都能相见了……"

杜芃芃缩在被褥中，不知为何，她忽然一动不敢动，生怕自己一个忍不住就起身往他怀里窜。

她觉得奇怪，从前她虽觉得刘楚君生得怪好看，瞧着也算养眼，偶尔也有那么一两回被迷过眼，但如小豆花那般上赶着往前贴，她向来是鄙夷的。

可自从小豆花那缕精魂归入体内后，她这脑子里时时会不可控制地想起那张脸来，这也让她忍不住感慨，刘楚君这碗迷魂汤下得属实太猛烈了些。

"后来……"正走神时，蓝榀又细细诉说道，"你初次陪我去刘宅，那晚我又一次被魔物侵噬意识，在它的攻击之下，江舟用来护我生灵的结界破了口，我渐渐地拥有了过往的记忆，当我清楚地知道我是谁后，我便生出一个强烈的念头。"

他很突然地顿住了，杜芃芃听得正起劲，没了后续，心里一急便下意识催道："什么念头，你倒是说呀。"

知道她在听，蓝榀满意地笑了笑，续说道："那时我就想，这一次我要活着，活在万物之中，和你。"

完了，这下连她杜大仙也控制不住小脸一红，心里仿佛灌了水一般，晃晃悠悠的。

杜芃芃悄悄松开胸前的被褥透透气，随后稳了稳心神，被子一掀便往屋外走："别想迷惑我，我可不是小豆花。"

蓝榀起身，却不小心被垂地的长衫给绊了一下，他稳住身子后边追边道:"芃芃,等等我。"

这凡人当久了,周身气质转换不过来,他想拎袍子往前追,却被那一层又一层繁缛的衣衫给缠了手,索性捏个诀将外衫全数褪去,穿了轻简的里衫追上前。

他轻轻拉了拉她的手臂,温言道:"你从前问我,可否喜欢你,我想我应该也算将心意表述清楚了,今日我……"

杜芃芃扭头一看,两眼一瞪,打断道:"你说话就说话,脱衣服干吗?"

唉,莽撞了。

蓝楹又将衣服给捏回来,看着她缓缓道:"你若愿意,我们去九境天岭一起生活,闲了便去四处游历,祈岭仙君也将楚楚仙子的真身放回她从前修炼的地方了,你若想她,我们便去三笼林建个别苑守着,若你想……"

听至此处,杜芃芃心想,这些事除了不能住九境天岭,哪样是她自己不能做的?

她剔了仙籍,还能回到楚楚仙子那块朽木上,日日相伴呢。

她转身继续往前走,后面的人继续拖着长衫追道:"若你想努力上进,九境天岭有源源不断的灵气供你修炼……"

杜芃芃:谢谢,我不想努力。

"若你想吃好吃的,咱们九境天岭的珍馐是世间任何一处都比拟不了的……"

杜芃芃:谢谢,我不想当个胖仙女。

"若你觉得日日月月如此,生了倦意,我便陪你去游山玩水……"

杜芃芃：谢谢，我有脚，还挺能走的。

"留在九境天岭，你便可入神籍，不需去地宫值守，不受四方制约，不必受人朝拜就有用不尽的灵力，整个天界都不会再有人笑话你，就连天帝往后见了你，也是要颔首行礼的……"

杜芃芃突然顿住了，脚似不听使唤一般，抬也抬不动。

见她停住了，蓝楹往她身前一探，歪头道："今日我想知道你的心意，若你还是不愿意，从礼数上说，我便不该再纠扰你了，不过……往感情这方面讲，我不想放你走。"

这话就略显无赖了，反正不管怎样就是要缠着她呗。杜芃芃挑眉看着他，问道："你确定不是因为从前你身边就只有我，从而让你对我产生了一种莫名的假象依赖？"

"可见过许多人后，我还是喜欢你呀。"蓝楹笃定道。

也是，毕竟他被大闺女披着月色找上门，气恼他要小豆花也不要她，一块石头砸破额头时，她杜大仙正巧也在场。

杜芃芃一个转身，将脸上忍不住的笑意藏好，悠然道："行吧……既如此，我便去你那九境天岭坐坐？"

蓝楹借着微风吹起满面笑意，他朝她伸出了手："走，我们回家。"

"可别瞎说，我去喝口茶就走。"

"无妨，茶我陪你喝，你去哪儿我也跟你走。"

番外

小甜梨

仙君难当

京都城里那一夜，惊雷震天，却不见落雨。

刘氏大宅的前院红绸萝舞，宾朋满座，除了喜宴进行到一半便消失不见的新郎君，一切无异。

翌日，如惊石砸湖般，满城皆在疯传，刘氏幼子大婚之夜，其父因常年信奉鬼神之说，妄想行满登仙不成，竟忽然发了疯，亲手将喜服在身的小儿给捅死了。

刘氏大公子见此惨状，竟也发了癫，昏睡三日后，醒来便失了智，旁人问什么，他都只会喃喃道："死了……全都死了……"

瞧着情形不对，刘家刚过门的新妇伙同娘家人趁乱跑了。

其余亲支也如饿狼扑食一般，未出半月便将曾经偌大的家业撕咬得四分五裂，俨然一派树倒猢狲散的凄惨模样，坊间百姓皆唏嘘不已。

杜芃芃是同蓝槛化作小豆花和刘楚君的模样，再次来到京都闹市时听到这些消息的。

杜芃芃在小摊上听隔壁桌两个婶婶说得绘声绘色，一碗米酒酿圆子如何下肚的都不知道。

"唉……"杜芃芃推开空碗深深叹上一口气，就在蓝槛以为她要感慨些什么时，她却口风一转，疑惑道，"那么大产业，万贯家财，怎么着曾经也是你家的，怎么如今你就半点好处没捞着？"

蓝槛重新穿上刘楚君那身粗布长袍，仿佛又变回了那个对自己极其抠搜，衣物补了又补的平凡人。

蓝槛缓缓从怀中掏出一本册子，凑近她小声道："也不是全然没有，你昏迷的时候我来过这里一趟，虽有那枚家主玉牌，但来晚了些，只拿到些房地契，余下几个忠厚老实的掌柜，我也没为难他们，私营水运这条路子走不远,我让他们留着铺子自己寻出路去了。"

"有总比没有好,也算赶上两口肉了。"杜芃芃也凑近他,压低声音道,"说吧,值多少银子?"

蓝槚"扑哧"一笑,推开她的小脑袋道:"不许打主意,这些钱我有用处。"

"什么用处,能有我重要?"杜芃芃眉头高耸。

"我们……"蓝槚将夹满纸契的册子往怀里一收道,"回花蛤村修路,卖梨,赚了钱带你去南边走走,听说那边气候不错,好吃的也很多。"

刘楚君在花蛤村精心栽种的那片梨子确实算得上果中佳品,若能带领周边的村民一道种植果树,造福一方百姓,也算是替小豆花积福泽了。

两人一道回村,大家只以为他们在京中的营生赚了大钱,听说他们要替村里修路,各家纷纷出力,筹划着铺路修桥,预计将进京的脚程缩短一半。

历过再生劫,蓝槚逐渐有了味觉。

为了让他能区分各种食物的味道,杜芃芃时常会叫他吃各种奇怪的食物。

梨树刚落花时,两场雨便能催出许多指尖大小的果子,她摘来叫他尝,瞧他涩到忍不住吐舌,她忍着笑告诉他:"你快记住这个感觉,这是涩的味道。"

待果子再长大些,有了充盈的汁水但还尚未成熟时,她会叫他品尝酸的感觉,果子成熟后便叫他品尝甜的滋味。

一日,杜芃芃不知从哪里找来一捧红透的浆果,非要拉着蓝槚品尝,再要他区分熟透的梨子和浆果之间哪个更甜。

蓝槛两个都尝过后，手毫不犹豫地指向梨子。

"不对，"杜芇芇歪头思索道，"你再尝尝。"

蓝槛又重新品尝一遍，回味片刻后，举起梨子道："梨子更甜。"

"不该啊，"杜芇芇拿过他手里的梨，自己又尝了一遍，"明明是浆果更甜。"

"梨子更甜。"

"浆果甜。"

"梨子甜……"

争执一番，杜芇芇得出结论："看来你还得治，这但凡增加点难度，你就……"

余下的话被堵了回去，蓝槛忽然凑近，气息交互萦绕间，她嘴角残留的梨汁荡然无存。

随后，她指尖一软，梨子应声落地的同时，听见他缓声道："在我这里，梨子最甜，最最甜，因为那是万万年间……我第一次品尝到的甜。"

闻言，似是突然想起什么，杜芇芇老脸一红，话也不说了，转身就溜。

在花蛤村的日子，蓝槛手把手带领村民们培育树苗。

待好不容易等来第二茬果子，蓝槛又带上村民快马将甜梨送往京都，再由春山发动手上的关系，足足三大马车的梨子进京不过两日便兜售一空。

梨子还因皮薄汁足、甜糯可口备受京贵们抢购，很快便订出去第二批果子。

见此结果,蓝楹总算是放下心来,有了果树和通京大道,致富花蛤村只不过是时间问题。

于是,他便寻了南下继续找新营生的借口,带着杜芃芃离开了花蛤村。

但实际上,他们确实也要南下,不过目的却是为了吃喝。

出发之前,杜芃芃想带两坛好酒,于是便趁蓝楹休息时准备回九境天岭取酒,好巧不巧,途中竟一不注意迎面撞上司命星君,那厮记性也实在是好,当即便向她索要小鱼干。

杜芃芃着急取酒,便说改日去集市给他买个八百斤送上门,他不答应,非要杜芃芃亲手给他熏制,于是两仙就此争论起来。

司命:"你不守信用!"

杜芃芃:"你存心奴役人你还有理了?"

"你那好友楚楚,那可是拍着胸脯给我保证过的,你叫她来,咱们当面对质。"司命不依不饶。

他不提楚楚还好,既提起来,杜芃芃就更生气了。她回道:"你别提她,若不是你公报私仇将我一魂扔下凡尘,楚楚又怎么会为了护我被打回原形重修?"

那日的争论自然是无果而终的。

后来,天界为庆贺神脉成功应劫,终于择定了日子大摆流席,众仙纷纷赶来一睹父神真颜。

于是便有眼神好的仙家发现比天帝宝座还高上三分的坐台上,竟有两个身影?

父神的身侧竟坐有一个着黄衫的仙子,只见那位活在传说中的父神全程未发一语，但手上却从头到尾都没停过，全程都在给那仙子递果糕，时不时地还凑耳交流，举手投足间对她极其亲密，众仙险些都看呆了。

宴席正热闹时，司命因公事被耽搁，此时才来到席上。期间，司命也一直心不在焉，没怎么听周边仙家的谈论，仅是仰头瞻望了高台一眼。

离席时，不知是巧合还是怎的，司命刚出去便撞上施施然走来的父神。

蓝榼满眼含笑，主动问道："司命星君近来可好？"

司命立刻拱手赔笑："一切都好，劳父神挂心了。"

"我听苋苋仙子说，她欠你什么……"他想了想，恍然道，"小鱼干是吗？"

"啊？"司命愣住了，一时之间不知如何回答。

那方继续道："不若这样，妻债夫偿，便由我来替你熏鱼干吧，那配方我也是有的，如何？"

司命手一抖，迟疑道："……妻？"

瞧蓝榼温眉笑目的模样，司命总算是反应过来了，他扭头看看身后高台，随后便连忙摆手，堪堪回道："父神说笑了，苋苋仙子欠我鱼干？有这回事吗？我还真不知道。"

他本就不是为了那口吃的，如今也见不到想见的那位，这欠与不欠好像在他心里也不那么重要了。

司命客套两句后，匆匆拱手离去。

蓝榼回到席上，悄悄从袖中掏出一枚云团，再戳了戳身旁那位。杜苋苋低头一看，笑道："你哪里拿来的？"

"云台上顺来的。"

杜芃芃双手接过，又问："那你怎么知道我还想吃这个呀？"

"我就是知道……"

蓝楹说话间又剥开一粒榛子，顺手便将细白的果肉放进她面前的玉碟中。

一番低声秘谈间，却不知席间早已传爆，父神应劫重生便携眷侣同席，而那位和父神同坐的仙子，竟是至今还挂名在地宫最穷榜单末位的那位灶王小仙。

众仙无一不感慨，这身翻得漂亮，有好事的小仙已经在寻地宫那位掌事者，想探探他有何感想，岂不知那位早已离席，匆忙去撤下榜单了。

（全文完）